Diogenes Taschenbuch 22965

Margaret Millar

Es liegt in der Familie

Roman
Aus dem Amerikanischen von
Klaus Schomburg

Diogenes

Titel der 1948 bei
Random House, Inc., New York,
erschienenen Originalausgabe:
›It's All in the Family‹
Copyright © 1948 by Margaret Millar
Die deutsche Erstausgabe
erschien 1951 unter dem Titel
›Das Fräulein Tochter. Ein heiterer Roman‹
im Schwingen-Verlag,
Kufstein und Wien
Umschlagillustration: Norman Rockwell,
›Girl at the Mirror‹, 1954

Für Linda Jane

Neuübersetzung

Alle deutschen Rechte vorbehalten
Copyright © 1997
Diogenes Verlag AG Zürich
150/97/43/1
ISBN 3 257 22965 8

Inhalt

Ein finanzielles Problem   7
Was Edna wußte   22
Das weiche Herz   41
Ein poetisches Talent   62
Zwei Damen aus Buffalo   86
Die Liebesgeschichte   107
Delbert   115
Ein Ohr für Musik   128
Lilybelle in Gefahr   144
Ein Schwatz mit Mr. Vogelsang   172
Tante Louises zweites Gehör   183
So viele Volt   195
Rosinen in der Grütze   209
Der Todesbote   218
Die Kunst ist lang   232
Das Leben ist auch lang   246

Ein finanzielles Problem

Um sieben Uhr am Samstagmorgen begannen die goldenen Stunden. Sobald Priscilla die Augen öffnete, spürte sie instinktiv, daß Samstag war. Die Luft roch anders, und sie schien in froher Erwartung zu zittern. Die rosafarbenen Tapetenrosen sahen rosiger aus, und der Hügel unter der Decke des anderen Bettes war nicht einfach die Becky, die sie an jedem Wochentag mit in die Schule schleppen mußte, sondern es war die Samstags-Becky, Teilhaberin an allen möglichen verwegenen Plänen. Sie selbst war die Samstags-Priscilla, und wenn sie in den Spiegel blickte (bevor sie die Jalousie hoch- und das Licht hereinließ), sah sie schemenhaft und geheimnisumwittert aus, wie eine berühmte Sängerin in ihrem langen Abendkleid oder eine Meerjungfrau mit wallendem Seegrashaar oder die Lady von Shalott, die nach Camelot herabschwebt. Schweben, schweben, schweben. Sie schwebte in ihre Kleider und durch den Flur und die Treppe hinunter in die Küche, wo Edna ihr wunderschönes Seegrashaar zu harten, unromantischen Flechten zusammenpreßte und bemerkte, daß der Hals der Lady von Shalott schmutzig sei.

»Großpapa sagt, ein wenig Schmutz hat noch niemandem geschadet«, erwiderte Priscilla. »Jedenfalls müssen wir alle fünfzehn Pfund Schmutz essen, bevor wir sterben.«

»Wer sagt das?« fragte Edna mißtrauisch.

»Niemand sagt das. Es ist einfach eine Regel.«

»Das klingt mir nicht gerade nach einer Regel.«

»Dann frag doch irgend jemanden. Frag Gott.«

»Unsinn«, sagte Edna.

Edna war morgens immer mürrisch, solange sie ihr heißes Wasser mit Zitrone, um ihren Teint und ihren Körper im allgemeinen zu kräftigen, noch nicht getrunken hatte. Über Nacht hatte es geregnet, und Ednas Haarwelle war herausgegangen. Das kurze dunkle Haar stand ihr gerade vom Kopf, und sie fuhrwerkte auf ihren kurzen Beinen in der Küche herum wie ein grimmiger Pygmäe.

»Du gehst jetzt rauf und wäschst dich«, sagte Edna, »und steh nicht herum und fall mir auf die Nerven!«

»Ich habe noch nicht mal meinen Mund aufgemacht.«

»Das wolltest du gerade.«

»Wollte ich nicht, ich habe bloß nachgedacht.«

»Tra la«, sagte Edna. Sie preßte den Saft einer Zitrone in eine Tasse heißes Wasser und nippte daran. Augenblicklich spürte sie, wie ihre Haut sich verbesserte und ihr Körper im allgemeinen gekräftigt wurde.

»Ich dachte daran«, sagte Priscilla, »wie gut ich mich vor fünfzehn Minuten gefühlt habe.«

»Ach wirklich?«

»Und dann, wie ein Blitz aus heiterem Himmel, fiel mir etwas ein. Ich brauche ein Zehncentstück.«

»Zehn Cent? Ich frage dich, wo sollte ich wohl ein Zehncentstück herkriegen? Außerdem hat deine Mama gesagt, daß ich euch Kindern kein Geld mehr geben soll. Sie sagte, daß ihr, du und Becky, selbst sehen sollt, wie ihr zurechtkommt.«

»Becky ist ein Geizkragen«, entgegnete Priscilla düster. »Die würde für zwei Dollar dem Teufel ihre Seele verkaufen.«

Priscilla hätte gegen eine solche Transaktion nichts einzuwenden gehabt, nur hielt sie es für sehr unwahrscheinlich, daß Becky dazu überredet werden könnte, von den zwei Dollar etwas abzugeben.

»Wie du sprichst«, sagte Edna. »Meine Güte, das klingt nicht sehr damenhaft. Dem Teufel seine Seele verkaufen. Warte nur, bis deine Mutter das hört.«

»Edna?«

»Kein Zehncentstück, nee, nee!«

»Es ist eine Kleinigkeit, mir das Geld zu leihen«, sagte Priscilla hochmütig. »Es ist doch nicht so, als würde ich dich bitten, es mir zu schenken.«

»Es ist gehupft wie gesprungen, wenn du mich fragst«, sagte Edna. »Und als *ich* elf war und zehn Cent brauchte, suchte ich mir eine Zehn-Cent-Arbeit.«

»Mir fällt keine Zehn-Cent-Arbeit ein, außer brav zu sein.«

»Fürs Bravsein wird man in dieser Welt nicht bezahlt. Jetzt geh und fall mir nicht auf die Nerven. Ich muß Frühstück machen.«

»Du hast ein Herz aus Stein«, sagte Priscilla. Und nach diesem Seitenhieb zum Abschied marschierte sie wieder die Treppe hinauf, um die nächstbeste Geldquelle, ihren Bruder Paul, aufzusuchen.

Paul war im Badezimmer. Er war dort schon seit fast einer halben Stunde, und Priscilla hatte den Verdacht, daß er sich rasierte. Paul war sechzehn, und eigentlich brauchte er sich nur einmal in der Woche zu rasieren, am Sonntagmorgen vor der Kirche, aber manchmal rasierte er sich auch am Samstag, um seine Barthaare zu stimulieren. Paul hatte mehrere Barthaare, und durch Bemerkungen über deren rasches Wachstum gelang es Priscilla gelegentlich, ihm ein Fünf- oder Zehncentstück zu entlocken.

Priscilla brachte ihren Mund an das Schlüsselloch der Badezimmertür und flüsterte: »Wetten, daß ich weiß, was du tust?«

»Ach, zieh Leine«, sagte Paul mit einer angespannten, nervösen Stimme, die verriet, daß er den heikelsten Teil seiner Arbeit, die Oberlippe, erreicht hatte. Hier war das Wachstum am spärlichsten, und jedes Haar mußte einzeln aufgespürt und niedergemäht werden.

»Ich wette, du rasierst dich.«

»Ach ja?«

»Ich wette, es war nötig. Ich habe gestern abend mit meinen eigenen Augen gesehen, daß dein Bart wie Vaters wird.«

Das war die perfekte Methode, und sie hätte sicher funktioniert, wenn Vater nicht aus seinem Zimmer gekommen wäre. Vaters Bart war in der Nacht gewachsen, und er sah grimmig und finster und gut aus, wie Black Douglas.

»Was zum Teufel macht er da drin?« sagte Vater und hämmerte mit der Faust an die Badezimmertür. »Paul! Paul!«

»Allmächtiger Gott«, fluchte Paul. »Heiliger Strohsack,

kann man denn nicht mal fünf Minuten im Badezimmer verbringen, ohne daß einen gleich jeder anbrüllt?«

»Fünf Minuten«, sagte Vater. »Allie! Hörst du das, Allie?«

»Ich höre es«, erwiderte Mutter und kam in den Flur. Das helle Haar fiel ihr lang den Rücken herab. Manche der modebewußteren Damen in der Woodlawn Avenue hatten sich eine Kurzhaarfrisur zugelegt, und Mutter mußte sich fast jeden Tag etwas Neues einfallen lassen, um ihre mangelnde Eleganz zu rechtfertigen. Zu Vater sagte sie, daß ein Bubikopf unweiblich sei und daß eine Dame keinen Frisiersalon betreten sollte. Edna teilte sie mit, daß der Bubikopf eine vorübergehende Mode sei, und die Mädchen, Becky und Priscilla, erinnerte sie daran, daß sie auf ihrem Haar sitzen konnte (auf die Gefahr hin, sich den Hals auszurenken). Doch der eigentliche Grund, warum sie sich das Haar nicht abschneiden ließ, war, daß es ihr im Winter Hals und Schultern im Bett warm hielt.

Es war nicht mehr Winter, aber es war noch immer kalt. Mutter drapierte sich die Haare um den Hals wie einen Schal und sagte: »Beeil dich, Paul. Dein Vater kommt zu spät ins Büro, und du weißt, wie durcheinander er dann ist.«

»Schon gut, schon gut«, murmelte Paul. »Regt euch nicht auf, ich komme.«

»Durcheinander?« wiederholte Vater. »Wer ist durcheinander?«

»Habe ich ›durcheinander‹ gesagt?« Mutter lächelte unbestimmt freundlich. »Ich meinte nur ›beunruhigt‹. Du weißt schon, ›aufgeregt‹.«

11

»Hysterisch«, sagte Priscilla, die immer bereit war, anderen Leuten dabei zu helfen, sich auszudrücken. »Das Gegenteil von ruhig. Letzte Woche in der Schule hatten wir entgegengesetzte Begriffe, und die Lehrerin fragte, was das Gegenteil von ruhig sei, und ich meldete mich und sagte ›hysterisch‹, und die Lehrerin meinte, das sei sehr klug, aber falsch. Sie behauptete, man könne nicht sagen ›der See ist heute sehr hysterisch‹. Aber ich habe Großpapa gefragt, und Großpapa sagte, man könne doch sagen ›der See ist heute sehr hysterisch‹. Er hat 'ne Menge hysterischer Seen gesehen, und damit basta. Großpapa weiß Bescheid.«

»In Ordnung, in Ordnung«, sagte Vater und sah noch grimmiger und finsterer aus als sonst. »Du hast es bewiesen. Ich bin überzeugt. Das Thema ist abgeschlossen. Trotzdem darf ich vielleicht den folgenden Punkt hinzufügen, daß jeder, der in diesem Haus Gerechtigkeit erwartet, zweifellos hysterisch ist. Gerechtigkeit, hörst du, Allie? Das ist alles, was ich verlange. Ein Badezimmer und sieben Leute, und ich bin der siebte.«

»Oh, das glaube ich nicht«, sagte Mutter sanft und entfernte sich wieder ins Schlafzimmer.

Priscilla, Auge in Auge mit Black Douglas, wich nicht zurück.

»Mrs. Bartons Bruder ist der siebte Sohn eines siebenten Sohns, und er könnte die Zukunft vorhersagen, wenn er nicht tot wäre. Er starb, als er noch ein Baby war, bevor er sprechen konnte, deshalb hat er nie jemandem die Zukunft vorhergesagt.«

»Ist das wirklich wahr?« fragte Vater.

»Weißt du, was? Wir könnten zwei Badezimmer haben.
Dann kämen auf eins nur dreieinhalb Leute. Großpapa
und Edna und ich könnten eins haben und du und Mutter
und Paul das andere, und Becky könnte abwechselnd
unseres und eures benutzen. Becky ist noch so klein, die
zählt sowieso nur halb.«

Der Gedanke an Becky erfüllte Priscilla zwangsläufig
mit Bitterkeit. Becky hätte ihr finanzielles Problem in
einer Minute lösen können, wenn sie wollte und wenn Priscilla ihr nicht schon siebzehn Cent und acht Weingummis
schulden würde. Becky schaffte es immer, von ihrem
Taschengeld zu sparen. Sie war nicht richtig geizig, aber sie
konnte mit Geld umgehen. Überall im ganzen Haus gab es
Zehncent- und Fünfcentverstecke, in Taschen, in Schuh-
spitzen, in Schubladenecken, auf Bettleisten und, getarnt
mit Knetmasse, im Spielzeugregal. Diese Verstecke verliehen Becky, ansonsten ein unbedeutendes Etwas von sieben
Jahren, eine große Macht. Wenn Priscilla, verarmt wie
gewöhnlich, spürte, daß sie unmöglich ohne ein Schoko-
ladeneis weiterleben konnte, bat sie Becky um ein Fünfcentstück.

Becky hatte ein Ritual für das Gewähren solcher Bitten eingeführt. Priscilla mußte sagen: ›Eure Königliche
Hoheit, ich bin nur ein einfaches, hungerndes Milch-
mädchen‹ – oder ›ein einfacher Holzfäller, Flachsspinner,
Müllsammler, Metzger‹, je nachdem, welchen Beruf Becky
in dem Augenblick gerade als den niedrigsten erachtete.
Danach schloß Becky, unergründlich und majestätisch
lächelnd, Priscilla im Zedernholzschrank im oberen Flur
ein, während sie den erforderlichen Betrag aus einem ihrer

geheimen Verstecke angelte. Manchmal kam es vor, daß Beckys Gedanken abschweiften und sie Priscilla eine halbe Stunde lang im Zedernholzschrank sitzen ließ.

»Badezimmer«, sagte Vater, »kosten Geld.«

»Es ist gräßlich, arm zu sein, nicht wahr?«

»Ich glaube kaum, daß man uns arm nennen kann.«

»Ich meinte, *ich* bin arm, und es ist gräßlich«, sagte Priscilla und gab sich ein wehmütiges Aussehen, indem sie ihre Augen aufriß und die Munkwinkel nach unten zog wie die berühmte Schauspielerin Clara Bow. Es war einer ihrer effektvollsten Gesichtsausdrücke, den sie nach langer Übung vor ihrem Kommodenspiegel zur Vollendung gebracht hatte, aber wie üblich blieb er bei Vater ohne Wirkung.

»Du hast letzten Donnerstag dein Taschengeld bekommen«, sagte Vater und hämmerte wieder an die Badezimmertür. »Was hast du damit gemacht?«

»Ich erinnere mich nicht genau. Es kann sein, daß ich etwas davon verloren habe, vielleicht ein Zehncentstück oder so.«

»Du willst also ein Zehncentstück oder so. Wofür?«

Vater hatte auf klare Fragen gern klare Antworten, also tat ihm Priscilla den Gefallen. »Es gibt ein besonderes Vormittags-Kinoprogramm im *Star*, einen Jackie-Coogan-Spielfilm und einen Chester-Conklin-Comic, alles für zehn Cent.«

»Wenn Becky ihr Taschengeld noch hat und du nicht, scheint sie mehr Verstand zu haben als du.«

Priscilla war von dieser Bemerkung zutiefst gekränkt. »Wie kann sie mehr Verstand haben als ich, wo ich elf bin

und bald zwölf werde und sie gerade lächerliche sieben ist?
Sie ist geizig, das ist alles. Es ist nicht schwer, Geld zu sparen, wenn man geizig ist. Wenn man geizig ist, wird man ja
nicht mal in die falsche Richtung versucht. Ich gerate ständig in Versuchung.«

»Dann mußt du ein bißchen mehr Standhaftigkeit entwickeln«, sagte Vater, »weil die Antwort ›nein‹ ist. Da du
irgendwann den Wert des Geldes begreifen mußt, kannst
du auch damit anfangen, solange du noch jung bist.«

»Oh, Scheibe«, sagte Priscilla.

Die Haltung ihres Vaters schmerzte sie sehr, denn Tatsache war, daß niemand in der ganzen Woodlawn Avenue
den Wert des Geldes so gut kannte wie sie. Für zehn Cent
konnte man bei Bowman's genau neunundsechzig Stück
Lakritzmischung kaufen, wenn Mrs. Bowman sie wog,
und dreiundsiebzig Stück, wenn Mr. Bowman sie wog. Bei
Ingersoll's bekam man drei Cremeteilchen, bei Burdick's
acht Geleefrüchte, vom Eisverkäufer vier Zwei-für-fünf-
Cent-Eistüten und in Dodies Kaufhaus zwanzig Glasmurmeln.

»Und sag nicht ›Scheibe‹«, sagte Vater, »das macht keinen Sinn.«

»Du sagst manchmal ›Jesus Q. Murphy‹.«

»Das ist ganz was anderes.«

Paul trat aus dem Badezimmer; die untere Hälfte seines
Gesichts war von einem Handtuch verhüllt, das die
Schnitte verbergen sollte. Pauls Gesicht war nach einer
Schlacht mit Vaters scharfem Rasiermesser immer ausgiebig zerkratzt.

»Du wärst erst morgen zum Rasieren dran gewesen«,

sagte Vater ziemlich grimmig, da sein Rasiermesser bei dieser schweren Prüfung gewöhnlich ebensosehr litt wie Pauls Gesicht.

»Allmächtiger Gott«, sagte Paul, »es kann doch keiner von einem Mann erwarten, daß er mit einem starken Bart herumläuft, oder? Mein Gott, es ist Samstag. Ich muß anständig aussehen.«

»Du hast eine komische Art, dich darum zu bemühen«, entgegnete Vater. Er schloß sich im Badezimmer ein.

Bei dem Versuch, anständig auszusehen, hatte Paul eine ganze Menge Blut verloren, und er war nicht dazu aufgelegt, irgend jemandem irgend etwas zu geben, außer einem raschen Rippenstoß.

»Jesus Q. Murphy, du brauchst deswegen nicht so gemein zu sein«, sagte Priscilla tief gekränkt. »Noch nie in meinem Leben habe ich so eine gemeine Familie gesehen. So, wie ich hier in diesem Haus behandelt werde, könnte man meinen, ich sei eine schutzlose Waise.«

Der Gedanke, eine schutzlose Waise zu sein, sprach Priscillas dramatische Instinkte an. Bevor sie zum Frühstück hinunterging, lief sie rasch in ihr Zimmer, um zu sehen, ob sie irgendeine Ähnlichkeit mit Oliver Twist hatte. Sie ignorierte Becky, die auf dem Fußboden saß und ihre Oxford-Schuhe zuband. Da Becky jedoch nie wußte, wann sie ignoriert wurde, war Priscilla gezwungen, sie darauf aufmerksam zu machen.

»Ich rede nicht einmal mit dir«, sagte sie hochmütig. »Und du kannst dir nicht einmal die Schnürsenkel zubinden, du Baby.«

»Kann ich doch«, sagte Becky. »Wenn ich will, kann ich

Schnürsenkel besser zubinden als irgend jemand sonst auf der ganzen Welt.«

»Ich wette, das kannst du nicht. Ich wette ein Zehncentstück.«

Becky dachte eine Weile über diesen Vorschlag nach. »Ich kann nicht wetten«, sagte sie schließlich, »weil mein Sonntagsschullehrer sagt, es ist gegen die Bibel, und vielleicht würde ich nicht gewinnen.«

»Du tust andere Dinge gegen die Bibel.«

Becky war überrascht. »Tue ich das?«

»Du begräbst deine Talente, Talente in Form von Geld.«

»Oh, ich habe nie irgendwelche Talente begraben. Nur tote Dinge wie Vögel und Puppen und Raupen.«

Priscilla schlug ihren Stolz in den Wind. »Na ja, wenigstens könntest du mir ein Zehncentstück leihen, und wenn ich erst eine berühmte Filmschauspielerin bin, werde ich dir alles mit Pelzmänteln und Diamanten usw. zurückzahlen.«

»Wie viele Pelzmäntel?« fragte Becky vorsichtig.

»Unmengen, mit passenden Muffs und Hüten.«

Becky liebte pelzartige Dinge wie Katzen und Hunde und Eichhörnchen und Pelzmäntel, weil sie so schön weich waren, und eine ganze Minute lang fühlte sie sich in die falsche Richtung versucht. Die Aussicht auf die Pelzmäntel war verlockend, aber auch ziemlich fern, und unmittelbar dagegen standen die siebzehn Cent und die acht Weingummis, die ihr bereits geschuldet wurden.

»Zehn plus siebzehn macht siebendundzwanzig«, sagte Becky nachdenklich. »Das sind eine Menge Talente, und dazu die Weingummis.«

»Du wirst nie einen Pelzmantel bekommen, wenn ich nicht ins Kino gehen und lernen kann, eine berühmte Schauspielerin zu sein.«

»Du kannst sowieso nicht ins Kino gehen«, gab Becky zu bedenken. »Du bist bestraft worden, wegen gestern abend.«

»Oh, Gott!« sagte Priscilla mit gequälter Stimme.

Über der aufregenden Jagd nach dem Zehncentstück hatte sie vergessen, daß sie gestern abend eine von Mutters Bakterien-Vorschriften verletzt hatte.

Mutter neigte zur Unbestimmtheit, und teils, um diese auszugleichen, teils, weil sie ohnehin gern Regeln aufstellte, gab es bei ihr strenge und unumstößliche Vorschriften für beinahe alles. Die meisten dieser Regeln wurden nie beachtet, doch allein die Tatsache, daß es sie gab, verliehen Mutter ein angenehmes Gefühl der Kompetenz. Mutters strengste Vorschriften betrafen Bakterien, einen ihres Eifers würdigen Gegenstand. Bakterien waren überall, und um sie zu überlisten, hatte Mutter eine lange komplizierte Reihe von Vorschriften ersonnen. Manche davon bezogen sich zwangsläufig auf den Hund Skipper. Obwohl Mutter zugeben mußte, daß Skipper der sauberste Hund in der Stadt war, konnte sie über seine Vorliebe für verfaultes Gemüse und alles Tierische nicht hinwegsehen, und so hatte sie verfügt, daß er nur bei zwei Gelegenheiten geküßt werden durfte: unmittelbar nach seinem Bad und auf dem Sterbebett.

Es war natürlich ein großer Schock für Mutter, als sie am Abend zuvor Priscilla dabei erwischt hatte, wie sie aus Skippers Napf aß.

Um Gründe bedrängt, fand Priscilla mehrere. »Ich habe ihm nur zeigen wollen, daß ich ihn liebe und daß er genauso gut ist wie ich. Und außerdem wollte ich nur wissen, wie es schmeckt und was es für ein Gefühl ist, ein Hund zu sein.«

Vater war neugierig. »Und was ist es für ein Gefühl?«

»Frederick, wie kannst du das so leichtnehmen?« schimpfte Mutter. »Denk an all die Bakterien in ihrem Körper.«

Mutter bereitete eine borsaure Salzlauge zu und fällte das Urteil. Priscilla durfte am Samstagmorgen nicht in die Matinee-Vorstellung, zum Teil als Strafe, aber vor allem, weil ein so mit Bakterien belasteter Organismus keinen weiteren Bakterien mehr ausgesetzt werden sollte.

»Meine Güte, ich wette, du bist voller Bakterien«, sagte Becky bewundernd. »Vielleicht kriegst du was.«

»Das ist mir egal. Ich hoffe, ich kriege was.« Priscilla sah sich in einem mit weißem Satin ausgeschlagenen Sarg liegen, sehr bleich und tot, mit vielen Blumen um sich herum. Großpapa und Mutter und Becky und Edna und Paul und Vater, sie alle weinten sich die Augen aus und boten ihr Zehncentstücke und Silberdollars und Dollarnoten und Fünfdollar-Goldstücke an, die ihre arme kleine tote Hand, leider, nicht ergreifen konnte.

Dies war ein so herzzerreißender Gedanke, daß ihr echte Tränen unter den Augenlidern brannten. So jung sterben. In ihrer Jugend von Gevatter Tod dahingerafft. Ruhe in Frieden.

»Meine Güte, ich wünschte, ich würde auch etwas kriegen«, sagte Becky. Es war Beckys großer Kummer, daß all ihre Freunde irgendeine Form der Auszeichnung besaßen wie Mumps oder Keuchhusten, und alles, was sie je bekam, war ein Schnupfen. »Vielleicht kann ich mich bei dir anstecken, wenn du etwas kriegst, und wir hätten ein großes rotes Schild an der Haustür und stünden unter Garantie.«

»*Quarantäne*«, sagte Priscilla stirnrunzelnd. »Großpapa sagt, du verschandelst das Königs-Englisch. Er sagt, du hast es von Edna.«

Becky verdrehte eigensinnig die Augen nach oben und antwortete frech im stillen: ›Garantie, Garantie, Garantie. Ich möchte unter Garantie stehen, mit einem großen roten Schild an der Haustür.‹

Dann besann sie sich wieder auf ihre zweitbesten Oxford-Schuhe und band die Schnürsenkel zu. Nun, da der Augenblick der Schwäche und der Versuchung vorübergegangen war, empfand sie Wohlwollen gegenüber ihrer Schwester.

»Ich werde dir alles über den Film erzählen«, versprach Becky. »Ich werde meine Augen sogar bei den schlimmen Stellen offenhalten.«

»Ich hoffe, ich kriege galoppierende Schwindsucht, und alle werden es bereuen, wenn ich sterbe«, sagte Priscilla bitter und ging zum Frühstück hinunter.

Edna kochte die Eier nach ihrer eigenen speziellen Eieruhr, einem winzigen Stundenglas, gefüllt mit rotem Sand.

»Hast du dein Fünfcentstück bekommen?«

»Nein.«

»Nun ja, wir alle haben unsere Sorgen«, sagte Edna kurz angebunden. »Bei dir ist es das Geld, und bei mir sind es Harry und Delbert und mein Kropf. Wir müssen unser Kreuz mit Würde tragen.«

Würde war eine Haltung, die Priscilla seit wenigstens zwei Tagen nicht ausprobiert hatte. Sie warf ihre Schultern zurück und hielt den Kopf hoch erhoben, dann trug sie ihr Kreuz und aß drei Eier.

Was Edna wußte

Bis zum allerletzten Augenblick, als Becky zusammen mit Paul das Haus verließ, hoffte Priscilla, daß Mutter sich erweichen lassen würde. Doch als sie vom Küchenfenster aus sah, wie Becky um die Ecke der Woodlawn Avenue bog und ihren Blicken entschwand, stieß sie einen Seufzer der Enttäuschung und der Niedergeschlagenheit aus.

»Es hat keinen Sinn, sich darüber zu ärgern«, sagte Edna. »Du mußt lernen, gelassener und großmütiger zu sein.«

»Alle erzählen mir immer, ich muß dies lernen und ich muß jenes lernen«, sagte Priscilla. »Nie gratuliert mir jemand zu dem, was ich bereits gelernt habe.«

»Gut, ich werde dir gratulieren, wenn du still bist und aufhörst, mich zu nerven. Ich muß die Plätzchen in den Ofen schieben, bevor ich einkaufen gehe. Warum spielst du nicht auf dem Dachboden?«

Priscilla warf ihr einen vorsichtigen Blick zu. »Ich habe keine Lust.«

»Dann, muß ich sagen, hast du dich verändert.«

»Ich habe zufällig einfach keine Lust.«

Priscilla hatte sich in der Tat verändert, aber sie hatte nicht die Absicht, Edna zu erklären, warum. Sie selbst zog es vor, nicht einmal darüber nachzudenken. Obwohl der Dachboden Priscillas Lieblingsversteck war, hatte sie ihn seit einer Woche gemieden, und sie hatte nicht vor, jetzt dorthin zu gehen.

Edna brach zum Lebensmittelladen auf, sie bot einen verwegenen Anblick mit dem gelben Regenmantel, dem gelben Feuerwehrhut und Mutters besten Galoschen. Zu ihrer eigenen Unterhaltung verfaßte Priscilla ein Gedicht auf Skipper und grub eine alte Puppe aus ihrem Kleiderschrank aus, die sie an einem Bindfaden aus dem Schlafzimmerfenster baumeln ließ, während sie sang: »Mögest du hängen, bis du stirbst.«

Doch das war ein schwaches Vergnügen. Außerdem war sie jetzt elf Jahre und zu alt für diese Art von Kinderspiel. Nur ein paar Monate zuvor, so stellte sie erstaunt fest, hätte sie sich einbilden können, die Puppe sei eine ausländische Spionin und sie der erste weibliche Henker der Welt, speziell ernannt von Präsident Coolidge. Heute war sie einfach nur Priscilla und die Puppe nur eine Puppe, und obwohl sie diese schielend und mit dem Kopf nach unten ansah, um ihre Phantasie anzuregen, blieb es eine Puppe.

Da war nun Samstag, der allerbeste Tag der Woche, so, wie Dezember der beste Monat war, und sie saß hier und vergeudete die wertvollen Stunden. (Drei bisher.) Die goldenen Stunden flogen dahin, und die einzige Möglichkeit, sie aufzuhalten, bestand darin, alle Uhren zurückzudrehen. Sie betrachtete dieses drastische Mittel von allen Seiten. Es wäre lustig, die Verwirrung der Erwachsenen zu sehen, doch andererseits gäbe es spät Mittagessen, und wenn es herauskäme, müßte sie gewiß mit einer einschneidenden Kürzung ihres Taschengeldes rechnen. Es war verlockend, aber insgesamt zu riskant. Sie beschloß, statt dessen hinaufzugehen und Großpapa zu besuchen.

Dank der Feuchtigkeit des Frühlingswetters war Großpapa mit Rheumatismus an sein Zimmer gefesselt. Priscilla traf ihn beim Patiencelegen an. Da er es für dumm hielt, ein Spiel zu spielen, das man nie gewann, hatte er eine Patience erfunden, die immer aufging. Sie war sehr befriedigend.

»Nun?« Großpapa warf ihr einen flüchtigen Blick zu, um anzudeuten, daß er sich mitten in einem wichtigen Zug befand.

»Hallo«, sagte Priscilla höflich.

»Was ist?«

»Nichts.«

»Ha«, sagte Großpapa. »Warum bist du nicht draußen und spielst?«

Nachdenklich band sich Priscilla die Zopfenden unter ihrer Nase zusammen.

»Tu das nicht«, sagte Großpapa. »Warum bist du an diesem herrlichen Frühlingstag nicht draußen?«

»Es regnet.«

Großpapa sah sich nicht gern auf diese Weise kontrolliert. »Hm. Ein bißchen Regen hat noch keinem geschadet.«

»Es ist niemand zum Spielen da. Alle sind zur Matinee-Vorstellung ins Kino gegangen. Mutter wollte mich nicht gehen lassen, weil ich von Skippers Fressen probiert habe.«

Großpapa hatte wunderschöne weiße Augenbrauen, die sich wie Raupen ringelten, wenn er neugierig war. »Du hattest einen Grund, nehme ich an?«

»Ich hatte viele Gründe, aber die waren alle nicht gut genug.«

»Wie hat es geschmeckt?«

»Tja, also irgendwie knochig.«

»Hm, hab ich mir fast gedacht«, sagte Großpapa sehr zufrieden. Er hievte sich aus seinem Stuhl und durchquerte, auf einen seiner zwei Stöcke gestützt, das Zimmer.

»Wie geht's deinem Rheuma heute?« erkundigte sich Priscilla.

»Nicht schlecht, danke. Meine neue Medizin scheint gut zu wirken.«

Großpapa nahm einen ausziehbaren Blechbecher und die Medizinflasche von seiner Kommode. Er kümmerte sich nie darum, die Medizin zu dosieren. Das war ihm zuviel Mühe, und außerdem hielt er Ärzte für eine übervorsichtige und ängstliche Bande, weil sie ihm die Medizin löffelweise verschrieben anstatt in den Riesenportionen, an die er selbst glaubte. Da Mutter diese Angewohnheit von Großpapa kannte, hatte sie die Mädchen ermahnt, ihn so oft wie möglich zu kontrollieren und sich zu vergewissern, daß er nur einen Teelöffel voll nahm.

Großpapa ließ den Faltbecher aufspringen und goß sich eine reichliche Dosis ein.

»Das ist mehr als ein Teelöffel, Großpapa«, bemerkte Priscilla. »Mir scheinen das ungefähr elf Teelöffel zu sein.«

»Kinder sollte man sehen, aber nicht hören«, sagte Großpapa steif.

»Ich dachte nur, da du doch so alt bist und deine Sehkraft nachläßt, daß dir nicht aufgefallen ist, wieviel du dir eingegossen hast.«

»Ich bin achtundsechzig, und mein Sehvermögen ist ausgezeichnet. Jetzt geh und störe mich nicht.«

»Ich weiß nicht, wo ich hingehen soll.«

»Du mußt doch irgend etwas zu tun haben«, sagte Großpapa, während er den Verschluß wieder auf die Medizinflasche schraubte. »Hast du heute schon geübt?«

»Du hast mich gehört«, erwiderte Priscilla freundlich. »Du hast zu Mutter gesagt, es macht dich verrückt.«

»Habe ich das? Na schön.«

»Ich sollte nächste Woche einen goldenen Stern für *Tanz der Frösche* bekommen, dann brauche ich es nicht mehr zu spielen.«

»Gott sei Dank!« sagte Großpapa und wandte sich wieder seinem einsamen Spiel zu.

Obwohl gewisse Leute in der Nachbarschaft behaupteten, Großpapa fluche wie ein Landsknecht, erklärte Großpapa Priscilla, daß das nicht wahr sei. Er fluche nicht, er rufe lediglich den Allmächtigen an, ihn von dem albernen Geschwätz der menschlichen Rasse zu befreien. Priscilla sagte oft leise ›Mein Gott‹, aber sie durfte es nicht laut sagen. Solche Appelle an Gott waren, wie Kaffeetrinken und Zigarettenrauchen, ein Privileg der Erwachsenen. Am Morgen ihres einundzwanzigsten Geburtstags wollte sich Priscilla allen drei Vergnügungen hingeben. Von sieben Uhr an würde sie Kaffee trinken, rauchen und ›Oh, mein Gott‹ sagen, wann immer sie Lust dazu hatte. Die Vision dieses glorreichen Tages entschädigte sie für einige der schrecklichen Demütigungen und Entbehrungen, die das Leben einer demnächst Zwölfjährigen begleiteten.

In der Zwischenzeit fuhr sie fort, sich mit einem Ersatz

für das einzig Wahre zu begnügen. Sie durfte zwar nicht laut fluchen, doch dafür hatte sie eine wachsende Liste von Wörtern hinten in ihrem Tagebuch, die sie heimlich benutzte, wenn das Leben schier unerträglich schien. Die neueste Eintragung in der Liste war ›Flittchen‹, ein Wort, das sie von Edna aufgeschnappt hatte. Sie wußte nicht, was es bedeutete, aber Edna war eine zuverlässige Quelle, also war es wahrscheinlich etwas hinlänglich Anrüchiges. Und was für eine wunderbare Erleichterung war es, wenn alles schiefging, mit der Faust an die Wand zu schlagen und zu flüstern: ›Flittchen, Flittchen, Flittchen!‹. Falls das Wort der Prüfung durch die Zeit standhielt, würde sie es in ihre einundzwanzigste Geburtstagsfeier aufnehmen. Zuvor waren jedoch Nachforschungen notwendig. Sie mußte herausfinden, was das Wort bedeutete, denn das Sündigen war befriedigender, wenn man sich der Tiefe der Erniedrigung durch seine Sünde bewußt war. Und die war sicher beträchtlich, entschied Priscilla.

Aufgeheitert von diesem Gedanken, warf sie Großpapa ein herzerwärmendes Lächeln zu. Der sah aber nicht hin. Man könnte Großpapa ja vielleicht nach dem Wort fragen. Großpapa war viele Jahre Rektor der Highschool gewesen, und er verstand sehr viel von Wörtern, sogar von griechischen und lateinischen. Er hatte Priscilla die beiden längsten Wörter im Wörterbuch beigebracht, so daß Priscilla, wann immer ihre Überlegenheit in Frage gestellt wurde, auf ›Dezimalklassifikation‹ und ›Antiangloamerikanismus‹ zurückgreifen konnte.

Priscilla setzte sich auf den Rand von Großpapas Bett.

»Großpapa, was machst du, wenn du ein Wort hörst,

und es steht nicht im Wörterbuch, und du bist dir ziemlich sicher, wie es buchstabiert wird, aber nicht absolut sicher.«

»Es vergessen«, antwortete Großpapa kurz angebunden und begann, sehr geräuschvoll und demonstrativ die Karten zu mischen.

»Ich wollte sowieso gerade gehen«, sagte Priscilla und verließ betont würdevoll das Zimmer.

Die Hälfte einer goldenen Stunde auf Großpapa verschwendet ohne das geringste Ergebnis. Oh, Gott, oh, Flittchen!

Ohne zu zögern, ging sie nach unten und stellte alle Uhren drei Stunden zurück. Im Handumdrehen war es wieder sieben Uhr dreißig. Sie war gerade mit dem Frühstück fertig, jedenfalls mal angenommen, und brauchte nur noch still am Tisch zu sitzen und ihren Tag zu planen.

Sie ging in die Küche und setzte sich still an den Tisch. Dann schloß sie die Augen bis auf winzige Schlitze und konnte sich vorstellen, daß auf dem Tisch immer noch das leere Frühstücksgeschirr stand, und indem sie sich die Nase zuhielt, konnte sie den für sieben Uhr dreißig ganz untypischen Geruch nach im Ofen backenden Samstagsplätzchen ignorieren. Das erforderte erhebliche Willenskraft, denn neben Benzin, Teer und Maiglöckchen waren Schokoladenplätzchen mit Rosinen ihr Lieblingsgeruch.

»Abrakadabra«, flüsterte sie, um ihre Willenskraft zu stärken.

Ohne Erfolg. Sie ließ die Nase los und atmete ein. Es war zwar nicht unmöglich, daß um sieben Uhr dreißig Plätzchen im Ofen waren, doch hätte das bedeutet, daß Edna um sechs Uhr aufgestanden sein mußte, was völlig unwahrscheinlich war. Edna stand morgens nicht gern auf. Sie erzählte Priscilla oft, daß sie, wenn sie erst einen Goldesel hätte, jeden Tag bis mittags im Bett liegen und heiße Schokolade mit türkischem Honig obendrauf trinken würde.

Edna erwähnte die Möglichkeit, einen Goldesel zu finden, so häufig, daß diese zu einer ständigen Quelle der Spekulation für Priscilla und Becky wurde. Jeden Sommer, wenn sie in den Wiesen spielten, suchten sie mit Hilfe von Großpapas altem Feldstecher stundenlang die Gegend nach Ednas Goldesel ab. Becky stellte sich ein niedliches kleines Eselchen mit goldenem Fell vor, aber Priscilla lehnte eine solch alltägliche Idee ab. Ednas Esel würde gigantisch sein, den riesigen Bauch voller Gold und Silber, dazu noch Pralinen und Pfefferminzbonbons, und auf seinem Rücken würde er unzählige Männer tragen. »Edna«, hatte Priscilla ihre Mutter zu Vater sagen hören, »mag Männer.« So war es nur natürlich, daß auf Ednas Esel viele Männer reiten würden.

Der Esel ließ lange auf sich warten, doch die beiden Mädchen gaben die Hoffnung nicht auf. Wenn er käme und Edna auf ihm davonreiten würde, wollte Priscilla sechs Monate des Jahres bei ihr verbringen. Becky war damit nicht einverstanden. Sie litt unter Heimweh. Manchmal packte Becky sogar mitten in einem Film das Heimweh, und Priscilla mußte sie nach Hause schleppen.

An all die Filme zu denken, deren Anfang oder Ende sie niemals kennen würde, erfüllte Priscilla mit tiefer Empörung. Es war schrecklich, eine kleine Schwester zu haben, die heimwehkrank wurde und immer von ihrem Taschengeld sparte und geheime Verstecke für Zehn- und

Fünfcentstücke hatte. Das ließ Priscilla nur noch sehnsüchtiger auf die Ankunft von Ednas Goldesel warten. Sie könnte für immer bei Edna leben und Becky verlassen, die sich, umgeben von ihren unrechtmäßig erworbenen Besitztümern, die Augen ausweinen würde.

Ich hoffe, daß sie während des Jackie-Coogan-Films Heimweh bekommt, dachte Priscilla, ich hoffe es wirklich.

Die große Holzuhr an der Küchenwand schlug sieben Uhr fünfundvierzig, aber sie log, und Priscilla war gezwungen, dies einzugestehen. Es hatte keinen Sinn – der Duft der Plätzchen, der Tisch ohne Frühstücksgeschirr, Edna beim Einkaufen und Becky im Kino – da konnte sie genausogut aufgeben.

Sie stellte alle Uhren wieder vor, wahrte jedoch das Gesicht, indem sie es nachlässig tat, so daß zwischen der Uhr im Eßzimmer und der in der Küche eine Differenz von zehn Minuten bestand.

Sie war nun wieder da, wo sie angefangen hatte, allein und ohne Freunde, arm und verwaist, und alle amüsierten sich, außer ihr.

Blieb noch die Herausforderung des Dachbodens. Es wäre eine doppelte Probe ihrer Selbstbeherrschung, wenn es ihr gelänge, ohne das geringste Zögern die Stufen zum Dachboden hinaufzusteigen und dort mit den Fingernägeln über die große Schiefertafel zu kratzen. Dies war der beste Selbstbeherrschungstest, den Priscilla je erfunden hatte. Manchmal, vor allem wenn Becky zusah, konnte Priscilla fünf volle Minuten lang kratzen, was sie zu Woodlawn Avenues Weltmeisterin im Tafelkratzen machte. Das unangenehme Geräusch der Fingernägel und die schauerlichen Vibrationen, die direkt bis in die Schultern krochen, wären jedoch relativ leicht zu ertragen, verglichen mit dem Erklimmen der Dachbodentreppe.

Die Abgeschiedenheit des Dachbodens vom übrigen Haus bestand vor allem in der Abwesenheit von Erwachsenen. Hier war das Betätigungsfeld für Priscillas schöpferische Energie. Sie verfaßte Gedichte an der Tafel (zumeist über Hunde und unerwiderte Liebe), schrieb Geschichten und spielte ihre Theaterstücke, ohne die Einmischung von Erwachsenen befürchten zu müssen. Die Treppe zum Dachboden war zu steil für Großpapa und Mutter, Vater ging nur einmal im Jahr, zu Beginn der Angelsaison, dort hinauf, und Edna sagte, vor Dachböden habe sie Bammel. Sie würde keinen Fuß auf einen setzen, behauptete Edna, nicht nach allem, was sie wisse.

Was Edna wußte, weigerte sie sich mitzuteilen, also waren Priscilla und Becky gezwungen zu raten. Sie verbrachten mehrere gruselige, aber wundervolle Nachmittage damit, auf dem Dachboden nach blutsaugenden Fledermäusen, menschenfressenden Ratten und Leichen, entweder ganz (in Großpapas alter Truhe) oder in Teilen (zerstückelt und zwischen Vaters Angelgerät verstreut), zu suchen. Schließlich, auf Beckys Vorschlag hin, begannen sie die Suche von neuem, diesmal nach einem winzig kleinen, ungefähr dreißig Zentimeter großen Mann, der unerkannt auf dem Dachboden hauste und sich von Motten ernährte und von Regentropfen, die er auffing, indem er seine winzige Hand zum Fenster hinausstreckte.

Dank der Heftchen, die Paul unter seiner Matratze verborgen hielt, hatte Priscilla beträchtliche Kenntnisse über blutsaugende Fledermäuse und Leichen erworben, und sie fühlte sich absolut dazu in der Lage, mit ihnen fertig zu werden. Doch die Vorstellung des winzigen Mannes raubte ihr den Nerv.

»Das ist kindisch«, sagte sie zu Becky mit einer Stimme, die vor Angst und Hohn zitterte. »Er könnte nicht von Motten leben.«

Becky, die gegenüber ihrer älteren Schwester selten im Vorteil war, ließ nicht locker, wenn sie es war. »Doch, das könnte er«, sagte sie ruhig. »Besonders wenn er nur dreißig Zentimeter groß ist, besonders wenn er Motten*würmer* ißt.«

Priscilla war von diesem Argument erschüttert. Die Vernunft zwang sie zuzugeben, daß Mottenwürmer, in Mengen gegessen, zweifellos einen sehr kleinen Mann ernähren könnten.

»Ja, aber er würde an Bakterien sterben«, sagte sie. »Und es wäre niemand da, um den Arzt anzurufen.«

»Ich würde den Arzt anrufen«, sagte Becky geheimnisvoll.

»Du kennst ja nicht einmal seine Nummer, und außerdem würde dich jemand hören.«

»Nein, würde niemand. Ich würde ihn ganz leise anrufen.« Becky senkte ihre Stimme zu einem unheimlichen Flüstern. »Hallo, hallo, Doktor! Kommen Sie sofort, hier ist ein winzig kleiner Mann mit Bakterien…«

»Ich spiele nicht mit dir«, sagte Priscilla grob. »Du bist ja nur ein Baby.«

»Hallo, Doktor. Oh, Doktor, kommen Sie sofort.«

»Halt endlich deinen Mund!«

Priscilla war eine Woche lang nicht mehr auf den Dachboden gegangen. Jeden Abend, wenn sie einzuschlafen versuchte, stellte sie sich Becky und den Arzt oben auf dem Dachboden vor, wie sie den winzigen Mann mit einer kleinen Spezialwärmeflasche und einem Thermometer wieder gesund pflegten. Kurz bevor Priscilla in Schlaf fiel, schrumpften Becky und der Arzt auf dieselbe Größe wie der winzige Mann, und die drei lebten – unerkannt – zusammen auf dem Dachboden.

Priscilla setzte sich auf die Treppe, kaute an den Enden ihrer Zöpfe und versuchte, Mut zu sammeln, indem sie sich mit Namen beschimpfte, die sie gewöhnlich für andere Kinder aufsparte.

»Memme, Stinktier, Angsthase«, sagte Priscilla, doch der kleine Mann weigerte sich, die Flucht zu ergreifen. Er hatte ihren lieblichen Dachboden verseucht, und die einzige Möglichkeit, ihn zu vertreiben, war, herauszufinden, was genau Edna wußte.

Sobald Edna vom Lebensmittelladen zurückkam, würde sie sie zum zehnten und letzten Mal danach fragen und auch nach ›Flittchen‹, wenn sie guter Laune war.

Edna war nicht guter Laune. Sie kam leise murrend herein, gefolgt von einem durchnäßten und glitschigen Skipper. Edna hatte nichts dagegen, einzukaufen, nein. Aber nicht im Regen und nicht am Samstagmorgen und nicht für eine Familie, die zwanzigmal soviel aß wie eine gewöhnliche Familie.

»Du ißt auch etwas davon«, gab Priscilla zu bedenken.

»Was ich esse«, sagte Edna etwas ungenau, »würde kaum mehr als einen Fingerhut füllen.«

Sie zog ihren gelben Ölmantel aus und hängte ihn in die Nähe der Heizung. Sein scharfer Geruch, vermischt mit dem Duft nach nassem Hund und Schokoladenplätzchen mit Rosinen, war überwältigend. Priscilla schnupperte, und vor lauter Begeisterung warf sie die Arme um Skipper und rieb ihre Wange an seiner Nase.

»Wenn du nicht aufhörst, das Tier zu küssen«, warnte Edna, »sage ich's deiner Mama.«

»Ich küsse ihn nicht, er küßt mich!« Priscilla hob ein Ohr des Hundes und befahl eindringlich: »Küß mich, Skipper. Mach weiter, küß mich.«

Skipper verstand sie nicht richtig und bellte kurz auf.

»Siehst du, jetzt hast du ihn zum Jaulen gebracht«, sagte Edna und sah dabei mit sehr grimmiger Miene unter dem Feuerwehrhelm aus Ölhaut hervor. »Du hast ihn so traktiert, daß du ihn zum Jaulen gebracht hast. Du kennst die Vorschrift deiner Mama über das Küssen des Hundes.«

Priscilla kannte die Bad- oder Sterbebettregel sehr gut, aber es war hart, sich damit abzufinden, weil sie so unfair war. Skippers Bäder waren sehr selten, was der Schwierigkeit, ihn zu fangen, zuzuschreiben war, und er war von mehr Sterbebetten gehüpft als irgendein anderer Hund in der Woodlawn Avenue. Selbst Großpapa räumte ein, daß Skipper, der zwei Verkehrsunfälle und ein Bein voller Schrotkugeln überlebt hatte, ein höchst bemerkenswerter Hund sei. Großpapa ging zwar nie so weit, Skipper zu küssen, doch hin und wieder gab er ihm ein Pfefferminzbonbon als Belohnung für seine Einzigartigkeit.

»Großpapa macht es nichts aus, wenn ich ihn küsse«, sagte Priscilla.

»Dein Großpapa und ich, wir sind nicht immer einer Meinung.«

Edna setzte sich und begann die Galoschen aufzuschnallen. Ednas Beine waren sehr kurz, und die Galoschen reichten ihr fast bis zu den Knien. Edna behauptete, dies sei sehr schick, und jeder im Lebensmittelladen habe ihr bewundernde Blicke zugeworfen.

»Wenn du mich wegen des Hundes verrätst«, meinte Priscilla, »sage ich Mama, daß du ihre Galoschen getragen hast.«

»Tra la«, erwiderte Edna. »Deine Mama hat mir erlaubt, sie zu tragen. Sie wollte nicht, daß ich mich erkälte, weil sie weiß, wie das die Sache mit meinem Kropf kompliziert.«

Das mochte stimmen oder nicht, aber es klang vernünftig in Priscillas Ohren. Ihre Mutter nahm Ednas Kropf sehr ernst. Genaugenommen war er sogar der Grund, warum sie sie eingestellt hatte.

Priscillas Mutter hatte eine eigentümliche, aber konsequente Art, sich ihre Haushaltshilfen auszusuchen. Referenzen und Empfehlungen bedeuteten ihr nichts. Aus der Zahl der Bewerberinnen wählte sie immer diejenige, die wegen verschiedener geistiger und körperlicher Gebrechen oder Leiden mit Sicherheit von niemandem sonst eingestellt würde. Kein Argument seitens Vaters oder Großpapas konnte sie von ihrer Entscheidung abbringen.

Edna war ausgewählt worden, weil sie an zwei Heimsuchungen litt. Die eine, deutlich sichtbar, war ihr Kropf. Die andere bezeichnete Mutter als Ednas großen Kummer. Priscilla und Becky verstanden diesen Kummer nicht, da nur flüsternd über ihn gesprochen wurde, aber Paul hatte eine Andeutung gemacht, daß es wohl etwas mit Harry zu tun haben mußte.

Harry war Ednas Sohn. Als Edna zum ersten Mal zum Arbeiten kam, brachte sie Harry mit. Es gab ziemlich viele Auseinandersetzungen deswegen. Vater sagte, er habe drei eigene Kinder großgezogen, und er wolle verdammt sein, wenn er noch eins großziehen würde. Nur über seine Leiche, meinte Vater.

Harry kam trotzdem, und obgleich Priscilla und Becky zur Stelle waren, um zu beobachten, wie er über Vaters Leiche das Haus betrat, war Harrys Auftreten unspektakulär. Harry war ein schweigsames Kind von fünf Jahren, das seinen Unwillen durch kräftiges und gezieltes Spucken auf den Gegenstand desselben mitteilte. Er blieb zwei Monate, während derer Priscilla ihre Treffsicherheit im Spucken vervollkommnete und Vater sich beklagte.

»Nicht genug damit, daß ich drei eigene Kinder habe, nun muß ich auch noch diesen Trottel ertragen.«

»Pst, Frederick«, sagte Mutter mit vor Mitgefühl zitternder Stimme. »Er ist kein Trottel, er ist nur still. Er scheint sogar recht – nun, nicht direkt intelligent, aber klug zu sein. Außerdem hat das arme Ding keinen Vater. Wir müssen immer tolerant sein, Frederick.«

Vater war nicht besonders gut im Tolerantsein, wenn persönliche Unbequemlichkeiten damit verbunden waren. Zum Glück rettete Harry selbst die Situation, indem er so taktlos war, Großpapa zu bespucken. Großpapa rief so lange und so laut den Allmächtigen an, daß Edna Harry in einem plötzlichen Anfall mütterlicher Besorgtheit ins Haus ihrer Tante Aggie brachte, um ihn dem Einfluß eines

Gotteslästerers zu entziehen. Harry kam noch häufig zu Besuch, aber es war für jeden eine Erleichterung, besonders für Edna, ihn nicht die ganze Zeit um sich zu haben.

Ednas Stimmung hob sich merklich. Sie scherzte mit dem Milchmann und dem Jungen vom Lebensmittelladen, und sie machte den beiden Mädchen gewisse unerwartete Zugeständnisse. Sie borgte ihnen ihren Lippenstift für die Vorstellungen, die sie in der Garage gaben, und bei seltenen Gelegenheiten erlaubte sie Priscilla sogar, genau eine halbe Stunde lang in ihren neuen Pumps mit Pfennigabsätzen im Haus herumzugehen, um sie einzulaufen. Da Priscillas Füße größer waren als Ednas, drückten die Pumps ziemlich stark, aber keine noch so große Pein konnte ihren Zauber zerstören.

Edna holte eines der Plätzchen aus dem Ofen und aß es mit kritischer Miene.

»Zu süß«, stellte sie energisch fest.

»Bestimmt nicht«, sagte Priscilla.

»Versuch eins.«

Priscilla versuchte eins, konnte sich jedoch nicht entscheiden, ob sie zu süß waren oder nicht. Nachdenklich aß sie noch zwei und erklärte sie für perfekt.

»Oh, mach nur weiter«, sagte Edna, die sehr empfänglich für Komplimente bezüglich ihres Kochens war. »Sie sind bei weitem zu süß.«

»Sie sind absolut perfekt und köstlich.«

»Ich glaube nicht, bestimmt nicht.«

»Sie sind absolut toll«, sagte Priscilla, sich theatralisch ihren Bauch reibend. »Ich könnte eine Milliarde oder eine Billion davon essen.«

»Das wirst du nicht tun«, entgegnete Edna und begann unvermittelt, die Plätzchen mit einem Tafelmesser vom Blech zu kratzen.

Das dadurch entstehende Geräusch erinnerte Priscilla an die Schiefertafel auf dem Dachboden, und sie spürte sich von dem leichtsinnigen Wunsch gepackt, die Treppe hinaufzustürzen und ihre Selbstbeherrschung zu testen oder einen Roman zu schreiben oder Mutters alte Kleider anzuziehen. Aber, sonnenklar, da war ja noch der winzige Mann, den sie vor ihrem geistigen Auge auftauchen sah, ziemlich blaß von all den Bakterien und medizinischer Hilfe bedürftig.

»Schneide nicht so gräßliche Gesichter«, sagte Edna, während sie den Deckel auf das Plätzchenglas schraubte. »Was ist denn los mit dir?«

»Ich habe nachgedacht«, antwortete Priscilla. »Ich habe mich gefragt, was du wohl weißt.«

»Was ich weiß?« wiederholte Edna unbekümmert. »Tra la, ich weiß sehr viele Dinge. Ich weiß mehr, als ich mir anmerken lasse, das kann ich dir sagen.«

»Ich meine, über Dachböden.«

Edna tat, als ob sie es nicht gehört hätte. »Sei ein braves Mädchen, lauf in den Obstkeller und hol die Kartoffeln.«

»Nicht, wenn du mir nicht von dem Dachboden erzählst.«

»Davon würde ich keiner lebenden Seele erzählen, nicht für Geld und gute Worte. Und ich werde die Kartoffeln selbst holen, danke, auch wenn ich kaum atmen kann wegen meinem Kropf.«

»Ich wette, du weißt sowieso nichts.«

»Oh, ich weiß nichts, wie? Nur zu deiner Belehrung, es passierte einer sehr guten Freundin einer sehr guten Freundin von mir.«

»Was denn?«

»Sie verschwand«, sagte Edna lakonisch. »Verschwand genau in ihrer Hochzeitsnacht.«

Priscillas Augen weiteten sich. »Und sie wurde nie gefunden?«

»Zwanzig Jahre lang nicht. Und dann bestand sie nur noch aus Knochen, alten staubigen Knochen. Verschwand in ihrer Hochzeitsnacht, wohlgemerkt, und zwanzig Jahre lang wurde nicht die geringste Spur von ihr entdeckt, bis ihr eigener Mann ihre Knochen fand.«

»Woher wußte er, daß es ihre Knochen waren?«

»Wessen Knochen hätten es sonst sein sollen? Außerdem, als er die Truhe auf dem Dachboden öffnete, siehe da, da waren ihr Ring und ein Stück von ihrem Hochzeitskleid.«

»Und wahrscheinlich auch ihr Haar«, ergänzte Priscilla, angeregt ebenso durch ihre Phantasie wie durch Pauls verbotene Heftchen. »Ihr langes, goldenes Haar.«

»Sehr wahrscheinlich«, stimmte Edna zu. »Und weißt du, wie sie in die Truhe kam?«

»Ihr Mann brachte sie um.«

»Himmel, nein! Es war eine richtige Liebesheirat, von Anfang an. Er betete den Boden an, auf dem sie ging. Um die Wahrheit zu sagen, sie stieg selbst in die Truhe.«

»Warum?«

»Nun, es war nur ein Spiel. Es war ihre Hochzeitsnacht und so, und sie waren sehr fröhlich und beschlossen, Versteck zu spielen. Also ging sie auf den Dachboden und hüpfte in die Truhe, und das Schloß schnappte zu. Sie erstickte.«

»Der Mann kann kein besonders guter Sucher gewesen sein«, sagte Priscilla. »Das ist der erste Ort, an dem *ich* nachgesehen hätte, in der Truhe.«

»Er hat dort gesucht. Aber da war sie schon zu schwach, um zu rufen, und außerdem hatte er den Schlüssel zu der Truhe nicht.«

»Du meine Güte«, sagte Priscilla.

Sie war ganz ergriffen von der Tragödie der Braut mit dem goldenen Haar, andererseits jedoch war es beruhigend zu erfahren, daß es bei dem, was Edna wußte, nur um eine Leiche und nicht um ein dreißig Zentimeter großes und für Bakterien anfälliges Männchen ging.

Die Welt erschien Priscilla plötzlich sehr viel heller. Es gab keinen kleinen Mann, Becky und der Doktor würden nie schrumpfen, die Schokoladenplätzchen mit Rosinen würden vielleicht drei Tage reichen, Edna hatte erzählt, was sie wußte, und morgen war der Tag, an dem sie die hochhackigen Pumps einlaufen durfte.

»Oh, Edna!« rief sie und warf ihre Arme um Ednas Hals.

»Na bitte«, sagte Edna finster. »Ich wußte, daß ich es dir nicht hätte erzählen sollen. Du bist wie deine Mama, du bist zu emotional. Das nächste Mal werde ich meinen Mund halten.«

»Tra la«, sagte Priscilla und ging in den Obstkeller hinunter – im Dunkeln, um ihre Charakterstärke zu testen.

Das weiche Herz

Unter den Mitgliedern der Familie war man sich einig, daß Mutter ein sehr emotionales Wesen hatte. Doch niemand konnte ganz sicher sein, welche Ereignisse Mutters Emotionen auslösten. Bei ernsten Krankheiten, Unfällen, Bränden, Todesfällen und allgemeinen Katastrophen blieb Mutter vollkommen ruhig. Die größeren Kalamitäten schrieb sie Gott zu, der jemandem eine Lehre erteilte, und sie beugte sich seinem Willen so freudig wie möglich. Aber für die kleineren Unglücke, wie verstauchte Knöchel, aus dem Nest gefallene Vogelküken, Pauls schlechte Noten in Französisch und Großtante Louises abnehmendes Interesse an der Methodistenkirche, fühlte Mutter sich meist selbst verantwortlich. Immer, wenn sie sich verantwortlich fühlte, geriet sie in etwas, was Vater ›einen Zustand‹ nannte und das strenge Selbstverurteilung und gelegentliches Weinen einschloß. Mutter weinte so leicht und mühelos wie Becky.

Es gab eine Reihe von Dingen, die Mutter unfehlbar in einen Zustand versetzten: alle kranken, verletzten, sterbenden oder toten Vierbeiner, Vögel oder Reptilien; alle Kinder, die nicht so kräftig wie Priscilla und Becky aussahen und infolgedessen hungern mußten; Rinder oder Schafe in Viehtransportern auf dem Weg zum Markt; und Menschen mit traurigen Gesichtern. Mutter erfand gewöhnlich eine Geschichte, die die Traurigkeit in ihren Gesichtern erklärte. Diese Geschichten waren naturgemäß sehr schmerzlich und umfaßten unartige Kinder, betrunkene Ehemänner, Drogensucht und unheilbare Krankheiten. Mutter hatte ein dramatisches und übersteigertes Gemüt.

Mutters besondere Schwächen waren Landstreicher und Tiere.

Alle Tiere waren ihrer Meinung nach hungrig. Aus diesem Grund verließ sie das Haus nie ohne eine Papiertüte voller Essensreste und Knochen und Brotkrumen, mit denen sie das erste Tier fütterte, das ihr begegnete und das ihr hungrig erschien. Das hatte zur Folge, daß Vögel und Eichhörnchen, die häufig in die Woodlawn Avenue kamen, alle übergewichtig und träge waren, und in dem Garten hinter dem Haus drängte sich gewöhnlich ein Sortiment von Hunden, die etwas Gutes zu schätzen wußten.

Auch die größeren Tiere vernachlässigte Mutter nicht. Sie hatte die für Vater sehr peinliche Angewohnheit, Liefergespanne auf der Straße anzuhalten und deren Kutscher zu beschuldigen, daß sie die Pferde zu schnell laufen ließen. Der Fahrer von Bannermans Bäckerei war der schlimmste Übeltäter. Mutter stellte ihn drei- bis viermal pro Woche zur Rede, und auf seinen Protest hin, daß sein Pferd *gern* schnell laufe, entgegnete Mutter standhaft, daß das arme Ding schwitze, untergewichtig und nervös sei. Das Pferd kannte sie bald sehr gut und hielt aus eigenem Antrieb, wann immer es sie auf der Straße erblickte.

»Eure Mutter«, sagte Großpapa zu den Mädchen, »hat ein weiches Herz.«

Während Mutters weiches Herz für Vater eine Prüfung war, machte es das Leben für die Mädchen interessanter, besonders in der Winterzeit. Mutters Tiere hungerten vor allem in den Wintermonaten, und so war sie gezwungen, viele Ausflüge mit ihren Papiertüten zu unternehmen. Becky und Priscilla begleiten sie oft dabei. Sie trugen ihre Wintersportkleidung: Mokassins über drei Paar Wollsocken, Wollschlüpfer, blaue Sergehosen, zwei Pullover plus Holzfällerjacke, Fausthandschuhe und Zipfelmützen mit weit herunterhängender Bommel. Vollständig angezogen sahen sie wie dicke, kleine, alte Damen aus und konnten sich kaum bewegen. Trotzdem war es immer sehr spannend, hinter Mutter durch den Schnee zu wanken, denn sie wußten nie, wohin Mutters weiches Herz sie schließlich führen würde.

Vater billigte diese Ausflüge nicht.

»Ich nehme an, dir ist nicht klar, Allie, daß manche Leute es als Beleidigung auffassen könnten, wenn du herumgehst und ihre Tiere fütterst.«

»Oh, nein, das tun sie nicht«, sagte Mutter unbekümmert. »Nicht, so wie ich es mache.«

»Und *wie* machst du es?«

»Nun, auf eine natürliche Art und Weise. Ich tue so, als ob ich eine Exzentrikerin wäre, die immer solche Dinge macht.«

»Lieber Himmel, Allie«, sagte Vater. »Ist dir klar, daß du die Frau eines Ratsherren bist?«

Mutter antwortete, daß sie sich dessen bewußt sei und daß es mehr Ratsherrenfrauen wie sie geben sollte. Genaugenommen sollten alle Ratsherrenfrauen jeden Tag hinausgehen und den armen hungernden Tieren helfen, die nicht für sich selbst sprechen könnten.

»Aber ich will nicht, daß meine Frau sich wie eine Exzentrikerin benimmt!« schrie Vater. »Ich will es nicht, Allie. Ich werde ein Machtwort sprechen müssen.«

Immer, wenn Vater ein Machtwort sprach, setzte Mutter sich darüber hinweg, taktvoll, weil sie seine Gefühle nicht verletzen wollte, aber entschlossen, weil Vater in Herzensangelegenheiten immer unrecht hatte.

Die Ereignisse erreichten ihren Höhepunkt, als der Fahrer des Wagens von Bannermans Bäckerei sich schließlich bei Mr. Bannerman selbst beklagte.

Zu diesem Zeitpunkt befand sich der Fahrer in einem äußerst gereizten Zustand. Er hatte seine alte Route völlig aufgegeben und hielt sich an Nebenstraßen und Feldwege, in der Hoffnung, Mutter zu entrinnen. Er tat sein Bestes, das Pferd im Schritt zu halten, und er verdoppelte seine Futterrationen, doch das Pferd weigerte sich verstockt, langsam zu gehen oder zuzunehmen. Außerdem bewahrte es sich seine große Zuneigung für Mutter und ihre Zuckerstücke, die sie in den Taschen hatte. Diese Entfremdung der Gefühle verletzte den Fahrer zutiefst, und sein Bericht, den er Mr. Bannerman gab, war folglich ein wenig übertrieben.

Mr. Bannerman kam persönlich in die Stallungen, um das Pferd zu inspizieren. Da er es völlig in Ordnung fand, vermutete er sogleich ein Komplott. Mr. Bannerman war Republikaner, und Vater war Demokrat, und so glaubte Mr. Bannerman, Vater habe seine Frau bewußt dazu angestiftet, das Pferd anzuhalten, um die republikanische Partei in den Augen aller Tierfreunde zu diskreditieren. Mr. Bannerman bedauerte Mutter, die eine so nette weibliche Frau sei und von Politik und den meisten anderen Dingen offensichtlich keine Ahnung habe. Aber Vater, so Mr. Bannermans Urteil, sei nichts anderes als ein Demagoge.

Diese Bezeichnung und der Grund dafür wurde Vater via Isobel Bannerman, Priscillas beste Freundin, prompt übermittelt.

Vater übermittelte es Mutter, sehr laut.

»Ist dir klar, Allie, daß du mich für die nächsten Wahlen vermutlich ruiniert hast? Demagoge. Das ist die Art von Bezeichnung, die hängenbleibt.«

Mutter wußte zwar nicht, was ein Demagoge war, aber sie war loyal. »Ich habe noch nie etwas so Dummes gehört. Du und ein Demagoge, du meine Güte.«

»Du mußt damit aufhören, Allie. Du mußt aufhören, Pferde anzuhalten!«

Mutter, hin und her gerissen, zwischen ihrer Verantwortung gegenüber stummen Geschöpfen und ihrer Liebe zu Vater, kam ihm entgegen, indem sie das Thema wechselte. »Pst, Frederick«, sagte sie sanft. »Du wirst die Nachbarn stören.«

Vater verlor viele Auseinandersetzungen dadurch, daß er laut wurde und Mutter so die Gelegenheit gab, ihn darauf hinzuweisen, daß er die Nachbarn störe. Sie erinnerte ihn jedesmal daran, daß Woodlawn Avenue eine so hübsche und ruhige Straße mit so vielen netten Bewohnern sei und daß es eine Schande für Vater wäre und er seinen guten Ruf gefährdete, wenn bekannt würde, daß er die Art Mann sei, die brutal Frau und Kinder anbrüllt.

Woodlawn Avenue und die Leute, die dort ihre Häuser bauten, standen in hohem Ansehen bei Vater. Das kam hauptsächlich daher, daß er im Ostteil der Stadt geboren und aufgewachsen war. Eine seiner liebsten Beschäftigungen an Sonntagnachmittagen bestand darin, seine Familie dorthin zu fahren und ihr das Haus zu zeigen, in dem er geboren war und das er ›Baracke‹ nannte.

Die Baracke befand sich direkt neben dem Bahnhof. Von dort, so behauptete Vater stolz, habe er es aus eigener Kraft bis zur Woodlawn Avenue geschafft. Er hatte Zeitungen ausgetragen und später, als er die Abendschule nicht mehr besuchte, in der Eisengießerei und der ortsansässigen Brauerei gearbeitet. An Samstagen half er Mr. Pelke, dem Teppichknüpfer, Wollteppiche färben, und an Sonntagen assistierte er dem alten Hemmerstein, dem Totengräber.

Was die Teppichherstellung und die Totengräberei betraf, war Mutter sehr skeptisch, bis Vater ihr eines Tages Mr. Hemmerstein auf der Straße vorstellte. Mr. Hemmerstein war damals über neunzig und hatte sich sein eigenes Grab graben lassen, das seit fast drei Monaten auf ihn wartete. Er erzählte Mutter, daß Vater der beste Gehilfe gewesen war, den er je hatte, und daß die Art, wie der Junge mit einer Schaufel umgehen konnte, ein wahres Wunder gewesen sei.

Nach dieser Episode lauschte Mutter mit beträchtlicher Ehrfurcht Vaters Erinnerungen und glaubte praktisch alles, was er ihr erzählte.

Eine Fahrt zur Baracke versetzte Vater für den Rest des Tages in gute Laune. Beglückt verglich er diese bescheidenen Anfänge mit seinem großen, massiven Haus in der Woodlawn Avenue, mit seiner hübschen Frau, die die

Tochter eines gebildeten Mannes, eines Highschooldirektors, war, und mit seinen drei Kindern, die alle Vorteile genossen, die er nie gehabt hatte.

Besonders stolz war er auf Mutter, auf ihr hübsches Aussehen und ihre jugendliche Figur. Immer, wenn er im Zusammenhang mit dem Kohlengeschäft, das er besaß, nach Chicago oder Philadelphia reiste, brachte er ihr teure Dinge mit, wie zum Beispiel seidene Unterwäsche und Kleider, Handtaschen und Hüte, die für Woodlawn Avenue sehr gewagt waren. Auf seiner letzten Reise nach Philadelphia hatte er (bei Wannamaker's) ein rotsamtenes Abendkleid gekauft, das Mutter zutiefst schockierte. Von hinten sah es recht sittsam aus, denn es bedeckte züchtig die Beine bis zu den Fersen. Aber vorn ging die Saumlinie verwegen bis zu den Knien hoch.

»Darin möchte ich nicht einmal tot gesehen werden«, sagte Mutter, »ganz gleich, ob es die neueste Mode ist oder nicht. Und ich bin erstaunt über Wannamaker's, ich bin wirklich erstaunt.«

Eine Familienkonferenz wurde einberufen. Die Mädchen waren nicht eingeladen, aber Paul, dessen Bart allmählich sichtbar wurde, hielt man für alt genug, um teilzunehmen. Selbst Großpapa kam mit seinen beiden Stöcken die Treppe heruntergehumpelt, um sein Urteil über das verruchte Kleid abzugeben.

Um von allen besser gesehen zu werden, stand Mutter auf einem Stuhl im Eßzimmer. Im Kontrast zu dem roten Samt erschien sie unnatürlich bleich.

»Nun?« sagte Mutter mit sehr hoch erhobenem Kopf. »Ich frage euch. Bitte, ich frage euch.«

»Mir gefällt es«, sagte Vater. »Es gefällt mir noch immer, und es wird mir immer gefallen.«

»Es ist wirklich todschick«, sagte Edna bewundernd. »Sie sehen genauso aus wie die im Kino.«

»Klasse«, sagte Paul. Er schnippte zustimmend mit den Fingern und machte einen Charlestonschritt. »Sie ist mein klasse rasse Baby.«

»Das genügt von dir«, sagte Vater und wandte sich an Großpapa. »Was ist deine Meinung, Dad?«

Großpapa fuhr nachdenklich mit seinem Stock am Saum des Kleides entlang. »Ist das absichtlich so, dieses unstete Auf und Ab hier?«

Edna verteidigte das Kleid. »Das soll so sein. Das ist doch das Schicke daran, der unregelmäßige Saum.«

»Nun, meine Meinung ist«, sagte Großpapa nach langem Schweigen, »meine Meinung ist, wenn du so wenig anziehst, brauchst du, offen gestanden, überhaupt nichts anzuziehen.«

Ohne eine Reaktion abzuwarten, ging Großpapa, mit den Stöcken lärmend, wieder in sein Zimmer hinauf.

Mutter stieg vom Stuhl hinunter. »Nun, Frederick, damit wäre es entschieden.«

»Ich sehe nicht, wieso damit alles entschieden ist«, wandte Vater ein. »Das ist doch nur Dads Meinung. Ich dachte, das hier sollte eine demokratische Konferenz sein, bei der die Mehrheit der Stimmen gewinnt.«

»Das war meine Absicht«, sagte Mutter in sachlichem Ton. »Aber dann habe ich mir Großpapa angeschaut, und plötzlich sah ich, wie alt er ist.«

»Was hat das Alter damit zu tun?«

»Nun, ich dachte, da ist er nun und wird alt, und wie wenig Zeit er in dieser Welt noch hat, und ich beschloß, daß es eine Sünde und eine Schande wäre, sich seinen Wünschen zu widersetzen.«

Mutters emotionales Wesen hatte sich weiter herumgesprochen, als ihr bewußt war. Sehr viele Landstreicher kamen mit den Güterwagen in die Stadt und sprangen, auf dem Weg nach Chicago, für eine Mahlzeit ab. Die Insiderinformationen, die sie über die Annehmlichkeiten der Stadt austauschten, hatten oft Woodlawn Avenue 33 zum Gegenstand. Hier, so hieß es, würden sie ein ausgezeichnetes Essen, etwas Kleingeld und ein offenes Ohr finden.

Manchmal kamen vier oder fünf in einer Woche zum Haus. Waren sie gesprächig, lauschte Mutter ernst ihren Lebensgeschichten. Waren sie schweigsam, wie viele von ihnen, erfand Mutter Geschichten für sie (zur Erklärung ihrer traurigen Gesichter) und steigerte sich in einen Zustand hinein. Sie warf sich vor, daß das Leben, das sie führte, nicht gut genug sei und sie für Landstreicher und andere Opfer des Schicksals mitverantwortlich wäre.

Wenn Vater sich über diese Art der Beweisführung ungeduldig zeigte, entgegnete Mutter: »Niemand wird im Leben als Landstreicher geboren, Frederick. Sie waren am Anfang alle Babies, kleine unschuldige Babies!«

Edna war zuerst mißtrauisch und hartherzig gegenüber Landstreichern. Sie selbst arbeitete für ihren Lebensunterhalt und sah nicht ein, warum andere Leute nicht auch arbeiten sollten. Doch Mutters Zustände waren ansteckend, und diesen ständig ausgesetzt zu sein, hatte Spuren bei Edna hinterlassen. Sie wurde fast so geschickt wie Mutter darin, Geschichten zu erfinden und von einem herabhängenden Augenlid auf ein durch Trunk- oder Rauschgiftsucht zerstörtes Zuhause zu schließen.

Mutters emotionale Haltung, auf Ednas natürliches Phlegma aufgepfropft, hatte diese ein wenig nervös gemacht. Edna war mit jedem, auch mit Landstreichern, immer sehr gut zurechtgekommen, bis sie genötigt wurde, Mitleid mit ihnen zu empfinden. In letzter Zeit machte sie jedesmal einen Satz, wenn es klingelte, und schloß alle Türen und Fenster, wenn sie allein im Haus war. Nicht, daß sie vor Landstreichern, die Menschen wie alle anderen auch waren, Angst gehabt hätte, aber sie fürchtete sich vor dem Gefühl der Verantwortlichkeit für die Welt, das Mutter von ihr forderte. Das Gefühl lag ihr ziemlich schwer im Magen.

Mutter hatte eine Reihe von Regeln aufgestellt, was Landstreicher betraf. Zunächst waren es überhaupt keine Landstreicher, sondern Vagabunden. (»Das klingt besser«, erklärte sie Vater. »Es klingt – nun, als ob sie eine Wahl hätten, als ob sie sich bewußt dafür entschieden hätten, für das Abenteuerliche daran, verstehst du, was ich meine?« – »Ja, ja, ja«, sagte Vater.) Vagabunden wie auch Landstreicher hatten oft, ohne Wahl, Flöhe, Läuse oder ansteckende Krankheiten, weshalb die Mädchen angewiesen wurden, zwei Meter Abstand zu halten. Die Anzahl der Meter variierte von Woche zu Woche, aber meistens waren es zwei, was Mutter zufolge eine schöne runde Zahl war.

Es gab noch verschiedene andere Regeln, deren letzte Skipper betraf: Skipper sollte immer ins Haus gelassen werden, wenn ein Vagabund da war, nur zur Vorsicht.

Mutter glaubte, Skipper würde die Familie bis zum äußersten beschützen, dabei war es so, daß Skipper Landstreicher allen anderen Leuten vorzog. Sie rochen interessanter und ungewöhnlicher, und sie behandelten ihn mit dem ehrfürchtigen Respekt, den er meinte, bei seiner Größe verdient zu haben.

Der Regen hörte am Samstag kurz vor Mittag auf, und Skipper roch einen Vagabunden.

Er brach in hysterisches Jaulen aus. Das war sein spezielles Bellen für Vagabunden, und jeder im Haus erkannte es sofort. Edna ging mit beträchtlichem Widerwillen und gemischten Gefühlen zur Hintertür.

Einen Moment lang herrschte eine gespannte Atmosphäre, während Skipper und der Vagabund sich über die Schwelle hinweg beäugten und Mutter Anweisungen die Treppe hinunterrief: »Bitte ihn herein, und gib ihm zuerst eine Tasse Kaffee. Und vergiß nicht, nach seinem Namen zu fragen. Ich bin gleich unten.«

Der Vagabund sagte, sein Name sei Jones, Pop Jones, und er frage sich, ob die Dame des Hauses vielleicht eine Mahlzeit für ihn übrig habe.

»Das ist aber lustig, daß Sie Jones heißen«, sagte Edna, von dem Zufall überrascht. »Mein Freund heißt auch so, nur ist sein Vorname Delbert. Er liefert Lebensmittel für Bowman's aus. Kommen Sie herein, Mrs. Wilson wird gleich unten sein.«

Mr. Jones zögerte.

»Oh, der Hund«, sagte Edna. »Der Hund tut Ihnen nichts. Er ist sanft wie ein Lamm. Er würde keiner Fliege etwas zuleide tun, nicht wahr, Skipper?«

Skipper verneinte heftig und versuchte so auszusehen, als seien Fliegen und Vagabunden sein Leibgericht. Das war jedoch reine Heuchelei. Die Kleider des Vagabunden strömten einen überwältigenden Duft nach Rindern, Schafen, Heu, Achsenschmiere und anderen Köstlichkeiten aus. Nach mehrmaligem langem Schnuppern zog Skipper sich in eine Ecke der Küche zurück, um zu träumen: von einer Welt der Gerüche und freundlichen Pfiffen und sich schnell bewegenden Dingen, die man jagen konnte.

Mutter und Priscilla betraten die Küche zur gleichen Zeit. Mutter war sehr unglücklich darüber, daß Mr. Jones überhaupt nicht wie ein Vagabund, sondern wie ein Landstreicher aussah. Er war beinahe so alt wie Großpapa. Er trug eine spitze Eisenbahnerkappe, die Reste eines Smoking-Mantels über einem Overall und ein Paar Gummistiefel. Nur das Gesicht von Mr. Jones deutete darauf hin, daß er eine berufliche Wahlmöglichkeit gehabt hatte. Es war sauber, freundlich und sogar keck, und er sah Edna mit den Augen eines viel jüngeren Mannes an.

Die Unterhaltung war gezwungen. Mr. Jones fühlte sich nicht wohl mit drei Frauen und dem größten Hund der Welt, die ihn alle sehr aufmerksam begutachteten.

»Der beste Freund eines Mannes ist sein Hund«, sagte er, nahm seine Kappe ab und drehte sie nervös in den Händen. »Manche Leuten sagen – es sei seine Mutter, aber ich sage, Hund.«

Priscilla und Mutter waren entzückt darüber, bewies es doch, daß Mr. Jones ein sehr überlegener Mann war (der nur eine vorübergehende Pechsträhne hatte).

»Ich liebe Hunde«, sagte Priscilla. »Ich liebe sie einfach.

Eines Tages werde ich hundert Stück haben, alles verschiedene Arten, fünfzig Prozent Männchen und fünfzig Prozent Weibchen.«

»Eine hübsche Zusammenstellung«, sagte Mr. Jones.

Solchermaßen ermutigt, begann Priscilla sich für ihr Thema zu erwärmen. »Die Männchen können keine Jungen haben, aber die Weibchen, und ich werde keins davon verkaufen. Dann habe ich zweihundert Hunde. Keine Katzen. Ein paar Pferde und Vögel, aber keine Katzen.«

»Sie liebt Katzen«, erklärte Mutter entschuldigend. »Aber sie liebt sie nicht so wie Hunde, weil sie Lebewesen töten, wissen Sie? Natürlich können sie nichts dafür, wenn sie so geschaffen sind, aber trotzdem, es gibt einem ein komisches Gefühl.«

Nickend bestätigte Mr. Jones, daß es einem ein komisches Gefühl gab, nahm eine Tasse Kaffee von Edna entgegen und setzte sich an den Küchentisch. Während er den Kaffee schlürfte, machte er klar, daß er nie zuvor in seinem Leben um Essen gebettelt habe. Niemals zuvor, obwohl es ein langes und hartes Leben gewesen sei, und in seinem Alter, mit einundsiebzig, falle es schwer, um einen Happen zu essen und um einen Platz zum Schlafen zu betteln.

»Es muß schrecklich sein«, sagte Mutter ganz betroffen. »Gibt es da nicht – hat die Regierung nicht irgendeine Art von Pension?«

»Die Regierung ist für die Reichen«, sagte Mr. Jones entschieden.

Dies war eine Überraschung für Mutter. Sie verstand sehr wenig von Regierungen, aber sie hatte immer angenommen, daß sie dem Volk gehörten und für das Volk und durch das Volk da wären. Sie nahm sich vor, so bald wie möglich Vater zu diesem Thema zu befragen, setzte sich an den Tisch gegenüber von Mr. Jones und studierte sein Gesicht. Seine Sauberkeit, seine hohe Stirn und die Tatsache, daß er Hunde liebte und Katzen ihm ein komisches Gefühl gaben, erhärtete Mutters Theorie, daß Mr. Jones aus einer sehr guten Familie stammte.

Mr. Jones hatte nichts dagegen, daß sein Gesicht studiert wurde, aber das war gewiß nicht der Grund, weshalb er gekommen war.

»Ich habe seit zwei Tagen keinen Bissen gegessen«, sagte er mit einer Andeutung von Ungeduld in der Stimme. »Es macht einen alten Mann wie mich fertig, auf den Straßen unterwegs zu sein und seine Mahlzeiten zu versäumen.«

»Was würden Sie gern essen?« fragte Mutter. »Wir werden selbst Mittag essen, sobald Frederick, das ist mein Mann, nach Hause kommt. Schweinekoteletts. Mögen Sie Schweinekoteletts?«

Über Mr. Jones' Kopf hinweg hatte Edna wild zu gestikulieren begonnen, indem sie erst auf Mr. Jones und dann auf die Kellertür deutete. Da Edna diese und ähnliche Gesten von Mutter selbst gelernt hatte, begriff diese natürlich sofort, daß Edna sie wegen Mr. Jones unter vier Augen sprechen wollte.

Auf dem ersten Absatz der Kellertreppe fand eine Beratung statt, während Priscilla in der Küche blieb, um Mr. Jones zu unterhalten.

»Ich soll Sie unterhalten«, sagte Priscilla. »Ich kann viele Dinge, nur nicht rezitieren. Meine leibliche Kusine Lilybelle, die ich hasse, rezitiert. Sie legt viel Ausdruck in ihre

54

Stimme, aber für mich klingt sie einfach dumm. Und jedenfalls kann ich Klavier spielen und sie nicht. Soll ich für Sie *Tanz der Frösche* oder irgendeins von den Pixie-Stücken spielen?«

»Nein«, sagte Mr. Jones mit einer Direktheit, die ein weniger selbstsicheres Kind verwirrt hätte.

»Ich kann auch zwei Kartentricks und Spagat und Brücke, und ich kann zwei Minuten lang mit geschlossenen Augen auf einem Bein stehen, nur ist das eigentlich keine Unterhaltung, es ist einer meiner Konzentrationstests. Würden Sie das gern mal versuchen?«

»Nein.«

»Na gut, ich werde es Ihnen zuerst zeigen, und wenn Sie sehen, wie interessant es ist, können Sie es nach mir versuchen. Es ist gar nicht so schwer, wenn Sie sich nur konzentrieren.«

Mr. Jones sagte, er könne sich nicht konzentrieren, er habe es ein- oder zweimal versucht, mit katastrophalem Ergebnis. Diese Äußerung rief aber lediglich Priscillas pädagogische Instinkte wach, und sie nahm mitten in der Küche Aufstellung.

Auf der Kellertreppe legte Edna, umständlich, wie Mutter es von ihr erwartete, das Problem dar.

»Nun, Mrs. Wilson, als ich so dastand und überlegte, was wir ihm zu essen geben sollten, die Schweinekoteletts oder das kalte Lamm, fiel mir plötzlich ein, daß das Lamm nicht besonders zart ist, und es ist doch sonderbar, wie Mr. Jones die Hände an den Mund hält, wenn er spricht. Auch die Art, wie er spricht, ist sonderbar, es klingt so genuschelt, als ob er keine Zähne hätte, und ich glaube, das ist es.«

»Was ist es?« fragte Mutter.

»Ich glaube, daß er keine Zähne hat. Ich wollte ihm den Rest vom Lamm geben, aber plötzlich überlegte ich, wenn er keine Zähne zum Kauen hat, welche Qual, dazusitzen und nicht essen zu können, und das, nachdem er zwei Tage nichts gegessen hat.«

»Ach, du meine Güte«, sagte Mutter und durchlitt auf der Stelle Mr. Jones' Qual.

»Natürlich, wenn es nach mir ginge, würde ich ihn einfach fragen: ›Haben Sie die Mittel zum Kauen oder nicht?‹ Aber ich weiß, daß Sie das nicht könnten, Mrs. Wilson.«

Das war zweifellos richtig. Durch eine einfache Frage die Aufmerksamkeit auf Mr. Jones' Handicap zu lenken, hätte eine von Mutters Regeln hinsichtlich Vagabunden und aller anderen Personen verletzt: Niemand sollte gekränkt werden, wenn es sich vermeiden ließ. Außerdem ging es gegen Mutters Natur, ein Problem direkt zu lösen. Sie war stolz auf ihr subtiles Vorgehen.

Sehr oft war Mutter so subtil, daß es überhaupt niemand mitbekam, nicht einmal Vater, der sie am besten kannte. Einen ganzen Monat lang vor Weihnachten hatte Mutter immer wieder von einem neuen Pelzmantel gesprochen. Im letzten Moment, als Vater den Mantel bereits ausgesucht hatte, stellte sich heraus, daß Mutter eigentlich gar keinen Pelzmantel wollte, sondern einen elektrischen Kühlschrank. Mutter war enttäuscht, daß Vater ihre subtile Art nicht verstanden hatte. Sie erklärte es ihm, während er in melancholischem Schweigen dasaß: »Ich wollte den Mantel gar nicht wirklich, Frederick. Ich habe nur so getan, weil ich wußte, wie erleichtert und glücklich du sein

würdest, wenn sich herausstellte, daß ich anstelle eines
Pelzmantels, von dem nur ich etwas gehabt hätte, lieber
einen elektrischen Kühlschrank will, der billiger ist und
uns allen nützt. Verstehst du mich jetzt?«

»Ich schätze schon«, sagte Vater düster.

Der Kühlschrank wurde schließlich am Tag vor Neujahr
aufgestellt, und Mutter hatte das Gefühl, jedermann glück-
licher gemacht und obendrein einen bedeutenden Sieg er-
rungen zu haben. Obwohl Vater behauptete, daß sie den
Kühlschrank eine Woche früher hätte haben können, wenn
sie einfach danach gefragt hätte, glaubte Mutter ihm nicht.
Direkte Fragen führten leicht zu direkten Ablehnungen,
und Mutter war davon überzeugt, daß sie ohne Einsatz
ihrer Subtilität, wie schon Weihnachten zuvor, am Ende
mit sechs kessen Nachthemden und einer Flasche Parfüm
dagesessen hätte.

»Wir können ihn unmöglich fragen, ob er Zähne hat«,
sagte Mutter. »Stell dir vor, wie du dich fühlen würdest,
wenn dich jemand fragte.«

»Es würde mir nichts ausmachen«, meinte Edna freimütig.

»Vielleicht doch, wenn du keine hättest.«

»Das Problem bei Ihnen ist, Mrs. Wilson, wenn Sie mir
die Bemerkung erlauben, daß Sie sich von Ihren Gefühlen
mitreißen lassen. Wie die Mutter, so die Tochter. Sie sind
wie Priscilla, Sie sind zu emotional.«

Der Tadel machte Mutter nichts aus, es war die Einstellung dahinter, die sie beunruhigte. Seit mehreren Wochen
schon, seit Edna fest mit Delbert ging, hatte Mutter eine
gewisse Rebellion im Verhalten Ednas gespürt. Unter dem

Einfluß der Liebe kehrte Edna rasch wieder zum Normal-
zustand zurück, sie entledigte sich ihrer Verantwortung
für die Welt und benahm sich viel gleichgültiger gegenüber
Vagabunden und Mutters Zuständen. Edna war in der Tat
dabei, ihre wahre Natur wiederzuentdecken, und sie handelte sogleich danach, bevor Mutter sie aufhalten konnte.

Sie kehrte in die Küche zurück und fragte Mr. Jones, ob
er etwas Gutes zum Kauen, wie gebratenes Lamm, oder
liebes etwas schön Weiches, wie Kartoffelbrei und Eier,
wolle.

Mr. Jones, ziemlich mürrisch, wählte Kartoffelbrei und
Eier. Trotz vieler Ermunterung seitens Priscillas hatte er
es nicht geschafft, länger als zwanzig Sekunden mit geschlossenen Augen auf einem Bein zu stehen, und sein Versagen hatte eine gewisse Bitterkeit gegenüber Priscilla und
dem Haushalt im allgemeinen bei ihm hervorgerufen. Es
gab Grenzen für das, was ein Mann um einer Mahlzeit willen zu ertragen bereit war, und Mr. Jones war der Meinung,
daß diese Grenzen erreicht waren. Die Adresse Woodlawn
Avenue 33 würde auf der Empfehlungsliste für seine Kol-
legen bleiben, aber er gedachte, sie mit einer Anmerkung
zu versehen: ›großer Hund, wunderliche Frauen.‹

Während Mr. Jones Kartoffelbrei und Eier aß, rekon-
struierte Mutter seine Geschichte. Er stammte zweifellos
aus einer guten Familie. Die nachlässige Art, wie er den
Smoking-Mantel über seinem Overall trug, deutete auf
Gleichgültigkeit gegenüber weltlichen Gütern hin, eine
Eigenschaft, um die Mutter andere sehr beneidete. Obwohl
sie immer wieder versucht hatte, gegenüber weltlichen Gütern gleichgültig zu sein, war es ihr doch nie ganz gelungen,

und deshalb war sie besonders demütig in Gegenwart von Mr. Jones, der das Ziel so glänzend erreicht hatte.

Mutter biß sich auf die Unterlippe, wie sie es immer tat, wenn sie sich unwürdig fühlte. »Ich habe zu viele gute Dinge in meinem Leben«, sagte sie halb zu sich selbst. »Ich fürchte, ich bin unchristlich und arrogant geworden.«

»Nicht doch, Mrs. Wilson«, meinte Edna freundlich. »Denken Sie daran, was ich gesagt habe. Es gibt einen Platz für Gefühle, wie es auch einen Platz für alles andere gibt.«

»Selig sind die Sanftmütigen«, sagte Mutter.

»Denn sie werden das Erdreich besitzen«, fügte Priscilla hinzu.

Mutter beugte sich über den Tisch zu Mr. Jones hinüber. »Es muß schwerfallen, materiellem Besitz gegenüber gleichgültig zu sein, allem zu entsagen.«

Mr. Jones schwieg, blickte jedoch zustimmend drein, und mehr brauchte Mutter nicht.

»Ich weiß, ich könnte es nie so machen wie Sie. Ich habe einfach nicht die Willenskraft. Ich könnte Dinge wie meinen Bibermuff und Kirschen mit Schokoladenüberzug und den Kühlschrank aufgeben. Aber denken Sie nur an die Kinder. Priscillas Füße wachsen so schnell, daß sie sechs Paar Schuhe im Jahr braucht.«

Priscilla glühte vor Stolz bei dieser Auszeichnung. »Mein Vater sagt, ich habe die größten elfjährigen Füße in der Stadt.«

»Und Beckys einer Zahn muß gerichtet werden, und Paul hat eine schwache Brust – seine Bronchien –, und dann ist da natürlich auch noch Frederick. Er würde es nicht gutheißen, wenn ich alles aufgäbe.«

»Niemand verlangt das von Ihnen«, sagte Edna beschwichtigend. »Es ist nicht Ihre Aufgabe, Dingen zu entsagen. Ihr Platz ist zu Hause, Sie müssen Ihre Familie versorgen und sich um Ihre eigenen Angelegenheiten kümmern. Das ist christlich genug für jeden.«

Mr. Jones war berechtigterweise verdutzt von diesem Wortwechsel, aber er spürte, daß wenigstens Edna ein bißchen Vernunft zeigte.

»Richtig«, sagte er. »Wenn jeder zu Hause bliebe und sich um seine eigenen Angelegenheiten kümmern würde, gäbe es keine Kriege.«

»Glauben Sie?« meinte Mutter.

»Ich weiß es«, sagte Mr. Jones und wischte sich an einer von Mutters besten handgestickten Servietten den Mund ab. »Und nun, Ma'am, nachdem ich Ihnen aus tiefstem Herzen gedankt habe, werde ich mich verabschieden.«

»Ich wünschte, ich könnte mehr tun«, sagte Mutter. »Wahrscheinlich haben Sie für heute nacht keinen anderen Platz zum Schlafen als die ungeschützte Straße.«

»Ja, Ma'am.«

»Und wenn es wieder regnet?«

»Wenn es regnet, regnet es.«

»Oh, du liebe Güte«, stöhnte Mutter und entsagte prompt der ganzen Barschaft aus ihrer Taschengeldschale im Schrank, zwei Dollar und fünfzehn Cent.

Mr. Jones verabschiedete sich angenehm überrascht und ließ Mutter in einem ihrer Zustände zurück.

Edna verhärtete ihr Herz. »Sie hätten ihm nicht so viel Geld geben sollen, Mrs. Wilson. Er wird einfach irgendwohin gehen und sich betrinken.«

»Das kann ich nicht glauben.«

»Denken Sie an meine Worte, in zwei Stunden wird er völlig betrunken sein. Und was noch schlimmer ist, er wird es jedem erzählen, und nächste Woche werden wir nichts anderes mehr tun, als für Landstreicher kochen.«

Aber die nächste Woche war für Mutter ein ziemlich fernes Ereignis, während der Eindruck, den Mr. Jones gemacht hatte, noch ungemein deutlich war.

»Denk doch nur, Edna«, sagte sie. »Er hatte einmal eine Mutter, die sich um ihn gekümmert hat. Vielleicht hat er immer noch eine Mutter, irgendwo. Vielleicht hat sie ihn seit Jahren nicht mehr gesehen und versucht, ihn zu finden.«

»Und vielleicht liegt sie auf dem Sterbebett«, steuerte Edna unwillig bei.

Ein poetisches Talent

Um zwölf Uhr mittags hatte Priscilla eine Verabredung mit ihrer Inspiration auf dem Dachboden.
Dank Großpapa war der Dachboden einzigartig unter
den Dachböden in der Woodlawn Avenue, weil er ein
Radio enthielt. Das Radio hatte Großpapa gehört, der die
Geduld mit ihm verloren und es zu heftig geschüttelt hatte,
wodurch dessen Innereien in Unordnung geraten waren.
Nachdem er die Kosten einer Reparatur und die Tatsache,
daß er es zweifellos wieder schütteln würde, wenn es ihn
ärgerte, gegeneinander abgewogen hatte, beschloß Großpapa, das Radio auf den Dachboden zu stellen und es zu
vergessen. Es funktionierte immer noch bis zu einem gewissen Grad. Wenn man den lokalen Sender einstellte und
das Ohr ganz dicht an den Apparat hielt, konnte man, vermischt mit atmosphärischen Störgeräuschen und den
Echos größerer Stationen, die ernste Stimme von Theodore
Long hören.

Theodore Long war Priscillas Inspiration. Das war ganz
natürlich, denn Priscilla war immer bereit, sich inspirieren
zu lassen, und Mr. Long war beinahe immer verfügbar. Er
war praktisch der einzige Angestellte der Rundfunksta-
tion, so daß seine Vielseitigkeit nicht ausschließlich das Ergebnis einer freien Wahl war. Er machte die Ansage, er sang

Lieder, er moderierte mehrere Chorprogramme, einen Hillbilly-Querschnitt und ein Kindergesangsfest, und er löste persönliche Probleme unter dem Namen Astro Light. Den Gipfel seiner Inspiration jedoch erreichte er jeden Samstagmittag, wenn er Gedichte vorlas und ›Einen Gedanken für die Woche‹ vorschlug. Die Gedichte, die er vorlas, inspirierten Priscilla gewöhnlich, eigene Gedichte zu schreiben.

Priscilla liebte es, Gedichte zu schreiben, aber es gab auch einen praktischen Grund dafür. Ein wirklich originelles Gedicht war nützlich, um verschiedene Gefälligkeiten und Privilegien zu erwirken. Ein wirklich originelles Gedicht konnte ihre abfallende Popularitätskurve in der Familie wieder ansteigen lassen und manchmal sogar Großpapas Herz rühren. Doch die Zahl der Themen, die Priscilla für Verse geeignet hielt, war begrenzt, und in dieser Hinsicht kam ihr Theodore Long sehr gelegen. Seine Gedanken lieferten Priscilla Ideen, und sogar eine seiner Zufallsformulierungen – ›bleicher blauer Mond‹ – hatte Priscilla inspiriert, ihr bisher anspruchsvollstes Gedicht zu schreiben.

Mr. Longs Gedanke für diese Woche war der Tod.

»Haben Sie jemals«, so fragte er Priscilla und vielleicht fünf oder sechs weitere Hörer in der Stadt, »an den Tod gedacht, wie Percy Bysshe Shelley es tat? Hier sind seine weltberühmten Worte: ›Wie köstlich ist der Tod, Tod und sein Bruder Schlaf.‹«

Priscilla nickte weise. Und ob sie das hatte. Sie und Becky sprachen oft über den Tod. Becky meinte, man würde einfach ohnmächtig und dann in einem goldenen

Haus aufwachen mit süßen kleinen Flügeln an den Schultern, die entsprechend dem himmlischen Verhalten wüchsen oder schrumpften. Priscilla war sich da nicht so sicher. Es klang viel zu einfach, weil die Hölle dabei völlig ausgelassen wurde. Der Himmel wäre sicher schön, vor allem die Flügel, aber die Hölle war interessant. Obwohl sie keine Lust hatte, für immer und ewig dort zu bleiben, wäre ein kurzer Besuch bestimmt vergnüglich, besonders, da er, nach Großpapa, eine Fahrt in einem Ruderboot mit sich brachte. Boote waren, gleich nach Hunden, Priscillas große Leidenschaft, und alles in allem fand sie, daß sie lieber nicht einfach nur ohnmächtig werden und in einem goldenen Haus aufwachen wollte.

»Oder«, fuhr Mr. Long fort, »betrachten sie ihn wie Algernon Charles Swinburne. ›Kein Gott ist stärker als der Tod; und der Tod ist ein Schlaf.‹ Seit unvordenklichen Zeiten hat der Mensch über das Geheimnis des Todes nachgedacht und seine Gedanken in Poesie gefaßt. Für uns alle ist der Tod nicht nur ein Geheimnis, er ist auch allumfassend. Wie es in dem großen Gedicht ›Der Gleichmacher Tod‹ heißt, kennt der Tod keinen Unterschied. Er trifft Hoch und Niedrig, Könige und Bettler, Dichter und Bauern, Männer und Frauen – er trifft sie alle.«

Mr. Longs Stimme ging für mehrere Minuten in atmosphärischen Störungen unter, wodurch Priscilla Zeit hatte, über diesen ziemlich beunruhigenden Gedanken nachzusinnen. Der Tod konnte leicht Mutter, die Frau, treffen und Vater, den Mann, und sie selbst, die Dichterin, und sogar Becky, die keiner dieser Kategorien angehörte, konnte es wahrscheinlich treffen. Sie spürte in ihrem Herzen eine

Regung der Untreue gegenüber ihrer Inspiration. Sie wünschte, in dem Gedanken für diese Woche wäre es um Katzen gegangen, wie letzten Samstag, oder um Bäume, wie an dem Samstag davor.

Aber Priscilla war niemand, der sich vor der Verantwortung sich selbst gegenüber drückte. Sie nahm ein Stück Kreide und schrieb an die Tafel: *Der Gleichmacher Tod.* Sie unterstrich den Titel zweimal und setzte ihn in Anführungszeichen. Dann hockte sie sich auf die Fersen, kaute an den Enden ihrer Zöpfe und brachte Dichtung hervor.

Ob Mann, ob Frau,
ob Arm oder Reich,
ob Hoch, ob Niedrig,
der Tod macht sie gleich.

Sie war nicht zufrieden mit diesen Zeilen. Sie sahen komisch aus, und obgleich sie nicht genau wußte, woran es lag, wischte sie sie hastig fort und kehrte zum Radio zurück. Nachdem sie dieses ein paar Minuten geschüttelt hatte, gelang es ihr, Mr. Long wieder einzufangen, doch da war er schon bei einem ganz anderen Thema und las aus seiner Fan-Post vor.

Mr. Long erhielt eine erstaunliche Zahl an Fan-Briefen, und obwohl Priscillas Vater behauptete, er schreibe sie alle selbst, wußte Priscilla, daß das nicht stimmte, weil sie einen geschrieben hatte. Sie war nicht ganz aufrichtig in dem Brief gewesen, da sie behauptet hatte, zwanzig Jahre alt und eine gutaussehende Blondine zu sein, und deshalb war sie nicht in der Lage gewesen, mit ihrem Namen zu unterschreiben. Zur Vorsicht hatte sie sogar alle ihre Fingerabdrücke vom Papier und vom Umschlag abgewischt, für den Fall, daß ihr Brief Mr. Long so faszinierte, daß er versuchen würde, sie aufzuspüren. Natürlich hätte sie sich liebend gern aufspüren lassen, aber sie hatte Angst, daß er von ihrem Alter und ihren braunen Zöpfen enttäuscht sein könnte. Aus irgendeinem Grund hatte Mr. Long ihren Brief nicht im Radio vorgelesen. Entweder machte er sich nichts aus schönen Blondinen, oder er hatte den Brief nicht bekommen. Der zweite Grund schien sowohl einleuchtender als auch leichter zu korrigieren. Während sie auf den Knien balancierte und ihre Zunge um der besseren Konzentration willen mit den Zähnen festhielt, schrieb sie an die Tafel:

Lieber Mr. Long!
Ich bin eine Ihrer glühentsten Verehrerinnen. Tatsächlich kann ich sagen, ich verehre Sie schrecklich, vom Grunde meines Herzens. Jeden Samstagmittag sitze ich mit der Regelmäßigkeit eines Uhrwerks in meinem einsamen Zimmer (ich bin eine Witwe) und lausche Ihren Gedanken.

Da sie plötzlich Witwe geworden war, hielt Priscilla inne, um die notwendigen Anpassungen vorzunehmen. Ihre Augen wurden melancholisch, und ein trauriges kleines Lächeln spielte um ihren Mund. Sie war sich nicht sicher, ob sie eine gewöhnliche Witwe oder eine grüne Witwe sein sollte. Sie hatte Edna oft von grünen Witwen sprechen hören, und sie hielt es für einen Ausdruck des Respekts. Grüne Witwen waren solche, die die Gräber ihrer Männer begrünten und mit Blumen bepflanzten, anstatt sie nur mit Erde und Unkraut bedeckt zu lassen. Priscilla setzte ›grün‹ vor das Wort ›Witwe‹.

Meine treulosen Kinder haben mich verlassen, und alles, was mir in dieser Welt geblieben ist, ist das grüne Grab meines Mannes und mein Radio, in dem ich niemanden höre als Sie. Ja, ich kann sagen, Sie inspirieren mich, an Dinge zu denken, an die ich sonst nicht denken würde, zum Beispiel an die Vornehmheit von Bäumen usw. oder auch an die Bedeutung kleiner Dinge wie Kätzchen usw. Ad nauseam.

Priscilla lehnte sich zurück, um diesen letzten Satz zu bewundern, der dem Brief einen so gelehrten Anstrich verlieh. Großpapa benutzte häufig ›ad nauseam‹ in Briefen, die er an Zeitungen schrieb, oder in seiner Unterhaltung.

Zum Schluß möchte ich sagen, daß ich mir wünsche, Sie würden keine Sendungen über den Tod mehr machen, der eine offene Wunde in meinem Leben ist, da er mich an das grüne Grab denken läßt, von dem ich soeben sprach. Wie wäre es mit Hunden?
Ihre sehr ergebene Mrs. J. H. Black.

Priscilla las ihren Brief zweimal durch, um ihn auf Rechtschreibfehler hin zu überprüfen. Da sie keine fand, kopierte sie ihn auf ein Blatt Kanzleipapier, wobei sie wegen der Fingerabdrücke ein altes Paar Handschuhe trug. Es würde ihr zwar nichts ausmachen, für die Unterzeichnung mit einem fiktiven Namen ein oder zwei Tage ins Gefängnis zu gehen, aber sie war sich ziemlich sicher, daß ihrem Vater das nicht gefallen würde. Sie adressierte einen Umschlag an *Theodore Long, Esquire, Radio Station, Owen Street North, City.*

Dann steckte sie den Brief in ihren Ausschnitt, zog den Gürtel enger um die Hüften, damit der Umschlag nicht durchfiel, und ging Edna suchen.

Edna schabte Möhren und summte vor sich hin.

»Hallo, Edna.«

Edna summte lauter, um anzudeuten, daß sie nicht gestört werden wollte.

»Edna, ich brauche eine Briefmarke.«

»Wofür brauchst du eine Briefmarke?« fragte Edna.

»Ich brauche eben eine.«

»Nun, du weißt ja, wo sie sind. Sie sind in dem rotlackierten Briefmarkenkästchen deiner Mama.«

Priscilla seufzte. Es stimmte, daß ihre Mutter einmal ein rotlackiertes Briefmarkenkästchen besessen hatte, aber unglücklicherweise hatten sie und Becky es sich ausgeliehen, um eine Raupe auf chinesische Art unterzubringen. Im Laufe der Zeit waren sowohl die Raupe als auch das Lackkästchen verschwunden. Becky behauptete, ein chinesischer Pirat habe die Raupe, die in Wirklichkeit eine verzauberte chinesische Prinzessin war, entführt. Aber wie man es auch betrachtete, das Kästchen war fort.

»Ich nehme an«, sagte Edna, »jetzt wirst du mich bitten, es für dich zu finden, beschäftigt, wie ich bin.«

»Nein!«

»Du weißt genauso gut wie ich, wo das Kästchen ist. Es ist im Studierzimmer deines Papas, in seinem Schreibtisch.«

Der Gedanke, daß der chinesische Pirat, von Missionaren milde gestimmt, das Kästchen in tiefer Nacht zurückgebracht hatte, munterte Priscilla auf. Ein kurzer Ausflug ins Studierzimmer zerstörte diese Hoffnung.

Sie ging nach oben und fand ihre Mutter, die die Winterkleidung in den Zedernholzschrank forträumte. Die Mottenkugeln rochen sehr fein und sahen wie ihre drittliebste Bonbonsorte aus, die harten, runden mit Pfefferminzgeschmack, die sie in Bowmans Gemischtwarenladen kaufte.

»Ich möchte gern eine Briefmarke haben«, sagte Priscilla.

»Wofür um alles in der Welt?« fragte ihre Mutter in genau dem gleichen Ton wie Edna.

»Ich habe einen Brief geschrieben, und ich möchte eine Briefmarke dafür.«

»Einen Brief? An wen?«

»Einen Brief eben«, erwiderte Priscilla, während sie mit Bitterkeit daran dachte, daß sie in dieser Welt überhaupt kein Privatleben hatte. Jeden Tag wurden ihre tiefsten Geheimnisse ans Licht gezerrt, gerade so, wie die Badeanzüge und Sommerkleider im Frühling aus dem Zedernholzschrank gezerrt wurden. »Es ist ein persönlicher Brief.«

»Das sind die meisten Briefe«, bemerkte Mutter, während sie Beckys alte Holzfällerjacke in Seidenpapier wickelte. »Ich hoffe, er ist für Tante Irene. Du hast ihr seit einer Ewigkeit nicht geschrieben.«

»Nicht direkt.« In einem weiteren Sinne konnte man vielleicht sagen, daß Tante Irene und Mr. Long etwas gemeinsam hatten, wie zum Beispiel den Tod, aber nicht genug, um eine ausgesprochene Lüge zu rechtfertigen.

Mutter sah ziemlich mißtrauisch zu ihr hoch. »Gibt es einen besonderen Grund dafür, daß du Handschuhe trägst?«

»Nein, eigentlich nicht, nur meine Hände waren ein bißchen kalt. Es ist kalt auf dem Dachboden, es ist praktisch unter Null.«

»Ich will nicht neugierig sein, aber du machst ein schuldbewußtes Gesicht, Priscilla. Wäre es nicht besser, du würdest mir von dem Brief erzählen, bevor du eine Marke draufklebst?«

»Das kann ich nicht!« rief Priscilla und preßte ihre Hände an die Brust, um Verzweiflung auszudrücken, und auch, um sich zu vergewissern, daß der Brief noch da war. »Es ist rein privat!«

Mutter zog es vor, Menschen zu vertrauen und das Beste von ihnen anzunehmen, wann immer dies möglich war, aber Priscillas schlechtes Gewissen war zu offensichtlich, um ignoriert zu werden.

»Du bist erst elf Jahre alt, du kannst nicht einfach an irgend jemanden Briefe schreiben. Bevor ich dir eine Marke gebe, muß ich mehr über den Brief wissen. Ich werde ihn nur lesen, wenn es absolut notwendig ist.«

»Ich habe einfach kein Privatleben in dieser Welt«, sagte Priscilla heftig. »Ich werde behandelt wie ein Kind!«

»Du liebe Güte, ich wollte, du würdest nicht solche Grimassen schneiden und so nervös herumzappeln.«

Durch das Herumzappeln war der Brief unter ihrem Gürtel durchgerutscht, was drastische Maßnahmen notwendig machte. Sie preßte eine Hand in die Seite und begann zu stöhnen: »Oh, meine Appendix! Meine Appendix brechen durch!«

»*Mein* Appendix *bricht* durch«, sagte Mutter. »Appendix ist Singular.«

Priscillas Augen füllten sich mit Tränen, und für einen Moment spürte sie wirklich einen schrecklich stechenden Schmerz in ihrem Appendix. Der Schock lockerte ihre Hand, und der Brief rutschte zu Boden.

Mutter hob ihn auf. »Wer ist Theodore Long?«

»Ein Mann.«

»Ja, aber was für eine Art von Mann?«

»Er macht viele Dinge, aber meistens ist er poetisch.«

»Ich fürchte«, sagte Mutter, »das muß untersucht werden, Priscilla. Du bist nämlich erst elf, und obwohl du ein sehr kluges Mädchen bist, besitzt du noch nicht das Urteilsvermögen, das du später einmal haben wirst.«

»Ich habe massenhaft Urteilsvermögen.«

»Außerdem ist es durchaus möglich, daß dein Vater diesen Mann, Mr. Long, kennt. Es könnte ein schlechtes Licht auf deinen Vater werfen, wenn seine Tochter etwas Unüberlegtes oder Geschmackloses schriebe.«

»Niemand wüßte, daß es seine Tochter ist«, sagte Priscilla. »Ich habe nicht mit meinem Namen unterzeichnet.«

»Aha.« Es entstand eine kurze Pause. »Mit wessen Namen hast du denn unterzeichnet?«

»Eigentlich mit keinem bestimmten. Ich schrieb an der schwarzen Schiefertafel, und da dachte ich, Black wäre ein hübscher, gewöhnlicher Name.«

»Ach ja?«

»Mrs. J. H. Black. J. wie John und H. wie Harry.«

»Oh.«

»Ich habe auch meine Schrift verstellt und Handschuhe getragen, damit es keine Fingerabdrücke gibt.« Sie fügte freundlich hinzu: »Du brauchst dir also keine Sorgen zu machen, daß man mich erwischen und ins Gefängnis stecken könnte.«

»Da bin ich aber froh.«

»Ich würde also gern eine Briefmarke haben.«

Mutter wog den Brief unentschlossen in ihrer Hand. »Ich weiß wirklich nicht, was ich tun soll. Ich könnte mir denken, daß dein Vater es nicht gern sieht, wenn du Briefe an fremde Männer schreibst.«

»Er hat mich an Buddy Rogers schreiben lassen.«

»Buddy Rogers lebt nicht in der Stadt, und es ist sehr unwahrscheinlich, daß wir ihm je begegnen.« Mutter steckte den Brief in ihre Schürzentasche. »Ich fürchte, ich muß das mit deinem Vater besprechen, wenn er nach Hause kommt. Und du brauchst keinen Blinddarmdurchbruch oder sonst irgend etwas zu bekommen. Ich tue es zu deinem eigenen Besten.«

Zu deinem eigenen Besten. Was für eine gräßliche Formulierung. Die barbarischsten und unmenschlichsten Grausamkeiten wurden damit bemäntelt. Ein solcher Satz genügte, um einen nach Chicago oder Hollywood ausreißen zu lassen, vorausgesetzt, es gelang einem, sich genügend Geld für eine Fahrkarte zu leihen. Sie kannte niemanden in Chicago, aber in Hollywood gab es Buddy Rogers, der sich bestimmt an ihre Briefe erinnern und ihr helfen würde, einen Job als Statistin oder Klavierspielerin zu bekommen. Sie würde fortgehen, ohne sich einer Menschenseele anzuvertrauen, außer Isobel Bannerman, ihrer besten Freundin, und Becky und Edna und Paul, die zusammen das Geld beschaffen mußten. Wenn sie erst ein Star war, würde sie ihre Schulden mit mehreren hundert Prozent zurückzahlen, sich das Haar blond färben lassen und im Triumph nach Hause zurückkehren, um Theodore Long zu heiraten.

»Und was du auch planst«, sagte Mutter trocken, »ich hoffe, du überlegst zweimal, bevor du es tust.«

Mit einem kühlen, unergründlichen Lächeln ging Priscilla die Treppe hinunter, um Ednas Finanzen auszukundschaften. Doch sobald sie Edna erblickte, wurde ihr bewußt, daß ihr Plan verzweifelt und hoffnungslos war. Sie konnte sehen, daß Edna in einer sehr praktischen Stimmung war und geschäftig zwischen Küche und Eßzimmer hin und her eilte, um den Tisch für sieben Uhr zu decken.

Edna nahm alle Mahlzeiten zusammen mit der Familie an dem runden Walnußtisch im Eßzimmer ein. Dieser Tisch besaß an der Unterkante eine Reihe kleiner Vorsprünge, die sehr geeignet waren, um dort unerwünschte Brotkrusten, Kirschkerne und Fleischteile zu verstecken. Becky und Priscilla benutzten diese Vorsprünge häufig, und selbst Paul, der schon sechzehn war, fand sie noch nützlich. Edna säuberte sie regelmäßig, wobei sie laut über die gottlose Verschwendung mancher Leute Kinder stöhnte. Obwohl Priscilla den Verdacht hatte, daß Edna selbst diese Vorsprünge benutzte, gelang es ihr doch nie, sie dabei zu erwischen. Edna kam und ging und stand auf und setzte sich so oft während einer Mahlzeit, daß Priscilla es nie schaffte, sie ununterbrochen im Auge zu behalten und gleichzeitig zu essen.

Ednas – wenngleich notwendiges – Kommen und Gehen ärgerte Vater. Er sagte, es sei, als würde man in Grand Central Station essen, und warum Edna nicht wie alle Haushaltshilfen in der Küche, und zwar vor oder nach der Familie, essen könne?

»Das würde sie kränken«, sagte Mutter, wann immer das Thema aufkam. »Sie müßte sich vorkommen, als würden wir sie nicht für gut genug halten, um mit uns zu essen.«

»Willst du etwa behaupten, Allie, daß es ihr Spaß macht, beim Essen auf und ab zu springen wie eine mexikanische Springbohne?«

»Wenn sie gut genug ist, meine Arbeit zu tun, ist sie auch gut genug, um an meinem Tisch zu essen.«

»Es geht nicht um gut oder schlecht, sondern darum, was angemessen ist.«

»Also Frederick, nun ärgere dich nicht so. Das sieht dir gar nicht ähnlich, und du willst doch nicht, daß Mr. Vogelsang…«

»Und ob mir das ähnlich sieht, kein Wunder!«

Vater schimpfte oft laut, besonders im Winter, wenn alle Fenster geschlossen waren und Mr. Vogelsang nebenan ihn nicht hören konnte.

Mr. Vogelsang war auch ein Ratsherr, und Vater brüstete sich damit, daß es in der Woodlawn Avenue mehr Ratsherren (drei) gab als in jeder anderen Straße der Stadt. Aber es war anstrengend für Vater, neben einem Ratsherren-Kollegen zu wohnen, besonders neben Mr. Vogelsang, der ein sehr stiller Mann war.

Im Sommer saß Priscilla oft auf Mr. Vogelsangs hinterer Veranda und unterhielt sich bei jedem Besuch gleich mehrere Stunden mit ihm. Während diesen Unterhaltungen sagte Mr. Vogelsang kein Wort, und Priscilla fand ein Gespräch mit ihm befriedigender als mit jedem anderen Erwachsenen, den sie kannte. Er unterbrach, berichtigte oder tadelte sie nie, und er machte nie einen gelangweilten Eindruck. Es schien ihm Spaß zu machen, Priscilla zuzuhören und zu beobachten, wie sie Worte vergeudete, ähnlich einem Geizkragen, dem es Spaß macht, einem Verschwender dabei zuzusehen, wie er sein Geld verplempert. Ungefähr einmal im Monat schenkte Mr. Vogelsang Priscilla, nach mehrmaligem geheimnisvollem Zunicken und Zuzwinkern, ein poliertes Centstück.

Es war ein Glück, daß Mr. Vogelsang mit Worten knauserte, denn Priscilla redete eine Menge in einer Stunde. Am Ende des Sommers wußte Mr. Vogelsang alles, was sich während des Jahres ereignet hatte, von Ednas Problemen mit ihrem Freund bis hin zum Stand von Vaters Kohlengeschäft.

Vater betrachtete diese Unterhaltungen auf der hinteren Veranda mit einigem Mißtrauen.

»Worüber redet ihr eigentlich, du und der alte Vogelsang?«

»Oh, über nichts Besonderes.«

»Ich meine natürlich, worüber redest *du*?«

»Och, über alles mögliche, über allgemeine Dinge.«

»Ich dachte nur. Ich hatte den Eindruck, daß er mich während der letzten Ratssitzung sonderbar ansah.«

»Er hat ein sonderbares Gesicht«, sagte Priscilla ruhig.

Ihr Vater warf ihr einen bösen Blick zu, der Priscilla bestätigte, daß Eltern, mochten sie auch noch so nett sein, einem nie trauten. Sie nahmen immer das Schlimmste an. Sie hatte Mr. Vogelsang nichts, absolut nichts erzählt, was er nicht selbst hätte herausfinden können, wenn er bei ihnen gelebt und sich zuvor durch Reiben einer Wunderlampe unsichtbar gemacht hätte. Für Mr. Vogelsang wäre es viel leichter als für andere Leute, unsichtbar zu sein, weil er sich nie durch Reden oder Kichern verraten würde, wie Priscilla es tat, wenn sie Blindekuh spielte.

Priscilla hielt auf dem Treppenabsatz inne, weil ihr ein beunruhigender Gedanke gekommen war. Angenommen, es gelang Mr. Vogelsang tatsächlich, sich eine Wunderlampe zu beschaffen, und er liehe sie ihr, dann wäre diese völlig nutzlos, wenn sie nicht sofort anfinge, sich in Schweigen zu üben. In totalem Schweigen.

Priscilla nahm die Herausforderung an, preßte ihre Lippen zu einer dünnen Linie zusammen und folgte Edna auf Zehenspitzen in die Küche.

Schweigen war etwas, woran Edna nicht gewöhnt war, und es fiel ihr sogleich auf.

»Was ist denn mit dir los, hat es dir die Sprache verschlagen?« fragte Edna, während sie den Deckel von den Kartoffeln hob. »Nun, das wäre das erste Mal, muß ich

sagen, und ich hoffe, es bleibt so. Ein wenig Frieden und
Stille in diesem Haus, dazu würde ich nicht nein sagen.
Hier, iß eine rohe Karotte.«

Zum Zeichen des Danks mit den Augen rollend, nahm
Priscilla die Karotte entgegen. Sie hielt ihren Mund geschlossen und kaute sehr vorsichtig, wodurch sie imstande
war, relativ leise zu essen.

Es wäre sicher herrlich, sich Mr. Vogelsangs Lampe auszuleihen. Abgesehen von geringeren Freuden, wie zum
Beispiel kostenlos in Zirkus- und Kinovorstellungen zu
kommen, wäre sie in der Lage, den größten Teil ihrer Zeit
in der Radiostation zu verbringen und Mr. Long zu folgen,
Ideen zu haben und sich wahrscheinlich in ihn zu verlie-
ben. Sie würde jedoch ganz fair sein und ihm nicht an Orte
folgen, an denen er lieber allein wäre, zum Beispiel auf die
Toilette. Aber sie konnte ihm wenigstens bei den Sendungen und beim Abendessen zusehen, was, Edna zufolge, ein
guter Test war. Wenn ein Mann anständig ißt, sagte Edna,
stehen die Chancen zehn zu eins, daß er auch sonst anständig ist. Priscilla widerlegte das mit der Behauptung,
daß jeder anständig essen könne, wenn er nicht hungrig sei.
Jedenfalls wäre Mr. Long wahrscheinlich nicht hungrig, da
seine Gedanken sich mit edleren Dingen beschäftigten als
mit Nahrung, und er würde den Test mit fliegenden Fah-
nen bestehen.

»Du solltest dich lieber beeilen und dein Gesicht waschen«, sagte Edna. »Dein Papa wird in zehn Minuten zum
Mittagessen zu Hause sein.«

»Mein Gesicht ist nicht schmutzig. Niemand sonst hier
muß sein Gesicht vor den Mahlzeiten waschen.«

»Es ist auch niemand sonst hier, der alte, schmutzige Hunde küßt.«

Das Mittagessen verlief ungewöhnlich friedlich. Becky war noch nicht aus dem Kino zurück, und Paul war mit dem Fahrrad losgeschickt worden, sie zu suchen.

»Das Kind hat absolut keine Zeitvorstellung«, sagte Mutter. »Sie bringt es fertig, den ganzen Nachmittag dort zu sitzen, ohne zu merken, wie spät es ist.«

»Das verstehe ich nicht«, erwiderte Vater. »Ich konnte die Uhr lesen, als ich fünf war.«

Einen Moment lang war Priscilla versucht, ihr Schweigelübde zu brechen und ihren Verdacht zu äußern, daß Becky schon seit wenigstens einem Jahr die Uhr lesen konnte. Natürlich würde Becky das nicht zugeben. Unwissenheit war praktisch. Wenn Becky nicht zu der vereinbarten Zeit nach Hause kam, konnte sie fairerweise so lange nicht dafür bestraft werden, wie sie Unwissenheit auf ihrer Seite hatte.

»Als ich in Beckys Alter war«, fuhr Vater fort, »konnte ich das kleine und das große Einmaleins.«

»Sie ist nicht zurückgeblieben. Du willst doch nicht sagen, daß sie zurückgeblieben ist, Frederick?«

»Stille Wasser«, warf Edna ein, »sind tief.«

»Wie Mr. Vogelsang«, sagte Priscilla.

Ihr Vater sah sie beinahe mißtrauisch an. »Da wir gerade von stillen Wassern sprechen, was ist mit unserer Herzogin heute los? Sind Eure königlichen Lippen versiegelt?«

Priscilla zuckte bei diesem plumpen Humor empfindlich zusammen. »Kann ein Mensch hier denn nicht einmal still sein, ohne daß ein anderer denkt, es sei etwas mit ihm los?«

»Sie benimmt sich schon den ganzen Morgen wie eine Verrückte«, sagte Edna hinterhältig. »Schneidet Grimassen und sagt nichts und so etwas.«

»Oh, das stimmt überhaupt nicht!« schrie Priscilla in würdevoller Empörung. »Kann man denn hier nicht einmal nachdenken?«

»Eure Hoheit scheinen verletzt zu sein«, sagte Vater, ihr über den Tisch zuzwinkernd, und zerstörte so das letzte Fünkchen Freundschaft, das sie für ihn empfand.

»Ich glaube nicht«, sagte Priscilla, »daß ich auf einen Nachtisch Wert lege.«

Sie war ohnehin satt, und der Nachtisch war nur Maismehlpudding. Mit einem höflichen, aber kalten »Entschuldigung« zog sie sich ins Wohnzimmer zurück und schloß die Schiebetüren hinter sich, um ihre völlige Gleichgültigkeit gegenüber allem zu bekunden. Dann legte sie sich bäuchlings auf den Diwan, allein, verraten und verkauft.

Ihr Vater folgte ihr ungefähr zehn Minuten später. Er hatte den Brief bei sich, der, wie Priscilla bitter bemerkte, geöffnet worden war.

»Ich mag Maismehlpudding auch nicht besonders gern«, sagte er auf eine freundliche Art, die Priscilla beeinflußt haben könnte, wenn sie ihr Herz nicht bereits verschlossen gehabt hätte. »Zu diesem Brief. Er ist sehr interessant. Er enthält jedoch gewisse Fehler, die wir besser ausbügeln sollten, bevor du ihn wegschickst. Dann kannst du ihn gern mit deinem eigenen Namen unterzeichnen und überall deine Fingerabdrücke hinterlassen, wenn du magst. Ich nehme an, Paul hat dir von Fingerabdrücken erzählt?«

Priscilla nickte kurz.

Mit einem schwachen Lächeln, das genügte, um ihr das Blut in den Adern gefrieren zu lassen, zog Vater den Brief aus dem Umschlag.

»Also, ich glaube, du solltest nicht behaupten, du seist eine Witwe. Du bist ein sehr nettes kleines Mädchen. Wenn du etwas über dich selber sagen willst, um dich vorzustellen, warum hältst du dich dann nicht einfach an die Wahrheit?«

»Ich kann doch nicht sagen: ›Ich bin ein sehr nettes kleines Mädchen.‹ Das werde ich nicht tun! Lieber sterbe ich!«

»Na schön. Warum bleibst du nicht geheimnisvoll? Erzähle ihm nichts von dir. Laß ihn gespannt sein. ›Glühend‹ schreibt sich übrigens gewöhnlich mit einem D.« Er zog seinen Füller aus der Tasche und verbesserte den Fehler.

»Es mag vielleicht richtig sein, aber mit einem t sieht es besser aus«, sagte Priscilla, um ihren Stolz zu wahren. »Es sieht ungewöhnlicher aus.«

»›Vornehmheit‹ enthält zwei H, und eine grüne Witwe, nebenbei bemerkt, ist eine Frau, die durch Scheidung zur Witwe geworden ist. Das grüne Grab ihres Mannes und die untreuen Kinder sollten wir besser streichen, einverstanden?«

Priscilla war nicht einverstanden. Sie hatte dieses grüne Grab und die untreuen Kinder geliebt. Sie hätten genügt, um Mr. Long Tränen in die Augen zu treiben. Nun waren sie für immer verloren, getötet durch die grausamen Striche von Vaters Feder.

»Und dann dieses ›ad nauseam‹. Ich persönlich finde es
eine hübsche Formulierung, aber sie bedeutet eigentlich
nicht das, was du denkst. Es ist ein Ausdruck der Entrü-
stung.«

»Großpapa benutzt ihn ständig.«

»Großpapa ist sehr oft entrüstet. Wollen wir jetzt mal
sehen, was übriggeblieben ist?« Er las laut: »›Lieber Mr.
Long *Komma* ich bin eine Ihrer glühendsten Verehrerin-
nen *Komma* tatsächlich kann ich sagen *Komma* ich verehre
Sie schrecklich *Komma* von ganzem Herzen *Punkt* Jeden
Samstagmorgen sitze ich mit der Regelmäßigkeit eines
Uhrwerks in meinem einsamen Zimmer und höre Ihnen zu
Punkt.‹

Ich nehme an, es wäre zuviel verlangt, ›einsam‹ zu streichen?

›Alles *Komma* was mir in dieser Welt geblieben ist
Komma ist mein Radio *Komma* in dem ich niemanden
höre als Sie *Punkt* Ja *Komma* ich kann sagen *Komma* Sie
inspirieren mich *Komma* an Dinge zu denken *Komma* an
die ich sonst nicht denken würde *Komma* zum Beispiel an
die Vornehmheit von Bäumen usw. oder auch an die Bedeutung kleiner Dinge wie Kätzchen usw. *Punkt* Zum
Schluß möchte ich sagen *Komma* daß ich mir wünsche
Komma Sie würden keine Sendungen über den Tod mehr
machen *Komma* der eine offene Wunde in meinem Leben
ist *Punkt* Wie wäre es mit Hunden *Fragezeichen* Ihre sehr
ergebene Priscilla Wilson.‹

Na, bitte. Klingt das nicht besser?«

Priscilla schüttelte den Kopf.

»Ach komm. Ich finde, es ist ein reizender Brief. Mr.

Long wird sehr erfreut und überrascht sein. Ich kann mir
nicht vorstellen, daß er sehr viele bekommt.«

»Ich wette, er bekommt Hunderte und aber Hunderte.«

Vater konnte bei einer Sache wie dem Brief völlig ruhig
und vernünftig sein, aber er mochte es nicht, wenn man
ihm widersprach. »Wenn dieser Long mehr als einen Brief
pro Monat bekommt, will ich ihn fressen. Vorausgesetzt
natürlich, er schreibt ihn nicht selbst.«

»Dazu würde er sich nie herablassen«, sagte Priscilla
loyal.

»Mein liebes Kind, das ist keine Frage des Sich-Herab-
lassens, sondern des Sich-Hocharbeitens. Zufällig weiß
ich, daß die Radiostation hier nur tausend Watt hat, und
damit kann dieser Long höchstens zwölf oder fünfzehn
Dollar pro Woche verdienen. Ich könnte es ihm kaum
verübeln, wenn er ein bißchen die Werbetrommel rührt,
indem er sich selbst Briefe schreibt. Ich sehe es gern, wenn
ein junger Mann mit Initiative in der Welt vorankommt.«

Priscilla seufzte bei diesem neuen Beweis der Allwissen-
heit ihres Vaters. Vater kannte jeden in der Stadt, teils, weil
er Ratsherr war, und teils, weil ihm das Kohleunternehmen
gehörte, das die beiden Hauptindustrien mit Kohle belie-
ferte.

»Ich sehe es gern, wenn er vorankommt«, fuhr Vater mit
lauterer Stimme fort. »Aber ich will verdammt sein, wenn
er das tut, indem er meiner Tochter den Kopf verdreht!«

Es war manchmal schwer, Vaters Logik zu folgen. Zum
Glück war das nicht nötig. Mutter streckte den Kopf zur
Tür herein und sagte besänftigend: »Aber Frederick, nun
reg dich doch nicht auf. Mr. Vogelsang.«

»Ich habe Priscilla nur eine Lektion in gesundem Menschenverstand erteilt. Tod. Großer Gott, man sollte meinen, der Kerl hätte mehr Verstand, als einem elfjährigen Mädchen Tod in den Kopf zu setzen.«

»Es ist möglich, daß er sich gar nicht an elfjährige Mädchen wendet«, sagte Mutter mild. »Außerdem glaube ich nicht, daß der Gedanke ihr Schrecken einflößt. Sieh sie dir an.«

Priscilla, dem vereinten Blick ihrer Eltern ausgesetzt, bemühte sich, unbeteiligt dreinzuschauen. Dies gelang ihr, indem sie die Augen, die Fenster zur Seele, schloß.

»Hast du deinem Vater das Gedicht gezeigt, das du letzte Woche geschrieben hast? Das hatte etwas mit Tod zu tun, nicht wahr?«

»Ja«, erwiderte Priscilla kurz.

»Wie war sein Titel?«

»*Bleicher Blauer Mond*, von Priscilla Jane Wilson.«

»Jetzt erinnere ich mich. Ich bin sicher, dein Vater würde es gern sehen«, sagte Mutter mit einschmeichelnder Stimme. »Lauf nach oben und hole es für ihn, tust du das?«

»Ich habe keine Lust dazu.«

»Ich würde es selbst gern noch einmal hören.«

»Ich habe einfach keine Lust dazu.«

»Sie hat ein sehr gutes Gefühl für das Versmaß, Frederick«, sagte Mutter. »Und alle ihre Gedichte haben einen ganz eigenen Stil.«

Vater hatte sich wieder gefangen. »Ja, ihr Brief verriet sehr viel Stil. Ich würde das neue Gedicht wirklich gern hören.«

»Es ist nichts Besonderes«, sagte Priscilla. »Nur über zwei Liebende, und einer von ihnen stirbt.«

»Das klingt genau wie die Art von Gedicht, die mir gefällt.«

Da es genau die Art von Gedicht war, die auch Priscilla gefiel, war sie nicht in der Lage, nur um ihres verletzten Stolzes willen, noch länger standzuhalten. Sie ging auf den Dachboden und nahm ihre zweitbeste Kopie von *Bleicher Blauer Mond* mit nach unten.

Nachdem sie sich vergewissert hatte, daß keiner von ihren Eltern weder einen Anflug von Gönnerhaftigkeit noch die geringste Spur eines Lächelns zeigte, stellte sie sich in die Mitte des Zimmers und las laut:

Bleicher Blauer Mond
von Priscilla Jane Wilson

Ein bleicher blauer Mond, der schien
Hoch oben am Himmelszelt,
Er schien nur auf dich und mich,
Zwei Menschen allein auf der Welt.
Nun scheint der blaue Mond nicht mehr,
Und du bist tot und kalt,
Doch nie vergeß ich den blauen Mond
Und dich, geliebte Gestalt.«

Als sie geendet hatte, seufzte Vater tief. »Es ist sehr traurig. Ich hoffe, die beiden Liebenden treffen sich im Jenseits wieder.«

»Ganz bestimmt werden sie das«, sagte Mutter.

»Vielleicht tun sie es und vielleicht nicht«, erwiderte Priscilla rätselhaft. »Niemand kann das sagen. Im Augenblick schreibe ich eins über den Tod selbst, zum Beispiel darüber, was er ist.«

Vater nickte. »Das dürfte sehr interessant sein.«

»Das wird es.«

Der literarische Triumph hatte ihr Ego besänftigt. Nun konnte sie ihre Eltern und den korrigierten Brief an Mr. Long in einem freundlicheren Licht sehen.

Sie ging in ihr Zimmer hinauf, um den Brief auf ein anderes Blatt Papier abzuschreiben. Sie schrieb ihn genau so, wie ihr Vater vorgeschlagen hatte, nur mit einer kleinen Ergänzung am Schluß: ›PS. Ich verehre Sie wahnsinnig.‹

Zwei Damen aus Buffalo

Becky kam erst kurz nach ein Uhr zu Hause an. Sie sagte, sie habe keine Ahnung gehabt, daß es schon so spät sei, weil sie die Uhr nicht lesen könne, und außerdem habe sie ja keine Uhr. Während des Chester-Conklin-Comics sei sie sehr heimwehkrank gewesen und habe schon gehen wollen, als der Jackie-Coogan-Film kam, der so gut war, daß sie beschloß, ihn zweimal zu sehen, um Geld zu sparen.

Sowohl ihre Mutter als auch Priscilla akzeptierten diese Logik, aber Vater sagte: »Ich verstehe nicht, wieso man Geld spart, wenn man einen Film zweimal sieht, es sei denn, du bist so mit Kino übersättigt, daß du nicht darauf bestehst, am nächsten Samstag wieder hinzugehen.«

»Scht, Frederick«, sagte Mutter und umarmte Becky, weil sie nicht entführt worden war.

»Ich *bin* übersättigt«, sagte Becky taktvoll. »Ich bin wirklich übersättigt.«

Vater meinte, es tue ihm leid, daß er davon angefangen habe, und verzog sich in sein Studierzimmer, um zu lesen.

Der Eßzimmertisch war bereits abgedeckt worden, so daß Becky in der Küche zu Mittag aß, während Edna das Geschirr spülte. Priscilla hatte keinen Hunger, aber sie spielte mit einem Schweinekotelett herum, um Becky Gesellschaft zu leisten.

»Ich wette, du bist gar nicht übersättigt«, sagte Priscilla.

»Doch, bin ich.«

»Das glaube ich nicht.«

»Ich bin so übersättigt, wie nie zuvor in meinem Leben.«
Priscilla war empört. »Du bist ein Schwein, ohne mich
hinzugehen und dich zu übersättigen.«

»Hört auf zu streiten, ihr beiden«, sagte Edna, »oder ich
sage eurer Mama, daß ihr häßliche Wörter benutzt.«

»Alte Petze«, sagte Priscilla. »Schwein, Schwein,
Schwein. Ich kann es so oft sagten, wie ich will. Und du bist
nichts als eine gemeine alte Petze.«

»Stöcke und Steine brechen mir vielleicht die Beine«,
entgegnete Edna selbstgerecht, »aber Namen tun mir nicht
weh.«

Becky aß ihre Mahlzeit immer auf eine träumerische und
abwesende Art. Heute war sie sogar noch langsamer als
sonst, weil sie alle paar Minuten innehielt, um die Tasche
ihres Kleides zu betasten. Priscilla erkannte das unmiß-
verständliche Knistern einer Papiertüte, frisch von Bowman's.

»Was ist da drin?«

Becky lächelte geheimnisvoll. »Rate.«

Priscilla folgte ihrem üblichen System unter solchen
Umständen. Sie begann mit der Sorte, die sie am wenigsten
mochte, Eukalyptusbonbons, und steigerte sich über Geleefrüchte und Pfefferminzpastetchen bis zu Lakritzmischung. Dieses System hatte den doppelten Vorteil, den
köstlichen Moment der Gewißheit hinauszuzögern und
Beckys Eitelkeit zu befriedigen.

»Es ist Lakritzmischung«, sagte Becky, höchst geschmeichelt von Priscillas Dummheit. »Für zehn Cent und ganz frisch von heute.«

Priscilla leckte sich die Lippen im Vorgeschmack auf die gummiartigen Wonnen frischer Lakritzmischung. »Zu gleichen Teilen.«

»Vielleicht«, sagte Becky.

»Es wäre unfair, wenn nicht.«

»Fair ist fair. Du hast mich Schwein genannt, also kann ich ein Schwein sein, wenn ich will, und alle selbst hinunterschlingen, schlingen, schlingen.«

Angesichts dieser gräßlichen Möglichkeit sagte Priscilla ganz kühl: »Es tut mir leid, daß ich dich Schwein genannt habe.« Sie kreuzte die Finger, um Gott zu zeigen, daß er dies nicht ernst nehmen durfte.

Die Entschuldigung besänftigte Becky. Sie zog den Beutel Lakritzmischung aus ihrer Tasche und zählte den Inhalt auf den Tisch. Es waren neunundsechzig Stück. Sie suchte zwanzig davon heraus, diejenigen, die sie am wenigsten mochte, die mit mehreren Lagen, und schob sie Priscilla hin. Den Rest tat sie wieder in die Tüte.

»Du könntest mir wenigstens eins anbieten«, meinte Edna. »Das ist das wenigste, was du tun könntest. Laß den Beutel herumgehen wie eine kleine Dame.«

Becky, die zuerst eine Realistin und dann eine kleine Dame war, überlegte einen Moment. Während es äußerst unklug wäre, Priscilla und Paul die Tüte anzubieten, da beide die kleinen mit den Perlchen am liebsten mochten, meinte Becky sich zu erinnern, daß Edna die uninteressanten einfachen Lakritzstücke vorzog.

»Bedien dich«, sagte sie unbekümmert.

Edna wischte sich die Hände an ihrer Schürze ab. Eine ganze, beinahe unerträgliche Minute lang überlegte Edna, was sie nehmen sollte.

»Die reinen Lakritzstücke sind gut«, sagte Becky ängstlich. »Sie sind auch gut für den Darm, sie fördern den Stuhlgang.«

Das gab den Ausschlag. Ednas Hand verschwand in der Tüte und kam mit einem reinen Lakritzstück wieder zum Vorschein.

Da sie großzügig gewesen war, praktisch ohne selbst einen Nachteil davon zu haben, war Becky guter Laune. Sie war bereit, den Nachmittag mit jedem Spiel zu verbringen, das Priscilla spielen wollte, sogar ›Besuch‹, obwohl sie zu vollgegessen war, um gleich ›Besuch‹ zu spielen.

›Besuch‹ war ein Spiel, das Priscilla selbst erfunden hatte. Es bestand darin, sich so unerkennbar wie möglich zu verkleiden, dann in verschiedene Häuser zu gehen und so zu tun, als sei man gerade erst in die Stadt gezogen und wolle sich eine Tasse Zucker leihen. Dieses Spiel mit seinen unendlichen Kostüm-, Dialog- und Handlungsvariationen befriedigte Priscillas natürliche Bedürfnisse. Der Nahrungsmittelaspekt, wenn auch eher zufällig und nicht so wichtig, hatte dennoch seine Bedeutung. Neuen Leuten, die gerade von New York in die Stadt gezogen waren – daher die schicken Kleider –, mußte zum Willkommen natürlich ein Happen zu essen angeboten werden.

Mutter mißbilligte diesen Teil des Spiels.

»Du meine Güte, das ist ja wie Betteln«, sagte sie. »Die Leute werden denken, ich gebe meinen Kindern zu Hause nichts zu essen.«

»Du verstehst einfach nicht«, erklärte Priscilla hochnä-
sig. »Sie wissen nicht, daß wir es sind. Vor allem, wenn
Becky nicht spricht, wissen sie nicht, daß wir es sind, also
wissen sie nicht, daß wir zu dir gehören.«

»Deine Perücke ist verrutscht«, sagte Mutter.

Priscilla hatte zwei Perücken für das Besuch-Spiel. Eine
davon war eine struppige blonde Perücke, die von der Engelpuppenlampe stammte, die Vater ihr aus Chicago mitgebracht hatte. Da die Engelpuppe einen ziemlich kleinen
Kopf hatte und Priscilla einen ziemlich großen, brauchte
diese Perücke zur Ergänzung einen von Mutters Hüten,
der fest auf den Kopf gedrückt werden mußte, damit die
herausstehenden blonden Locken den Anschein von Echtheit erweckten. Manchmal, als besondere Gunst, durfte
Becky die blonde Perücke benutzen, aber sie rutschte
immer unter dem Hut hervor, was Becky ärgerte, weil sie
dann nichts mehr sehen konnte und sich an Priscillas Hand
festhalten mußte, um nicht zu fallen. Wenn das passierte,
sagte Priscilla bloß, daß sie und ihre kleine blinde Schwester von Chicago gekommen und völlig mittellos seien,
weil fünf Falschspieler sie im Zug betrogen und die Behin-
derung ihrer Schwester ausgenutzt hätten.

Die andere, schlicht braune Perücke war weniger interessant, aber sie paßte besser, weil die Puppe, zu der sie
gehörte, einen fast genauso großen Kopf wie Priscilla
hatte. Priscilla konnte die Perücke mit Hilfe vieler Haar-
nadeln von Mutter den ganzen Nachmittag tragen. Im
Sommer, wenn es sehr heiß war, schmolz der Klebstoff an
der Perücke ein wenig und vermischte sich mit Priscillas
eigenem Haar, was später viel Pein verursachte.

»In vielleicht einer halben Stunde werde ich nicht mehr zu satt für das Besuch-Spiel sein«, sagte Becky. »Im Augenblick bin ich noch zu satt.«

»Wir brauchen nichts zu essen«, entgegnete Priscilla. »Wir könnten sogar ablehnen.«

»Sagst du mir, wenn eine halbe Stunde rum ist und ich nicht mehr satt bin?«

»Ich wette, du weißt selbst, wann eine halbe Stunde rum ist.«

»Weiß ich nicht.«

»Wenn du es nicht weißt, bist du ein bißchen zurückgeblieben. Mutter sagt das.«

»Ich bin nicht ein bißchen zurückgeblieben.«

»Kinder sind ein bißchen zurückgeblieben, wenn sie die Uhr noch nicht lesen können, obwohl sie schon fast acht Jahre alt sind.«

Becky weigerte sich, den Köder zu schlucken. »Ich kann doch nichts dafür, wenn ich zurückgeblieben bin«, sagte sie traurig. »Oder, Edna?«

»Nein, mein Liebes«, bestätigte Edna.

Priscilla begann Pläne für das nachmittägliche Besuch-Spiel zu machen. Sie würde Becky die blonde Perücke tragen lassen, und sie wären aus Buffalo, zwei sehr schicke Damen aus Buffalo. Die Damen würden zuerst zu Mr. Shantz' Haus gehen. Dies war ein sehr kühnes Spiel, denn Mr. Shantz war der gemeinste Mann in der Stadt. Er hatte Skipper einmal getreten, weil der ein Loch in seinen Rasen gebuddelt hatte (oder wenigstens war er gesehen worden, wie er zum Tritt ausholte), und an jedem Halloween saß er den ganzen Abend auf seiner vorderen Veranda, im Waschbärmantel und mit einer Gerte über den Knien. Mr. Shantz hatte eine Frau, die gestorben war, und die andere war die meiste Zeit krank, durch schleichendes Gift, wie Priscilla vermutete.

Becky sträubte sich jedoch gegen diesen Plan. Sie fürchtete sich nicht, zu Mr. Shantz zu gehen, bestimmt nicht, aber sie hatte einfach keine Lust. Und die blonde Perücke wollte sie auch nicht tragen, denn die kitzelte sie an der Nase.

»Aber du mußt«, schrie Priscilla. »Man erkennt dich sonst.«

»Nein, das tut man nicht. Ich werde schielen.«

Sie schielte, und Edna meinte, daß das wirklich einen Riesenunterschied mache, ihre eigene Mutter würde sie nicht wiedererkennen, ganz zu schweigen von der Welt allgemein.

»Für mich siehst du genauso aus wie vorher«, sagte Priscilla verächtlich. »Du könntest vielleicht dein Gesicht umwickeln und Mumps haben.«

»Warum muß ich immer etwas haben?« jammerte Becky. »Warum kann ich nicht normal sein?«

»Wie kannst du aus Buffalo und normal sein?«

Nach vielem Hin und Her wurde beschlossen, daß Becky eine Witwe sein und einen Schleier über ihrem Gesicht tragen würde. Damit ihre Stimme sie nicht verriete, sollte sie von Kummer erfüllt sein und nichts anderes äußern können als ein paar mitleiderregende Schniefer.

»Wie soll ich mit einem Schleier über dem Gesicht essen?« protestierte Becky.

»Ich dachte, du wärst zu satt?«

»Meine Sättigung läßt nach.«

»Oh, ich geb's auf«, stöhnte Priscilla. »Wenn du vor Kummer nicht sprechen kannst, kannst du vor Kummer auch nicht essen.«

»Ich könnte etwas mit vielen Taschen anziehen«, sagte Becky hoffnungsvoll, »und dann könnte ich mir Dinge in die Taschen stecken, für einen regnerischen Tag.«

Darauf einigte man sich, und die Kostümierung auf dem Dachboden begann. Mutter rief zweimal durch den Wäscheschacht nach oben, um herauszufinden, was das ganze Gekichere sollte, und Großpapa klopfte mit seinem Stock an die Wand, aber es gab keine wirklichen Unterbrechungen.

Um drei Uhr waren sie fertig. Becky hatte ein altes schwarzes Kostüm von Tante Marnie gefunden, das fünf Taschen besaß, wenn man einen Riß im Saum mitzählte, der groß genug war, um mehrere Plätzchen unterzubringen. Über dem Gesicht trug sie einen vornehmen naturfarbenen Spitzenschleier, der ihr beinahe bis zu den Knien herabhing und durch einen von Großpapas abgelegten Panamahüten auf ihrem Kopf festgehalten wurde. Es war heiß unter dem Schleier, aber es war auch gemütlich, wie in einem Zelt, und Becky liebte Zelte sehr. Priscilla sah todschick aus in dem roten Samtkleid, das Vater bei Wannamaker's gekauft hatte, und mit ihrer Federboa, die sie am Hals kitzelte. Über der braunen Perücke trug sie einen von Mutters Hüten, und alles in allem hatte sie das Gefühl, daß sie ein wenig wie Colleen Moore aussah.

Miss Colleen Violet Rose Young half Mrs. J. H. Black die Treppe hinunter. Die Witwe Black konnte durch ihren

Schleier kaum etwas sehen, und wenn er nicht so gemütlich wie ein Zelt gewesen wäre, hätte sie ihn sofort abgenommen.

Sie hatten die Hälfte der Stufen hinter sich gebracht, als sie hörten, wie Paul die Haustür zuknallte.

»Ich konnte sie nirgendwo finden«, sagte Paul. »Ich bin bis zum Kino gefahren und habe in jeder nur denkbaren Straße nachgesehen und sogar im Eissalon.«

»Es ist alles in Ordnung«, versicherte Mutter ihm. »Sie kam allein nach Hause. Und sei nicht häßlich zu ihr. Es tut ihr leid, ich bin sicher, daß es ihr sehr leid tut.«

»Man sollte ihr das Fell versohlen. Ich werde es ihr persönlich versohlen, wenn ich sie erwische.«

»Ich möchte mein Fell nicht versohlt haben«, flüsterte Becky hinter dem Vorhang.

»Oh, sei kein Feigling«, sagte Priscilla und gab ihr einen kleinen Schubs.

Paul war wütend, aber in dem Augenblick, als er sie sah, trat ein Ausdruck unverhohlener Überraschung auf sein Gesicht.

»Oh, entschuldigen Sie meine Grobheit, ich wußte nicht, daß wir Gesellschaft haben«, sagte er. »Wie geht es Ihnen?«

Priscilla neigte huldvoll den Kopf. »Wie geht es Ihnen? Ich bin Miss Colleen Violet Rose Young aus Buffalo, und dies ist meine teuerste Freundin, Mrs. J. H. Black, eine Witwe.«

»Freut mich, Sie kennenzulernen«, sagte Paul und gab Becky einen Klaps auf den Hintern.

Becky schrie mitleiderregend, aus Gewohnheit, brachte

ihren Schleier wieder in Ordnung und trat auf die vordere Veranda hinaus.

Es hatte aufgehört zu regnen, und die Luft war kalt und klar. Manche der kleineren Pfützen trugen einen dünnen Eisfilm, wie Priscilla mit Entsetzen bemerkte. Es bedeutete, daß der Sommer noch ferner war, als sie sich vorgestellt hatte, und es war durchaus möglich, daß er überhaupt nie kam. Dieser Gedanke war unerträglich. Den ganzen Weg die Straße entlang zertrat sie das Eis auf den Pfützen, um das Nahen des Sommers zu beschleunigen. Auch Becky zertrat das Eis, aber sie hatte keinen Grund, außer daß ihr das knirschende Geräusch gefiel, das sie an Erdnußkrokant erinnerte.

Vorbei an den Vogelsangs, den Bartons, den Johnsons.

»Meine Füße werden mordsmäßig naß«, sagte Becky.

Eine kurze Pause bei Mrs. Abel, die, so munkelte man, eine schwere dunkle Schokoladentorte machte, die im Munde zerging.

»Ist die halbe Stunde schon rum?« fragte Becky.

»Fast zwei Stunden.«

»Ich bin nicht mehr satt.«

»Ja, aber Mutter sagte, wir dürften nie in Mrs. Abels Haus gehen, wegen du-weißt-schon-was.«

Becky wußte nicht, was. Auch Priscilla nicht, was das betraf. Aber es war etwas Sonderbares an Mrs. Abel, das entnahm Priscilla der Art und Weise, wie die Erwachsenen über sie sprachen.

Mrs. Abel gab Klavier- und Gesangsunterricht, und sie war die Sopransolistin in der lutherischen St. Paul's-Kirche.

Sie lächelte viel und trug hübsche Kleider, aber sie hatte eine lange scharfe Nase, die von fern und im Zwielicht wie die einer Hexe aussah. Charakterlich schien sie jedoch in Ordnung zu sein. Selbst die Kinder, die gezwungen wurden, bei ihr Klavierstunden zu nehmen, sagten, sie sei nicht streng. Während des Unterrichts las Mrs. Abel Comicheftchen oder das *Love Story Magazine* und kümmerte sich nicht um so Kleinigkeiten wie Fingersatz oder falsche Noten.

Mrs. Abel hatte einen Mann, Mr. Abel, der Handlungsreisender war und nicht sehr oft nach Hause kam. Vater meinte, das sei kein Wunder; Mrs. Abel den ganzen Tag lang *mi mi mi mi mi* singen zu hören, würde genügen, um aus jedem Mann einen Handlungsreisenden zu machen.

»Es muß hart für sie sein«, sagte Mutter, »ihren Mann so selten zu Hause zu haben.«

Vater zwinkerte. »Sie hat ihre Tröstungen. Ihr Name ist Abel, und ihr Wesen ist spendabel.«

»Scht, Frederick. Vergiß nicht, daß kleine Kinder immer die Ohren spitzen.«

Obwohl Priscilla ›Tröstungen‹ im Wörterbuch ihres Vaters nachsah, blieb das Rätsel Mrs. Abel ungelöst.

»Wir könnten doch«, schlug Priscilla vor, »einfach mal klopfen und ihr einfach mal guten Tag sagen.«

»'türlich könnten wir das«, sagte Becky.

»Denk dran. Nicht sprechen, oder du wirst erkannt.«

»'türlich.«

Mutters Anordnungen unter einem Schleier-Zelt nicht zu gehorchen, war schwerlich dasselbe wie schlichter gewöhnlicher Ungehorsam, und die Unterscheidung machte

Becky ziemlich mutig. Sie setzte ihren Finger auf die Klingel und ließ ihn dort, bis Mrs. Abel an die Tür kam.

»Wer in aller Welt…«, sagte Mrs. Abel und riß die Tür auf. »Oh, nanu, was ist das?«

Es war keine sehr ermutigende Begrüßung, und Becky war drauf und dran wegzurennen, Zelt hin, Zelt her. Aber Priscilla hielt ihre Hand fest und sagte ruhig: »Wir sind Ihre neuen Nachbarn. Wir sind gerade in die Stadt gezogen, und wir dachten, wir sollten uns vielleicht vorstellen.«

»Sieh mal einer an«, sagte Mrs. Abel.

»Wir kommen aus dem fernen Buffalo, ich und meine teure Freundin, die Witwe ist.«

Als Reaktion auf ein heftiges Kneifen oberhalb des Ellbogens schniefte die Witwe mitleidvoll.

»Sie leidet seit ihrer Geburt unter einer Wachstumshemmung«, sagte Priscilla. »Aber sie hat ein liebenswertes Wesen.«

»Das kann ich sehen«, entgegnete Mrs. Abel mit einem schwachen Lächeln. »Und noch dazu aus Buffalo. Hatten Sie eine gute Reise?«

»Einen Teil des Weges fuhren wir mit dem Schiff, und meine teure Freundin war die ganze Zeit seekrank.«

»Oh, war ich nicht!« schrie Betty beleidigt. »Warum muß bei mir immer etwas nicht in Ordnung sein wie Wachstum und Seekrankheit?«

Eine Männerstimme aus dem Haus rief: »Wer ist es, Ruth?«

»Kein Grund zur Aufregung«, erwiderte Mrs. Abel. »Es sind die Wilson-Kinder aus der Straße weiter unten, Ratsherr Wilsons Kinder.«

Priscilla funkelte Becky an, die die ganze Vorstellung durch ihr Reden verpatzt hatte.

»Nun, Kinder«, sagte Mrs. Abel, »wenn dies ein Spiel ist, so habe ich es noch nie gespielt. Was machen wir jetzt? Wollt ihr reinkommen?«

»Wir hätten nichts dagegen«, antwortete Priscilla vornehm.

Sie waren noch nie in Mrs. Abels Haus gewesen, und so traten sie ziemlich vorsichtig und händchenhaltend ein. Priscilla war enttäuscht, als sie feststellen mußte, daß die Eingangshalle und der Salon keinen Hinweis auf Mrs. Abels Geheimnis boten. Sie sahen ähnlich wie die Eingangshalle und der Salon zu Hause aus, nur ordentlicher.

»Setzt euch«, forderte Mrs. Abel sie auf. »Macht es euch bequem.«

»Wir danken Ihnen sehr«, sagte Priscilla.

»Ich habe gerade eine Unterrichtsstunde beendet und wollte einen Happen essen. Wie steht's mit euch?«

»Wir hätten nichts dagegen. Das ist wirklich sehr freundlich von Ihnen.«

Mrs. Abel verschwand in der Küche.

»Ich war nicht seekrank«, murmelte Becky hinter ihrem Schleier. »Ich war es nicht.«

»Wir tun doch nur so.«

»Selbst wenn wir nur so tun, ich war es nicht.«

»Oh, ich geb's auf. Du bist ein solches Baby, du kannst nicht einmal Spiele richtig spielen.«

»Kann ich doch«, sagte Becky und zog zerstreut einen ihrer Schuhe aus, um das Wasser darin auf Mrs. Abels grünen Teppich auszuleeren.

Mrs. Abel kehrte mit einer Platte voller Orangenkuchen und einer Kanne Tee zurück. Ihr folgte ein ziemlich gutaussehender junger Mann, den sie als Tom, einen ihrer neuen Schüler, vorstellte. Mrs. Abel reichte den Kuchen herum und sagte, daß Tom ihrer Meinung nach einer der besten Baritone im Land werden würde.

»Hör auf zu scherzen«, entgegnete Tom.

»Ich scherze nicht. Deine Stimme ist groß genug, um zwei Carnegie Halls zu füllen.«

»Mach weiter«, sagte Tom. »Man könnte glauben, du seist davon überzeugt.«

»Ich bin davon überzeugt, ehrlich. Dir fehlt das Selbstvertrauen. Nimm diese Kinder hier. Sieh sie dir an. Mangelt es ihnen an Selbstvertrauen? Ich würde sagen, nein. Die ältere ist das frechste Gör, das ich je gesehen habe.«

Obwohl die Worte an sich beleidigend waren, sagte Mrs. Abel sie mit solcher Bewunderung, daß Priscilla errötete und sich genötigt sah, ein zweites Stück Kuchen zu nehmen, um ihre Verwirrung zu verbergen.

»Warum singst du nicht etwas für die Kinder, Tom?« schlug Mrs. Abel vor. »Es würde ihnen gefallen.«

»Aber sicher«, erwiderte Tom und wandte sich an die Mädchen: »Was möchtet ihr gerne hören?«

Becky wünschte sich *Kleiner brauner Krug,* und Priscilla *O sole mio,* deshalb sang Tom als Kompromiß *Auf der Straße nach Mandalay.*

Tom hatte zweifellos eine sehr große Stimme, doch was Priscilla am meisten bewunderte, war sein Ausdruck. Als die Morgendämmerung, von China herkommend, wie ein Farbenrausch über die Bucht hereinbrach, grollte Toms

Stimme wie Donner, und als die fliegenden Fische spielten, klang Tom sehr lustig und heiter, so, wie Priscilla sich vorstellte, daß fliegende Fische sich fühlen würden.

»Fortissimo, fortissimo«, sagte Mrs. Abel, und Tom hielt den letzten Ton so lange und so laut, daß Becky, Höflichkeit hin, Höflichkeit her, die Hände über ihre Ohren schlug. Der ganze Raum, sogar der Kuchen auf dem Tablett, vibrierte.

»Bravo«, rief Mrs. Abel und schwang auf dem Klavierhocker herum. »Was, Mädchen?«

Die Mädchen klatschten heftig, besonders Becky, die sehr froh war, daß es vorbei war.

Infolge des Klatschens und der allgemeinen Aufregung befanden sich neben der Pfütze aus Beckys Schuh nun viele Kuchenkrümel auf dem Fußboden. Um die Aufmerksamkeit davon abzulenken, schrie Priscilla: »Zugabe, Zugabe.« Während Tom noch ein Lied zum besten gab, wischte Priscilla mit dem Saum ihres Kleides die Pfütze auf und fegte die Krümel unter den Diwan.

Nur das einsame Herz war ein so schrecklich trauriges Stück, daß Becky von Heimweh ergriffen wurde. Jedesmal, wenn sie eine Träne mit ihrem Schleier fortwischte, kam eine neue Träne. Der Schleier wurde ganz feucht.

»Ach, du meine Güte«, sagte Mrs. Abel, als Tom das Stück beendet hatte. »Was ist mit der Kleinen los?«

»Sie hat Heimweh«, erklärte Priscilla seufzend. »Stimmt's Becky?«

Becky nickte.

»Sie bekommt immer Heimweh, vor allem im Kino und bei traurigen Stücken.«

»Das haben wir gleich«, sagte Mrs. Abel und spielte einen lauten Akkord auf dem Klavier. Sie und Tom sangen sehr schnell *Kleiner brauner Krug*.

»Los, Mädchen«, rief Mrs. Abel. »Ihr fallt bei dem *ha ha ha* ein!«

»Ha ha ha«, fiel Priscilla ein. »Beeil dich, Becky.«

»Ha ha ha«, sang Becky traurig.

Sechsmal wiederholten sie den Refrain, bis Becky nicht mehr heimwehkrank war und Tom sagte, er habe einen Frosch im Hals. Er bot Becky an, ihr den Frosch in seinem Hals zu zeigen, aber Becky meinte, sie wolle ihn lieber nicht sehen, da sie Frösche ohnehin nie sehr gemocht habe.

Der Orangenkuchen und die sechs Refrains von *Kleiner brauner Krug* hatten das Eis auf allen Teichen der Konversation gebrochen, und Mrs. Abel war ziemlich schnell von einer Fremden mit rätselhaften Tröstungen zu einer von Priscillas liebsten Freundinnen geworden.

»Tun Sie noch etwas anderes außer Klavier- und Gesangsunterricht geben?« fragte sie.

Mrs. Abel zwinkerte Tom zu. »Das kommt darauf an.«

»Sie singt in einem Chor«, sagte Tom. »Das ist gar kein schlechter Chor, Ruth. Ich weiß gar nicht, warum du mich trittst. Ich habe die Darbietung letzten Freitag abend im Radio gehört, und ich fand sie gut.«

»Quatsch«, sagte Mrs. Abel. »Was wir brauchen, ist ein guter Bariton.«

»Ich bin dein Mann.«

»Du wirst nicht bezahlt. Niemand bekommt einen müden Cent. Es ist Kunst um der Kunst willen oder Kunst um Gottes willen. Triff deine Wahl.«

»Quatsch«, wiederholte Becky. »Mir gefällt, wie es klingt. Quatsch, quatsch, quatsch.«

»Eines Tages werde ich auch berühmt sein«, sagte Priscilla leidenschaftlich. »Mein Vater meint das.«

»Er sollte es wissen«, räumte Tom ein.

»Ich kann zwar nicht schrecklich gut singen, aber ich kann Klavier spielen.«

»Manchmal machst du Fehler«, warf Becky sanft ein.

»Was nur natürlich ist«, erwiderte Priscilla. »Ich wäre nicht überrascht, wenn ich eines Tages im Radio Klavier spielte.«

»Du bist sehr ehrgeizig, wie ich sehe«, sagte Mrs. Abel.

Priscilla nickte ernst. »Ich schreibe auch Theaterstücke und Gedichte, aber das hat nicht viel mit dem Radio zu tun, deshalb denke ich daran, es aufzugeben.«

»Oh, das würde ich nicht«, rief Mrs. Abel. »Man kann nie genug Eisen im Feuer haben.«

»Großpapa sagt, daß man Kinder sehen, aber nicht hören soll, und meine Mutter sagt, daß Kinder niemanden um eine Gefälligkeit bitten sollen, vor allem vollkommen Fremde nicht, aber wie sollen sie Gefälligkeiten erlangen, wenn sie nicht darum bitten?«

Mrs. Abel wußte es nicht.

»Und besonders jetzt, nachdem wir alle *Kleiner brauner Krug* zusammen gesungen haben, können wir doch keine vollkommen Fremden mehr sein. Ich habe nicht das Gefühl, daß wir uns vollkommen fremd sind.«

Ein langes Schweigen trat ein, das Priscilla als wohlwollend und sogar ermutigend interpretierte.

»Deshalb frage ich mich«, fuhr sie fort und starrte dabei

an die Decke, um ihre Bitte so sachlich wie möglich klingen zu lassen, »ob ich Ihnen, wenn Sie im Radio singen oder sich einsam fühlen und Gesellschaft haben wollen, ob ich Sie nicht begleiten könnte.«

»Ach herrje«, sagte Mrs. Abel. »Nun, ehrlich gesagt, ganz ehrlich gesagt...«

»Besonders, wenn ich verspreche, mucksmäuschenstill zu sein.«

»Das hängt natürlich von deiner Mutter ab. Du mußt sie um Erlaubnis fragen.«

»Sie wird es nicht wollen«, sagte Becky, »wegen du-weißt-schon-was.«

Priscilla betrachtete sie mit Verachtung. »Es ist gräßlich, ein solches Kind in der Familie zu haben«, vertraute sie Mrs. Abel, einer ihrer besten Freundinnen, an. Ich würde sie Zigeunern schenken, wenn ich welche kennen würde.«

»Ich würde weglaufen«, sagte Becky. »Ich würde diese alten Zigeuner so unglücklich machen, daß sie mich zurückgäben. Ich wäre höllisch gemein zu ihnen, das kann ich nämlich.« Sie hob den Schleier und machte ein höllisch gemeines Gesicht, aber niemand beachtete sie.

»Meine Mutter wird mich gehen lassen«, sagte Priscilla. »Ich werde sie so lange nerven, bis sie mich läßt.«

»Ach, du meine Güte«, seufzte Mrs. Abel. »Was habe ich da bloß angerichtet!«

»Sie ist die größte Nervensäge in der Woodlawn Avenue«, bestätigte Becky mit widerstrebender Bewunderung. »Großpapa sagt das.«

Priscilla nahm die Huldigung mit einem Nicken entgegen. »Wenn ich wüßte, wann Sie mich mitnehmen, könnte ich sofort anfangen zu nerven, ohne Zeit zu verlieren.«

»Ich bin nicht so eine gute Nervensäge«, sagte Becky, »aber ich kann heulen, wenn ich mich danach fühle. Meine Mutter meint, ich habe ein angeborenes Talent dafür. Wenn ich also zu heulen anfinge, könnte ich auch mitkommen.«

»Man muß mindestens elf sein. Unter elf darf niemand hinein. Das ist eine Vorschrift.«

»Ich könnte ein gestörtes Wachstum haben.«

»Mit einem gestörten Wachstum darf man auch nicht hinein.«

»Das ist richtig«, stimmte Mrs. Abel hastig zu. »Sie sind dort sehr pedantisch. Sie haben Hunderte von Vorschriften. Die Altersgrenze könnte sogar bei zwölf oder dreizehn liegen.«

»Ich könnte leicht zwölf oder dreizehn sein«, meinte Priscilla zuversichtlich. »Ich bin gescheit für mein Alter, sagt meine Mutter, und außerdem übergewichtig, und ich habe große Füße.«

Die Füße gaben, nach Toms Meinung, den Ausschlag, und er rezitierte ein Gedicht des Inhalts, daß er ein berühmter Poet sei, denn seine eigenen Füße bewiesen es, es seien *Longfellows*. Beckys Zelt erzitterte unter Gelächter, und Priscilla mußte sich die Seiten halten, damit sie nicht zersprangen, nur Mrs. Abel blieb ernst. Sie sagte wieder: »Ach, du meine Güte«, und leerte eine ganze Tasse Tee auf einen Zug. Gezwungenermaßen gab sie zu, daß ihr nächster Auftritt am Freitag abend um sieben Uhr sei und daß sie gewöhnlich um halb sieben aus dem Haus ginge.

»Ich werde um sechs hier sein«, versprach Priscilla. »Oder um Viertel vor sechs, gestiefelt und gespornt.«

»Mit Stiefeln an den Füßen und Sporen an den Zeh'n«, sang Tom fröhlich. »Mit Sporen an den Fersen ihrer übergroßen Zeh'n.«

Becky kicherte so heftig, daß sie Schluckauf bekam. Mrs. Abel sagte, es gebe kein besseres Mittel gegen Schluckauf als einen schönen Spaziergang in frischer Luft, und die beiden Damen aus Buffalo wurden auf die vordere Veranda hinausbegleitet. Der Abgang erfolgte so schnell, daß Becky vor Überraschung ihren Schluckauf verlor.

»Hick, hick, hick«, machte Becky, um ihn zurück zu holen, denn sie wollte feststellen, ob das Mittel des Schönen-Spaziergangs-in-frischer-Luft wirklich funktionierte. »Hick, hick.«

»Oh, sei still«, sagte Priscilla. »Ich versuche zu denken.« Endlich begann ihre Karriere, befand sie sich auf dem Weg zu Ruhm und Glück. Es gab nicht den geringsten Zweifel, daß sie, einmal im Innern der Radiostation, Theodore Long auf dem Klavier vorspielen würde und sofort eine Stelle angeboten bekäme.

Leichtfüßig und auf Gesanges Flügeln tänzelte sie an den Johnsons vorbei.

»Laß uns Eis zertreten«, sagte Becky.

Wie dumm Becky doch war, wie kindisch.

Vorbei an den Bartons und den Vogelsangs.

»Wir haben vergessen, uns für den Kuchen zu bedanken«, sagte Becky, Eis zertretend. »Meine Güte, ich wette, eine Radiostation ist etwas sehr Insturktives. Ich bekomme nie insturktive Dinge zu tun.«

»Das wirst du«, meinte Priscilla. Sieben, beinahe acht war doch ein schreckliches Alter.

In letzter Minute, kurz bevor sie zum Haus gelangten, zertrat Priscilla das Eis auf einer Pfütze, aber ihre Gedanken waren ganz woanders, und sie tat es ohne wirkliches Interesse.

Die Liebesgeschichte

Mutter war sehr böse über Beckys nasse Füße. Sie ließ Becky in ihr Zimmer hinaufgehen, Schuhe und Strümpfe auszuziehen und mit den Füßen auf einer Wärmeflasche sitzen. Priscilla erhielt den Befehl, bei ihr zu bleiben.

»Da du verantwortlich dafür bist, daß Becky nasse Füße bekommen hat«, sagte Mutter, »ist es auch deine Sache, ihr Gesellschaft zu leisten und sie zu unterhalten.«

»Sie ist alt genug, um sich selbst zu unterhalten«, murrte Priscilla. »Du lieber Himmel, ich kann doch nicht mein ganzes Leben an eine Siebenjährige vergeuden.«

»Ich bitte dich nicht, dein ganzes Leben zu vergeuden. Ich bitte dich nur um eine halbe Stunde. Keine Widerrede.«

Mutter ging und schloß sehr entschieden die Tür hinter sich.

Priscilla warf einen düsteren Blick auf ihre Verantwortung, die unschuldig mit den Zehen auf der Wärmflasche spielte.

»Kannst nicht mal Eis zertreten, ohne nasse Füße zu bekommen«, sagte sie mit vernichtender Verachtung. »Mein Gott.«

»Kann ich doch.«

»Kannst du nicht.«

»Kann ich doch. Ich wollte nasse Füße bekommen, damit du mich unterhalten mußt.«

»Ich werde dich nicht unterhalten, nicht für Geld und gute Worte.«

»Du könntest einfach Mrs. Magookle sein.«

»Will ich aber nicht.« Mrs. Magookle war eine von Priscilla erfundene Figur. Sie hatte einen starken Schnurrbart (Priscillas unter der Nase zusammengebundene Zöpfe) und viele Kinder, alle sehr ungezogen und interessant.

»Du könntest mir eine Geschichte erzählen«, sagte Becky. »Meine Güte, eine Geschichte würde ich gern hören.«

»Ich weiß keine Geschichten.«

»Du könntest eine erfinden. Du erfindest die schönsten Geschichten.«

»Das weiß ich«, sagte Priscilla kurz.

»Über einen Affen. Eine über einen lieben kleinen Affen namens Edwin, an einer Leine.«

»Es gibt keine Affen, die Edwin heißen, und außerdem hasse ich Affengeschichten. Wenn ich eine Geschichte erzähle, dann über einen Mann. Dieser Mann hatte den schrecklichsten Charakter und das böseste Wesen auf der ganzen Welt.«

»Ein Mörder?« flüsterte Becky.

»Noch schlimmer. Wegen seinen verschlagenen Augen und seinem gemeinen Mund…«

»Wie Mr. Shantz' Mund?«

»Gemeiner. Wegen diesen Dingen liebte ihn niemand.«

»Nicht einmal seine Mutter?«

»Seine Mutter lief fort, als er ein Baby war, und ist seitdem nie wieder gesehen worden, und sie hätte ihn sowieso nicht geliebt wegen seiner Veranlagung.«

»Sie hätte ihn vielleicht ein ganz klein wenig geliebt, einen Zentimeter oder so.«

»Hör auf, mich zu unterbrechen, oder ich sage kein Wort mehr. Jetzt muß ich noch mal ganz von vorn anfangen. Es war einmal ein schrecklicher Mann mit Namen Gilberto. Er lebte in Chicago, und jede Nacht schlich er durch die Straßen auf der Suche nach seinen Opfern. Seine liebsten Opfer waren kleine Mädchen, so um die sieben Jahre alt.«

»Oh, waren sie nicht!« sagte Becky. »Das erfindest du nur!«

Priscilla lächelte geheimnisvoll. »Immer, wenn er ein Mädchen sah, das ungefähr sieben Jahre alt war, lief und lief ihm das Wasser in seinem gemeinen Mund zusammen, weil sie seine Lieblingsspeise waren.«

Becky warf den Kopf zurück und meinte, sie habe keine Angst, niemand würde wagen, sie zu essen, weil Vater und Paul und Großpapa und Onkel Bruce und Onkel Ed ihm mit Pistolen und Messern und großen Stöcken zu Leibe rücken würden.

»Hör auf, mich zu unterbrechen. Eines Nachts schlich Gilberto durch die Straßen, und wen erblickte er da? Das wunderschönste junge Mädchen namens Dove Brown.«

»Wie alt?« fragte Becky mißtrauisch.

»Einundzwanzig, tatsächlich war es sogar ihr Geburtstag. Bis dahin hatte Gilberto nur kleine siebenjährige Mädchen gemocht, doch als er Dove Brown erblickte, änderte er sich. Sie hieß Dove, weil sie ein so reines Herz und die Sanftmut einer Taube besaß, und Brown, weil das der Name ihres Vaters war.«

»Der Name meines Vaters ist Wilson«, steuerte Becky bei.

»Das wissen doch alle, du Dummkopf. Dove Brown jedenfalls hatte rabenschwarze Locken und perlweiße Zähne ohne eine einzige Füllung und große blaue Augen mit Wimpern, die einen Zentimeter lang waren.«

Becky wollte wissen, ob Gilberto Wimpern und Zähne und Haare und Nägel aß.

»Nun nicht mehr«, erwiderte Priscilla. »Ich sagte ja, daß er sich plötzlich änderte. Jetzt will er niemanden mehr essen. Er möchte nur noch dasselbe wie Edna, heiraten und einen Hausstand gründen.«

»Das will ich auch«, sagte Becky. »Ich werde jemanden heiraten, der so einen pelzigen Schnurrbart wie Großpapa hat.«

»Kannst du nicht eine Minute still sein? Jetzt habe ich vergessen, wo ich war.«

»Bei Gilberto, der sich verändert hatte.«

»Ah ja. Als er nun Dove Brown erblickte, war er von ihrer Schönheit so hingerissen, daß er auf sie zutrat, und ›guten Abend‹ sagte. ›Guten Abend‹, erwiderte Dove, obwohl es ihr verboten war, mit fremden Männern zu sprechen, aber sie wollte seine Gefühle nicht verletzen. ›Es ist ein lieblicher Abend‹, sagte Gilberto, ›hätten Sie Lust, mit mir ins Kino zu gehen?‹ ›Ich habe nichts dagegen‹, sagte Dove, die immer noch nicht seine Gefühle verletzen wollte.«

»Warum wollte sie seine Gefühle nicht verletzen?«

»Weil das eine der Regeln ihrer Mutter war, Dummchen. Sie gingen also ins Kino, und siehe da, Gilberto benahm sich so gut, daß Dove sich in ihn verliebte und sie zusammen durchbrannten.«

»Was ist durchbrennen?«

»Wenn man wegläuft und in seinen alten Kleidern heiratet, ohne Hochzeitskleid und ohne Champagner, so wie Clara Barton. Sie brannten also durch, aber sie lebten nicht glücklich bis ans Ende ihrer Tage, sondern nur für drei Wochen. Drei Wochen waren sie glücklich wie die Könige, bis Gilberto eines Abends sagte, er habe Hunger. ›Möchtest du ein getoastetes Käsesandwich?‹ fragte Dove. ›Nein‹, sagte Gilberto. ›Möchtest du ein gegrilltes Hähnchen mit viel Füllung?‹ fragte Dove. ›Nein‹, sagte Gilberto. ›Möchtest du vielleicht Pommes frites?‹ ›Nein‹, sagte Gilberto. ›Ja, du lieber Himmel‹, sagte Dove, ›was willst du dann?‹ ›Dich‹, sagte Gilberto, packte sie mit einer Hand an der Gurgel und griff mit der anderen nach dem Brotmesser.«

»Oh, nein«, rief Becky und steckte sich die Finger in die Ohren, aber nicht sehr fest.

»›Hilfe, Hilfe, Erbarmen, habe Erbarmen!‹ schrie Dove mit einer Stimme, so laut wie Vaters. Aber natürlich hatte Gilberto kein Erbarmen, weil sein gemeiner Charakter wieder die Oberhand gewonnen hatte. ›Du mußt sterben‹, rief Gilberto, ›ich muß dich töten.‹ Was er auch tat. Das blutige Messer wischte er an ihrem Haar ab, dann aß er sie.«

Becky runzelte die Stirn. »Mit Messer und Gabel?«

»Er war sogar zu hungrig, um sich an seine Manieren zu erinnern, deshalb aß er sie mit den Fingern. Das war das

Ende von Dove Brown, die nie mit einem fremden Mann hätte sprechen sollen. Was Gilberto betrifft, so blieb er bei seinem gemeinen Charakter, und bis auf den heutigen Tag schleicht er durch die Straßen auf der Suche nach kleinen, etwa siebenjährigen Mädchen.«

»Das glaube ich nicht«, sagte Becky mit einem ängstlichen Blick über die Schulter. »Der Polizist würde ihn schnappen und ins Gefängnis stecken, mit Ratten drin.«

»Sie können ihn nicht fangen.«

»Oh, ich hasse diese Geschichte!« sagte Becky weinerlich. »Besonders das mit den kleinen Mädchen.«

Priscilla hörte die Schritte ihrer Mutter in der Eingangshalle. Wohlüberlegt sagte sie: »Ich kann mich natürlich auch geirrt haben. Vielleicht zieht er elfjährige Mädchen wie mich vor.«

»Meinst du wirklich?«

»Ja.«

»Hand aufs Herz und ›ich schwöre‹?«

Priscilla legte die Hand aufs Herz und schwor.

Der Wechsel von Gilbertos Diät stellte Beckys Seelenruhe wieder her. Als Mutter den Kopf zur Tür hereinstreckte, war sie entzückt, die beiden Mädchen kreuzbrav und friedlich vorzufinden.

»Na also«, sagte Mutter und hob die Wärmflasche auf. »Deine Füße sind ganz warm und trocken, und du wirst keine Erkältung bekommen.«

»Oder Pseudonym«, sagte Becky.

»*Pneumonie*, Becky, nicht Pseudonym. Ein Pseudonym ist ein Name, hinter dem sich ein Schriftsteller verbirgt.«

Becky blickte nachdenklich. Sie liebte es, Dinge zu lernen, und soeben hatte sie gelernt, daß es zwei Arten von Namen gab: Namen, hinter denen sich normale Leute verbergen, und Namen, hinter denen sich Schriftsteller verbergen.

»Und, hat Priscilla dich unterhalten?« fragte Mutter, während sie Becky ein Paar saubere Socken gab.

»Sie hat mir eine Geschichte erzählt«, erwiderte Becky. »Es war eine Geschichte über…«

»Es war eine Liebesgeschichte«, sagte Priscilla ironisch. »Übers Heiraten und so weiter.«

Mutter war sehr erfreut, das zu hören. Sie ging sogleich nach unten, um es Vater zu berichten, der immer noch in seinem Studierzimmer las.

»Frederick?«

»Hm?«

»Frederick, machmal denke ich, wir haben die reizendsten Mädchen der Welt.«

Vater sah erstaunt auf. »Tatsächlich?«

»Ich frage mich, ob ich nicht manchmal zu streng mit ihnen bin.«

»Das glaube ich kaum.«

»Kinder zu erziehen ist so schwer«, sagte Mutter und setzte sich geistesabwesend auf Vaters Schoß. »Und es muß genauso schwer sein, erzogen zu werden, weißt du? Ich meine, ein Kind zu sein, ist so schwer.«

»Du solltest es wissen«, sagte Vater lächelnd.

»Für Becky ist es nicht so schlimm, sie ist wie ich. Aber für Priscilla, die wie du ist, ist es doppelt schwer.«

»Warum doppelt?« wollte Vater wissen.

»Ich meine, sie hat so viele Ambitionen und Hoffnungen und Pläne, und kaum jemals geht etwas davon in Erfüllung.«

»Was ist eigentlich passiert?« fragte Vater.

Mutter schilderte ihm die Sache mit Beckys nassen Füßen und Priscillas Verantwortlichkeit.

»Sie wollte nicht bei Becky bleiben«, sagte Mutter. »Also dachte ich natürlich, sie würden sich streiten. Doch als ich in ihr Zimmer kam, vertrugen sie sich wunderbar und sahen aus wie kleine Engel. Um Becky ruhig zu halten, hatte Priscilla ihr eine Geschichte erzählt. Eine Liebesgeschichte, kannst du dir das vorstellen?«

»Das kann ich mir vorstellen«, sagte Vater, der wie Priscilla war.

Delbert

Das Telefon klingelte in der Eingangshalle. Mutter unternahm einen schwachen Versuch, von Vaters Schoß zu gleiten, aber Vater hielt sie zurück.

»Laß Edna drangehen.«

»Sie ist so beschäftigt.«

»Wahrscheinlich ist es ohnehin für sie.«

»Das ist es ja gerade«, entgegnete Mutter. »Ich weiß nie, was sie sagen wird, und ich möchte, daß sie nett zu Delbert ist. Gestern abend war sie sehr schroff zu ihm.«

»Edna«, sagte Vater, »macht sich nicht besonders gut beim Telefonieren.«

Es stimmte, Edna war launisch am Telefon. Immer wieder war ihr gesagt worden, daß der Anschluß kein Gemeinschaftsanschluß und somit völlig privat war. Edna glaubte das zwar, aber sie glaubte auch, daß alle Telefonistinnen es sich zur Gewohnheit machten, Gespräche zu belauschen. Um deren Absichten zu vereiteln und sie zu lehren, sich um ihre eigenen Angelegenheiten zu kümmern, beschränkte Edna ihre Gespräche auf rätselhafte, einsilbige Antworten und lange, bedeutungsvolle Pausen. Während der Pausen hoffte Edna, die Telefonistinnen dabei zu erwischen, wie sie niesten oder schwer atmeten, aber bisher hatte sie keinen Erfolg gehabt.

Mutter neigte den Kopf in Richtung Eingangshalle und lauschte. Und richtig, Edna sagte: »Ja? Wer spricht? Ach, wirklich?« Ednas mürrische Stimme konnte nach Mutters Meinung nur eins bedeuten, sie lag wieder mit Delbert im Streit.

»Du meine Güte«, sagte Mutter bekümmert, denn sie hatte gehofft, daß es ihr und Edna gemeinsam gelingen würde, Delbert zum Altar zu führen. Edna war unkooperativ, und die ganze Anstrengung ging praktisch von Mutter aus, aber sie hatte das Gefühl, daß es die Sache wert war. Obgleich Edna nur einmal vom Pfad der Tugend abgewichen war, und das in einem sehr zarten Alter, war Mutter ängstlich darauf bedacht, sie zu verheiraten, bevor es zu einem weiteren Fehltritt kam. Natürlich würde es nicht dazu kommen, denn Mutter hatte Edna zu den Methodisten bekehrt, aber es war immer gut, auf Nummer Sicher zu gehen. Und Delbert war, trotz gewisser Fehler, ein guter, zuverlässiger junger Mann, der Tiere mochte.

»Ja?« wiederholte Edna. »Wer sacht das, ich frage dich, wer sacht das bloß?«

»Es muß Delbert sein«, sagte Mutter. Sie stürmte in die Eingangshalle und gab Edna mit Gesten und mimisch angedeutetem Lächeln zu verstehen, daß sie höflicher zu Delbert sein sollte.

»Sei freundlich«, zischte Mutter. »Freund-lich.«

Obwohl Mutter ein freundliches Gesicht demonstrierte, begriff Edna nicht. Sie hängte auf, während Delbert mitten in einem Satz war.

»Was ist los?« fragte Edna verwirrt.

»Ich habe nur versucht, dich dazu zu bringen, freundlicher zu Delbert zu sein.«

»Oh.« Nach einem nachdenklichen Schweigen fügte Edna hinzu: »Es war nicht Delbert, es war meine Tante Aggie.«

»Das hättest du mir sagen können, anstatt mich in dem Glauben zu lassen, es wäre Delbert.« Es machte Mutter nichts aus, Fehler zu machen, aber sie haßte es, ein Versagen ihrer intuitiven Kräfte zuzugeben. »Es klang wie Delbert für mich.«

»Seit meiner Tante Aggie die Eileiter entfernt worden sind, hat sie eine richtig männliche Stimme.«

»Um Himmels willen«, sagte Mutter und kehrte zum Studierzimmer zurück, um Tante Aggies Symptome mit Vater zu diskutieren.

Priscilla, die, über dem Treppengeländer hängend, jedes Wort dieser Unterhaltung mitgehört hatte, gab die Neuigkeiten an Becky weiter.

»Mutter möchte, daß Edna freundlich zu Delbert ist, nur war es nicht Delbert, sondern Tante Aggie, die mit der männlichen Stimme, die sich um Harry kümmert.«

Das war zu kompliziert für Becky, aber es gelang ihr trotz allem, ein verständiges Gesicht zu machen. »Ich würde nicht freundlich zu Delbert sein, nur über meine Leiche.«

»Ich auch nicht«, stimmte Priscilla zu.

»Er hat ein ganz komisches Gesicht.« Becky senkte ihre Stimme. »Glaubst du, daß Edna ihn küßt?«

»Bestimmt.«

»Ich frage mich, warum Frauen und Männer sich küssen.«

»Um Babies zu machen«, sagte Priscilla. »Wenn sie sich sehr viel küssen, und vor allem nach Mitternacht, machen sie ein Baby. Es muß aber nach Mitternacht sein.«

»Woher weißt du das?«

»Von Mr. Vogelsang.« Das war eine solch unglaubwürdige Schwindelei, daß man es beinahe eine Lüge nennen konnte, aber Priscilla hatte nicht die Absicht, Becky gegenüber zuzugeben, daß sie diese Theorie aus verschiedenen aufgeschnappten Sätzen selbst zusammengestückelt hatte. »So hat Edna Harry bekommen. Sie hat nach Mitternacht geküßt, und siehe da, schon kam Harry in des Doktors Tasche daher.«

»Was, wenn sie Delbert küßt und noch ein Harry daherkommt?«

»Zuerst müssen sie heiraten.«

»Wie Dove Brown und Gilberto. Glaubst du, Gilberto sah wie Delbert aus?«

»Er war sein Ebenbild«, sagte Priscilla entschieden.

Delbert lieferte die Lebensmittel für Bowman's Fleisch- und Gemischtwarenhandlung aus. Er hatte ein rundes, flaches Gesicht und war sehr stark, weil er immer an Lionel Strongforts Bodybuilding-Fernkursen teilnahm. Das ganze Jahr hindurch trug er so wenig Kleidung wie möglich, um seine Muskeln zu zeigen. Einmal hatte er ein Bild von sich machen lassen, wie er in Boxershorts ein für diesen Zweck vom Y.M.C.A. ausgeliehenes Zweihundert-Pfund-Gewicht stemmte. Er hatte vorgehabt, das Foto an *Körperkultur* zu schicken, da er jedoch nur einen Abzug besaß, mochte er es nicht der Post anvertrauen und behielt es statt dessen auf seinem Schreibtisch.

Delbert demonstrierte häufig, wie stark er war, indem er einen Fünfhundert-Pfund-Sack Mehl und Edna hochhob. Edna wollte nicht hochgehoben werden, aber er tat es trotzdem. Einmal hatte er versucht, die Vorderbeine von Bowmans Lieferpferd hochzuheben, aber das Pferd wollte genausowenig hochgehoben werden wie Edna, und Delbert erlitt Prellungen und fünf gebrochene Rippen.

Obgleich Priscilla den kühnen Eigenwillen eines jeden bewunderte, der ein Pferd hochzuheben versuchte, hatte sie insgeheim Angst vor Delbert wegen seines Gesichts. Seine flache Nase und seine niedrige Stirn erinnerten an einen Gorilla, und selbst wenn er lächelte, sah er grimmig und ungezähmt aus. Es war unmöglich, sich vorzustellen, daß irgend jemand ihn würde küssen wollen, egal, ob vor oder nach Mitternacht.

»Delbert zu küssen«, sagte Priscilla plötzlich, »wäre ein wundervoller Test für ›Wahre Liebe‹.«

»Oh, laß uns das spielen, laß uns ›Wahre Liebe‹ spielen.«

»In Ordnung, du fängst an.«

Ursprünglich hatte Priscilla dieses Spiel als Test für Charakter und Willensstärke erfunden, aber sie hatte so viele Tests für diese Eigenschaften, daß sie hieraus einen Test für wahre Liebe gemacht hatte. Er bestand darin, sich vorzustellen, daß Mutter oder Vater oder Großpapa oder Edna an der Schwelle des Todes stünden und nur durch eine schrecklich schwierige und gräßliche Heldentat zu retten wären, zum Beispiel indem man ein Dutzend Regenwürmer aß oder sich eine Ringelnatter eine halbe Stunde lang um den Hals legte, ohne mit der Wimper zu zucken.

»Wenn nun Großpapa an seinem Rheumatismus stürbe«, sagte Becky, »und er nur dadurch am Leben zu erhalten wäre, daß man Delbert dreißigmal küßt, würdest du das tun?«

»Das würde ich«, sagte Priscilla, der Formel entsprechend. »Und du?«

»Ich auch«, versicherte Becky.

»Ich würde mir ein Taschentuch um die Augen binden und ihn ganz schnell küssen, um es hinter mich zu bringen.«

»Ich auch.«

»Das ist nicht fair«, sagte Priscilla. »Du mußt dir selbst etwas überlegen.«

»Mir fällt nichts anderes ein.«

»Du könntest ihn in den Nacken küssen oder im Dunkeln vor Mitternacht.«

»Na gut. Ich mach's im Dunkeln.«

»Und du könntest so tun, als ob es jemand anderes wäre.«

»Das werde ich«, sagte Becky. »Ich werde so tun, als ob ich Vater küsse.«

Dieser Test befriedigte Priscilla nicht, weil er so wenig Variationsmöglichkeiten bot. Statt dessen entschied sie sich dafür, sechs Raupen zu essen, um Mutter von ihrer Mandelentzündung zu retten. Becky kochte ihre und passierte sie durch ein Sieb, um so zu tun, als wären es gestampfte Rüben.

Priscilla zerhackte ihre und briet sie mit Zwiebeln, und siehe da, Mutter erholte sich von ihrer Mandelentzündung und lebte glücklich bis an ihr Ende.

»Amen«, sagte Priscilla.

»Amen«, sagte Becky. Das Spiel war aus, und es war Zeit fürs Abendessen.

An Samstag- und Sonntagabenden war Edna gewöhnlich mit Delbert verabredet. Delbert war nicht gern spät unterwegs, wegen seiner Muskeln, deshalb traf er sich immer sehr früh mit Edna. Um den strengen Pflichten gerecht zu werden, die Delbert von Lionel Strongfort auferlegt wurden, mußte der Zeitplan des Haushalts geändert werden. Das Abendessen wurde eine Stunde früher als gewöhnlich, um fünf, serviert, und Mutter räumte selbst den Tisch ab und spülte, damit Edna mehr Zeit zum Ankleiden hatte.

Delbert kam, während Priscilla mit ihrem zweiten Nachtisch fertig wurde. Edna war noch oben, wo Mutter sie mit großzügigen Spritzern Djer-kiss Cologne unwiderstehlich machte.

Delberts Art zu werben war sehr individuell. Er verkündete seine Ankunft schon einen Block früher durch einen Indianerschrei, den er hinten im Hals erzeugte und der wie *ii-o-iit* klang. Er wiederholte ihn mehrere Male auf seinem Weg durch die Woodlawn Avenue – eine Vorstellung, die Edna für sehr primitiv und unfein hielt, die Mutter jedoch einfach guter Laune zuschrieb. Wenn Delbert schließlich das Haus erreichte, nachdem er sogar die Aufmerksamkeit der gleichgültigsten Bewohner des Blocks auf sich gezogen hatte, hämmerte er voll Energie an die Hintertür und begann zu singen: »E-e-e-Edna, w-wunderschöne Edna.«

Edna riß ihr Fenster auf und rief: »Himmel noch mal, sei still!«, überzeugt, daß das Djer-kiss etwaige sprachliche

121

Derbheiten wettmachen würde. Jedenfalls war es beinahe unmöglich, Delberts Gefühle zu verletzen. Ganz gleich, mit welchen Schmähungen seine Manieren, seine Intelligenz oder seine Erscheinung überhäuft wurden, Delbert tat sie mit einem Scherz ab, in dem unerschütterlichen Wissen, daß er der einzige Mann in der Stadt war, der ein Ford-T-Modell mit seinen bloßen Zähnen ziehen konnte. Wie Vater sagte, Gott hatte Delbert geschaffen, aber Lionel Strongfort hatte ihn neu geschaffen und viel bessere Arbeit dabei geleistet.

Delbert klopfte noch einmal, diesmal zurückhaltender, und Priscilla öffnete die Tür.

»Hallihallo«, sagte Delbert. »Wie geht's denn so, Mädchen?«

Delberts flaches, unheimliches Lächeln kam aus dem Schatten der hinteren Veranda, und Priscilla erkannte augenblicklich, daß sie Delbert nie dreißigmal würde küssen können, und wenn die ganze Welt stürbe.

»Hallo«, erwiderte Priscilla.

»Edna da?«

»Sie ist oben.«

»Schätze, sie weiß, daß ich hier bin, ha ha«, meinte Delbert und betrat das Haus. »Wo ist der Hund? Skipper, hallihallo, Skipper. Wie geht's denn so, Junge, wie geht's, dummer alter Hund.«

Skipper tauchte aus dem Eßzimmer auf, wo er lustlos die vorstehenden Ränder unter dem Tisch nach verborgenen Schätzen abgesucht hatte. Er begrüßte Delbert eher mürrisch, wie nach Männerart. Er empfand eine gewisse Verwandtschaft mit Delbert, wegen dessen Stärke. Als Skipper von einem Auto angefahren worden war und sich nicht bewegen konnte, war Delbert als einziger stark genug gewesen, ihn aufzuheben und zum Tierarzt zu tragen. Um seine Dankbarkeit zu zeigen, setzte sich Skipper oft auf Delberts Schoß und ließ es zu, daß dieser ihm weibische Namen gab.

»Er ist kein dummer Hund«, sagte Priscilla.

»Hab nur Spaß gemacht«, antwortete Delbert. »Na, wie geht's denn so, Mädchen?«

»Gut, danke.«

»Ziemlich groß geworden, was? Laß ma' sehn, wieviel du wiegst.«

»Ich wiege soviel wie letzten Samstag«, sagte Priscilla und trat den Rückzug an.

»Wette, ich kann dich kaum hochheben. Wette, ich kann dich kaum höher heben als bis zur Decke, ha ha.«

»Ich bin zu groß, um hochgehoben zu werden.«

»Ich freß 'nen Besen, wenn das stimmt«, sagte Delbert. Er hob sie zweimal bis zur Decke und machte dann mehrere kurze, energische Kniebeugen, einfach aus guter Laune.

»Kniebeugen kann ich auch«, sagte Priscilla kalt. »Ich wette, ich kann etwas, was du nicht kannst.«

»Ach ja?«

»Zwei Minuten mit geschlossenen Augen auf einem Bein stehen.«

Delbert hatte eine bessere Kondition als Mr. Jones, der Vagabund. Er stand vier Minuten mit geschlossenen Augen auf einem Bein und meinte, er fräße 'nen Besen, wenn er das nicht den ganzen Abend durchhalten könnte.

»Das könnte ich auch, wenn ich meine Zeit vergeuden wollte«, entgegnete Priscilla. »Jedenfalls wette ich, daß du den Herd nicht hochheben kannst.«

»Wer, ich? Was willst du wetten?«

»Ich wette einfach.«

»Wieviel? Ein Zehncentstück.«

»Ich wette ein Zehncentstück.«

»Abgemacht.« Delbert schob Skipper von seinem Schoß und stand auf, um eine fachmännische Untersuchung des Herdes vorzunehmen. Es stellte sich heraus, daß dieser fest auf den Boden geschraubt war. »Tja, ich bin reingelegt worden. Du bist 'ne Raffinierte, ha ha, ich würde sagen, du bist 'ne ganz Raffinierte.«

Er holte ein Zehncentstück aus seiner Tasche und warf es Priscilla zu. Priscilla fing es auf, doch sogleich begann ihr Gewissen zu zucken und zu zappeln. Es war eine schreckliche Plage, ein Gewissen zu haben, besonders ein so lebhaftes. Mutter behauptete, das Gewissen sei eine kleine Stimme im Kopf, die einem sage, was richtig und was falsch sei. Priscilla wünschte, daß Mutters Theorie zuträfe, denn mit einer kleinen Stimme konnte sie fertig werden, indem sie sie in Grund und Boden redete. Aber mit ihrem eigenen Gewissen, das sich nicht in ihrem Kopf, sondern in ihrer Brust befand, wo es wie ein Gummiball hin und her hüpfte, wenn es aufgeschreckt wurde, konnte sie nicht fertig werden.

»Oh, Scheibe«, sagte Priscilla und gab Delbert das Zehncentstück zurück.

»Ach komm, behalt es«, meinte Delbert.

»Nein, danke.«

»Komm schon, ich hab die Wette verloren, oder?«

»Aber es war nicht fair. Hast du ein Gewissen?«

»Klar. Klar hab ich eins.«

»Wo ist es? Ist es in deinem Kopf oder in deiner Brust?«

»Verflucht, keine Ahnung«, sagte Delbert, während er auf seine Brust hinuntersah. »Hab mir nie Gedanken drüber gemacht. Jetzt laß mich ma' überlegen. Vielleicht in meiner Seele. Ja, ich wette, das ist's. Es ist in meiner Seele.«

»Ja, aber wo ist deine Seele?«

»Verflucht, keine Ahnung«, sagte Delbert nach ernsthaftem Nachdenken. »Irgendwo muß sie sein, wir haben alle eine.«

»Es ist doch komisch, etwas zu haben und nicht zu wissen, wo es ist. Es macht einen neugierig, oder?«

»Und ob«, sagte Delbert.

Es war Mutters Idee, daß Vater, immer wenn Delbert kam, in die Küche gehen und im Interesse von Ednas Heirat jovial zu ihm sein sollte. Vater sah zwar nicht ein, was seine Jovialität dabei helfen könnte, aber Mutter meinte, da Edna keinen eigenen Vater habe, der zu Delbert jovial wäre, sei es Vaters Aufgabe, als Ersatz zu fungieren.

Vater war ein schlechter Ersatz. Erstens ärgerte er sich über die Tatsache, daß das Abendessen, der körperlichen Verfassung Delberts zuliebe, um eine Stunde vorverlegt worden war. Zweitens hatten er und Delbert wenig gemein. Als Freier von Edna oder auch per se war Delbert in Ordnung, aber nicht als Mann, zu dem er jovial sein mußte.

Dennoch tat Vater seine Pflicht. Er erschien an der Küchentür, fast überhaupt nicht finster blickend.

»So, so, es ist Delbert«, sagte Vater. »Wie geht es Ihnen?«

»Gut, Sir.«

»Schön, schön. Freut mich zu hören. Wie geht's dem Lebensmittelgeschäft?«

»Gut.«

»Freut mich zu hören. Das ist mehr, als man vom Wetter sagen kann, Himmeldonnerwetter. Dieser viele Regen setzt den Farmern hart zu. Nun, Edna müßte in einer Minute unten sein. Ich glaube, ich höre sie schon kommen. Ich gehe mal nachsehen.«

Jeden Samstag- und Sonntagabend hörte Vater Edna lange vor irgend jemand anderem kommen, und Delbert war zu dem Schluß gelangt, daß Vater extrem feine Ohren hatte.

»Ich höre Edna nicht kommen«, sagte Delbert, als Vater gegangen war.

»Ich auch nicht«, bestätigte Priscilla.

»Vielleicht ist etwas mit meinen Ohren nicht in Ordnung. Vielleicht sollte ich sie untersuchen lassen.«

»Er spielt doch nur, Dummkopf«, sagte Priscilla verächtlich.

»Spielt was?«

»Ich meine, er täuscht es vor. Er tut nur so.«

»Ja? Warum?«

»Keine Ahnung.«

»Ich glaube, ich lasse mal meine Ohren untersuchen«, sagte Delbert.

Edna kam die Treppe herunter, in eine schwere Wolke Djer-kiss gehüllt. Sie trug ihr neues geblümtes Chiffonkleid, die hochhackigen Pumps mit haltbaren silberfarbenen Strümpfen und ihren besten schwarzen Hut, der ihr ziemlich weit in die Stirn und über die Ohren reichte und die Sicht erschwerte. Neben Delbert erschien Edna noch kleiner als sonst und bar aller Muskeln. Das machte ihren Hauptreiz für Delbert aus. Er plante, wenn er erst mit Edna verheiratet war, eine bessere Frau aus ihr zu machen, ihre Größe um fünf Zentimeter zu erhöhen (durch Strecken) und ihren Körper zu entwickeln. Edna wollte ihren Körper nicht entwickelt haben, aber Delbert besaß viele gute Eigenschaften. Er war zuverlässig, rauchte nicht, trank weder Tee noch Kaffee, war pünktlich und sah eine andere Frau nicht einmal an. Außerdem bewunderte er Harry, der, wie er sagte, der zäheste kleine Gauner sei, den er je gesehen habe. Harry ließ sich wie ein Medizinball werfen und fangen, ohne mit der Wimper zu zucken.

»Dunnerlittchen«, sagte Delbert in Anerkennung von Ednas Eleganz.

Edna legte ihren Kopf weit nach hinten, damit sie Delbert sehen konnte. »Du siehst auch nicht übel aus.«

»Neben dir komme ich mir vor wie ein Trampel, wie ein richtiger Bauerntrampel.«

»Ach komm«, sagte Edna und ging, an Delberts Bizeps hängend, in den Abend hinaus.

Priscilla beobachtete sie durchs Küchenfenster. Sie fühlte sich plötzlich sehr traurig, und sie wußte nicht, ob es daran lag, daß sie nicht auch irgendwo hinging, oder daran, daß sie Delberts Zehncentstück nicht angenommen hatte, oder daran, daß Delbert tatsächlich wie ein Bauerntrampel aussah.

Ein Ohr für Musik

Becky fand ein altes Zitronendrops, das sie in ein Taschentuch eingewickelt und vergessen hatte. Nun wollte sie sich an einem weichen, bequemen Platz niederlassen, ganz langsam das Zitronendrops lutschen und etwas Interessantem lauschen, zum Beispiel Musik oder Regen oder Kanarienvögeln. Da nichts von alledem zur Verfügung stand, wäre es vielleicht keine schlechte Idee, sich von Priscilla eine Geschichte erzählen zu lassen oder ein Stück zu spielen.

Priscilla lehnte ab. »Ich bin zu beschäftigt, geh weg.«

»Womit bist du beschäftigt?«

»Mit Gedanken.«

Becky machte ein überraschtes Gesicht. Auch sie hatte Gedanken, eine Menge Gedanken, aber keinen, den sie nicht aufgeben würde, um sich mit etwas Interessanterem zu beschäftigen.

»Was für Gedanken?« fragte Becky.

»Tja, ich muß doch anfangen zu nerven, nicht wahr? Also ordne ich meine Gedanken, wie ich anfangen soll.«

Becky betrachtete stolz die größte Nervensäge der Woodlawn Avenue. »Wann fängst du an?«

»Ich weiß nicht, ich habe mich noch nicht entschieden.« Es war in der Tat eine schwierige Entscheidung. Bis Freitag waren es noch sechs Tage, und wenn sie gleich zu nerven anfinge, würde es eine sehr schwere Woche für alle. Nerven erschöpfte Mutter ziemlich, es würde sie schwächen und nachgiebig machen, aber Priscilla erschöpfte es beinahe genauso, denn es erforderte Energie und Konzentration.

»Vielleicht nerve ich überhaupt nicht«, fügte Priscilla hinzu. »Vielleicht ändere ich meinen Entschluß und mache etwas ganz anderes.«

»Was denn?«

»Ich könnte zum Beispiel brav sein. Ich könnte so brav sein, daß Mutter mir einfach nichts abschlagen kann.«

»Meine Güte«, sagte Becky.

»Ich spüle zum Beispiel das Geschirr und vergesse nicht, mir die Ohren zu waschen, und übe ohne Aufforderung Klavier und sage nicht ›Scheibe‹ und kränke niemanden. Ich werde schlicht und einfach brav sein.«

Mutter war entzückt, als Priscilla aus eigenem Entschluß fast eine halbe Stunde Klavierübungen machte. Tonleitern und Arpeggios, *Narcissus, Frühlingslied* und *Tanz der Frösche* wurden alle mit einer Geschwindigkeit und einem Eifer gespielt, daß es Mutter warm ums Herz wurde.

»Sie ist schon fast eine halbe Stunde dabei«, sagte Mutter zu Vater. »Es ist erstaunlich, wenn man bedenkt, daß sie heute bereits geübt hatte.«

Vater, der für die Monotonie des Zuhörens durch den Stolz auf seine Tochter entschädigt wurde, räumte ein, daß es erstaunlich war.

»Sie hat ein Ohr für Musik«, sagte Vater. »Weiß der Himmel, wo sie das herhat.«

»Von dir, mein Lieber.«

»Unsinn«, erwiderte Vater, aber er freute sich. Er gab zu, daß er sehr gut pfeifen konnte, vor allem so Stücke wie *Indianischer Liebesruf* und *Wiener Capriccio*, bei denen er sogar zwei Töne miteinander pfiff. Das Klavier hatte er jedoch nie angerührt.

»Aber die Geige, Frederick«, sagte Mutter versonnen. »Erinnerst du dich an die Geige?«

Sein ganzes Leben lang hatte Vater eine Schwäche für Geigen gehabt. Er liebte ihren Klang, und ihm gefiel auch die Tatsache, daß sie nur vier Saiten hatten und deshalb viel leichter zu handhaben waren als ein Klavier mit all diesen verwirrenden Tasten. Ein paar Monate, nachdem er und Mutter geheiratet hatten, kaufte Vater eine gebrauchte Violine von einem Mann, der durch Trunksucht seine Anstellung im Boston Symphony Orchestra verloren hatte. Vater beliebte, seine Geige für eine Stradivari zu halten, und nannte sie nie anders. Er bezahlte dreihundertfünfzig Dollar dafür.

»Du lieber Himmel«, sagte Mutter, als sie den Preis erfuhr.

»Das scheint nur viel zu sein, Allie«, erklärte Vater. »In Wirklichkeit ist es eine Investition. Nehmen wir mal an, eine gewöhnliche gebrauchte Geige kostet fünfzig Dollar; in den nächsten zehn Jahren würde ich wahrscheinlich sechs oder sieben davon verbrauchen. Aber meine Stradivari hält ein Leben lang.«

Vater hielt es für unnötig, Musikstunden zu nehmen. Jeder intelligente Erwachsene, behauptete er, sei in der Lage, durch Eifer, Fleiß und Experimentieren die Grundzüge eines jeden Instruments zu beherrschen, vor allem, wenn es sich um eine Stradivari handelte, die, so Vater, sich praktisch von selbst spielte.

Vater näherte sich seiner Stradivari mit Selbstvertrauen und einem vernünftigen Maß an Logik. Zuerst übte er, sie unter dem Kinn zu halten, wo sie ordentlich hinpaßte und sehr korrekt aussah. Nachdem er mehrere Tage damit verbracht hatte, die Geige in der richtigen Position zu halten und mit dem Bogen fachmännisch über die Saiten zu streichen, fühlte er sich befähigt, die ersten wirklichen Töne zu erzeugen.

Es konnte von keinem erwartet werden, daß er alle vier Saiten auf einmal lernte, also begann Vater mit der G-Saite. Als erstes Stück wollte er *Scheine, kleiner Glühwurm* einüben, weil er die Melodie gut kannte und weil die Töne dicht beieinander lagen und er sie leichter zu finden glaubte. Er spielte völlig nach dem Gehör, indem er den gewünschten Ton zuerst sang oder pfiff, ihn dann auf der G-Saite suchte und die Stelle mit Kreide markierte.

»Scheine, scheine«, sang Vater. »Scheine. Verdammt, hatte es doch eben. Scheine, klei-ner… Scheine, klei-ner Glüh-wurm. Allie, hörst du das? Allie, hörst du zu? Scheine, kleiner Glüh-wurm, leuch-te, leuch-te. Verdammt. Warte einen Moment. Leuchte. Allie! Hör dir das an. Scheine, kleiner Glühwurm, leuchte, leuchte. Ich hab's! Hör noch mal, Allie.«

Mutter, deren Nerven durch Vaters Üben strapaziert waren, wagte eine Kritik zu äußern.

»Meinst du, du solltest Kreide für eine echte Stradivari benutzen? Ich habe nie jemanden so etwas tun sehen.«

Vater wies kühl darauf hin, daß sie überhaupt noch nie jemanden mit einer echten Stradivari gesehen habe, und er fuhr fort, seine Kreidemarkierungen anzubringen. Schließlich waren es so viele, daß Vater ganz durcheinandergeriet und gezwungen war, sie zu unterscheiden, indem er für einige chinesische Tusche und für andere gelben Buntstift nahm.

Mutter arrangierte sich mit Vaters Geigensitzungen, so gut sie konnte. Sie verriegelte alle Fenster und schloß sich in ihrem Zimmer ein, mit Baumwolle in den Ohren, Hamamelis-Wattebäuschen auf den Augen und Liebe im Herzen.

»Frederick, du überanstrengst dich«, sagte sie eines Tages, als Vater, bleich und erschöpft, endlich seine Stradivari weggepackt hatte. »Warum nimmst du nicht – nun, wäre es nicht viel leichter, wie andere Leute Unterricht zu nehmen?«

»Wofür brauche ich Unterricht«, wollte Vater wissen.

»Nicht viel natürlich, nur ein paar Stunden. Vielleicht ein oder zwei.«

»Meine liebe Allie, du hast eine falsche Vorstellung davon, wie man ein Instrument spielen lernt. Das ist keine Frage des Bücherstudiums, man muß ein Ohr für Musik haben. Außerdem wäre es lächerlich, in diesem Stadium noch mit Unterricht anzufangen. Mit dem *Glühwurm* bin ich fertig, und ich habe heute die zweite Saite in Angriff genommen. Ich habe beschlossen, *Mein Land, es ist deins* einzustudieren. *Mein Land, es ist deins, süßes Land der Freiheit.*«

»Das ist fein«, sagte Mutter und wankte in ihr Zimmer zurück, um sich auf Vaters gute Eigenschaften zu besinnen. Sie befand sich im Anfangsstadium einer Schwangerschaft und befürchtete, Vaters Violinspiel zu lauschen, könnte das Baby zeichnen (sehr wahrscheinlich mit Kreide) oder, schlimmer noch, es in einen Embryo-Geiger verwandeln.

Die zweite Saite erwies sich als Vaters Verderben. Als er sie mit chinesischer Tusche markierte, um den Vortrag von *Mein Land, es ist deins* zu erleichtern, schüttete er die ganze Tuscheflasche über den Steg. Das war ein solcher Schock für sein Nervensystem, daß er die Stradivari nahm und sie über seinem Knie zerbrach. Im ersten Moment war er entsetzt, sein geliebtes Instrument in zwei Teilen und Tusche bluten zu sehen, doch er erholte sich schnell. Er ging nach oben und teilte Mutter mit, daß die verdammte Violine durch ein Mißgeschick in seinen Händen kaputt-gegangen sei und er erkannt habe, daß sie gar keine echte Stradivari und es somit kaum wert gewesen sei, sich mit ihr abzugeben.

Die schamlose Betrügerin wurde im Ofen eingeäschert, und Paul wies bei seiner Geburt keinerlei Anzeichen der pränatal erlittenen Qualen auf, außer einem braunen Mut-termal unter dem Kinn, genau an der Stelle, an der eine Violine geruht haben könnte.

»Ich war nicht übel auf der Geige«, meinte Vater, in der Erinnerung schwelgend. »Gar nicht so übel, wenn man be-denkt, daß ich nie Unterricht hatte.«

»Du warst bemerkenswert«, bestätigte Mutter.

»Ich glaube, ich hatte so etwas wie ein Ohr dafür«, sagte Vater. Er legte den Kopf schief, um Priscillas Fortissimo-Darbietung von Brahms' *Wiegenlied* zu lauschen. Es gefiel ihm, wie Priscilla das Klavier attackierte, denn genau so würde er es selbst gemacht haben, mit Selbstvertrauen, Energie und viel Lärm.

»Wie der Vater, so die Tochter«, sagte Mutter und drückte Vater rasch an sich.

Priscilla spielte am liebsten mit dem Fortepedal. Es verbarg nicht nur den gelegentlichen Fehler hier und da, sondern drang auch in jede Ecke des Hauses und zeigte jedem, daß sie übte, einschließlich Großpapa.

Großpapa übersetzte einen der Briefe Ciceros. Er hielt Cicero für einen mittelmäßigen Mann und wurde immer ungeduldig bei seinen Briefen. So war es leicht, diese Ungeduld auf Priscilla zu schieben.

Er rief die Treppe hinunter. »Priscilla, ich dachte, du hättest heute schon geübt?«

»Habe ich auch, Großpapa.«

»Ja und?«

»Ich dachte bloß, ich könnte noch ein bißchen mehr üben, freiwillig.«

»*Timeo Danaos et dona ferentes*«, sagte Großpapa.

Mutters Mißtrauen war weniger leicht zu wecken als Großpapas, und erst als Priscilla anbot, das Geschirr zu spülen, wurde Mutter argwöhnisch.

»Warum willst du Geschirr spülen?« fragte sie.

»Och, ich dachte nur, da ich sowieso hier bin und nichs tue, könnte ich genausogut jemandem einen Gefallen tun.«

»Und das ist der einzige Grund?«

»Du lieber Himmel«, sagte Priscilla pathetisch. »Kann man denn keinem einen Gefallen tun, ohne daß er gleich denkt, man hätte Hintergedanken?«

Mutter betrachtete sie aufmerksam. »Du hast doch nicht etwas ausgefressen, oder?«

»Meine Güte, die Leute hier in diesem Haus sind ja so was von mißtrauisch.«

»Gewöhnlich bieten die Leute hier in diesem Haus auch nicht an, Geschirr zu spülen«, sagte Mutter. »Aber bitte, wenn du unbedingt willst.«

Das Geschirrspülen dauerte eine Stunde. Dennoch war die Zeit nicht völlig vergeudet, denn Priscilla traf eine Reihe wichtiger Entscheidungen: am Freitag in der Radiostation ihr Sonntagskleid aus blauem Satin zu tragen, Pappteller und -becher zu benutzen, wenn sie heiratete, und sich einen ebenso jungenhaften Bubikopf schneiden zu lassen wie Isobel Bannerman. Außerdem entwarf sie die beiden ersten Zeilen ihres Todesgedichts.

»Oh, was ist Tod«, fragte Priscilla, sich über das ordinäre Geschirr mit seinem ordinären Schmutz usw. erhebend, »als nur ein Ende eitlen Strebens und Freiheit von dem Sturmgebraus des trüben ird'schen Lebens?«

In Anbetracht des Gedichts, des Geschirrspülens und der Klavierübungen war Priscilla der Meinung, daß sie brav genug gewesen war. Ein Gegenmittel war notwendig.

»Oh, Flittchen«, sagte sie, sehr leise, für den Fall, daß es Lauscher gab.

Es war schon halb acht, und der Samstag war fast vorbei. Die goldenen Stunden waren gekommen und gegangen, bis nur noch diese eine Stunde vor dem Schlafengehen übrig war. Und auch diese wäre verdorben, wenn sie ihre Politik des Bravseins weiterverfolgte und ins Bett ginge, ohne dazu aufgefordert worden zu sein.

Zum Glück hatte sie noch drei Lakritzstücke vom Nachmittag übrig, und diese milderten ein wenig ihren Schmerz, als sie sich ins Wohnzimmer schleppte und verkündete, daß sie ins Bett ginge.

»So früh?« fragte Mutter. »Wozu? Und antworte nicht mit vollem Mund.«

»Ich dachte, ich gehe ins Bett und denke ein bißchen nach, solange ich noch nicht einschlafen kann.«

Vater gab ihr einen liebevollen Klaps auf das Hinterteil. »Worüber, Prissy?«

»Über die Arbeit meines Lebens«, antwortete Priscilla. »Es ist Zeit, daß ich mich für die Arbeit meines Lebens entscheide, für das, was ich einmal sein möchte, damit ich ein abgerundetes Leben führen kann. Ich werde nicht jünger.«

»Wie wahr«, sagte Vater ernst. »Pflücke die Rose, eh' sie verblüht.«

Priscilla entgegnete, sie mache sich nichts daraus, Rosen zu pflücken, sie sei bereits entschlossen, ein berühmter Radiostar zu werden.

Vater schien überrascht. »Bist du im Moment nicht noch etwas jung dafür?«

»Es gibt keine wichtigere Zeit als die Gegenwart, sagt Großpapa, und außerdem bin ich gescheit für mein Alter.«

»Wer hat dir diese Idee in den Kopf gesetzt?«

»Du hast es Mr. Vogelsang erzählt.«

»Du hast auch große Ohren für dein Alter«, sagte Vater und zwickte eins sanft. »Was willst du im Radio machen?«

»Ich könnte Klavier spielen oder singen oder Gedichte rezitieren, oder Ansagerin sein, oder von allem etwas. Niemand würde mich sehen, also würde niemand wissen, daß ich erst zwölf werde.«

»Es könnte jemandem so ein Verdacht kommen. Du bist im Moment noch nicht reif genug, um dich für die Arbeit deines Lebens zu entscheiden. Ich rate dir, noch ein Weilchen zu warten.«

»Das kann ich nicht«, meinte Priscilla rundheraus. »Ich muß mich jetzt entscheiden oder nie, weil – weil die Gelegenheit an meine Tür klopft.«

Mutter und Vater tauschten gequälte Blicke.

»So?« sagte Vater.

»Heute nachmittag fügte es sich, daß ich rein zufällig an Mrs. Abels Haus vorbeiging.«

Mutters Gesichtsausdruck änderte sich augenblicklich bei der Erwähnung von Mrs. Abels Namen. Während Mutter allen lebenden Geschöpfen bis hinab zum gemeinsten Regenwurm ihr Herz öffnete, gab es eine Art von Geschöpf, bei dem es ihr schwerfiel, tolerant zu sein, und das war eine unanständige Frau. Großpapa hatte eine Erklärung für diese Ausnahme angeboten, doch Mutter weigerte sich, sie zu akzeptieren: ›Jede anständige Frau fürchtet und beneidet eine unanständige Frau.‹

»Und rein zufällig«, sagte Mutter sehr ernst, »gingst du hinein, nehme ich an.«

»Ich und Becky. Wir spielten gerade ›Besuch‹.«

»Ich hatte dich gebeten, ich hatte dich dringend ermahnt, nie zu Mrs. Abels Haus zu gehen.«

»Es ließ sich wohl kaum vermeiden, denn Becky war vor Hunger so schwach, daß sie nicht weitergehen konnte.« An dieser Stelle rührte sich Priscillas Gewissen ein wenig, aber

nicht genug, um sie zu beunruhigen. »Sie gab uns Orangenkuchen.«

Mutter fuhr fort, eine grimmige Miene zu machen.
»Und?«

»Dann sangen wir *Kleiner brauner Krug*, sie spielte Klavier. Ich kann es nach dem Gehör genausogut spielen wie
sie, aber das habe ich ihr nicht gesagt.« Priscilla starrte
tugendhaft zum Himmel. »Mrs. Abel singt jeden Freitag-
abend im Radio, und sie hat mich eingeladen – sie sagte,
wenn ich Lust hätte, sie nächsten Freitag zu begleiten – sie
sagte, sie möchte wirklich, daß ich mitkomme, ich müßte
dich nur erst um Erlaubnis fragen.«

Mutter nickte mit bitterer Befriedigung. »Ich wußte,
daß es einen Grund für dein Geschirrspülen geben mußte.
Nun, die Antwort ist nein, du kannst weder Freitag abend
noch zu irgendeiner anderen Zeit mit ihr gehen, und man
sollte dir für deinen Ungehorsam gründlich den Hintern
versohlen.« Sie wandte sich an Vater. »Frederick, du mußt
jetzt fest bleiben. *Fest.*«

Immer wenn Festigkeit erforderlich war, wandte sie sich
an Vater oder Großpapa, denn Festigkeit war für sie eine
typisch männliche Eigenschaft.

»Wir wollen der Sache ein bißchen auf den Grund gehen«, sagte Vater. »War der Orangenkuchen gut, Priscilla?«

»Ja.«

»Ich wünschte, ich wäre dort gewesen. Mr. Abel war
auch da, nehme ich an?«

»Ja, sein Name ist Tom.«

»Letzte Woche war sein Name Albert. Bist du sicher,
daß es Mr. Abel war?«

Priscilla fühlte sich irgendwie unbehaglich. »Ich weiß nicht.«

»Und ihr habt zusammen gesungen, oder?«

»Ja.«

»Sie scheint sehr nett zu euch gewesen zu sein.«

»Das ist *die Sorte* immer«, unterbrach Mutter.

»Komm, Allie. Du nimmst doch gern das Beste von den Leuten an, nicht wahr? Mrs. Abel war freundlich zu den Mädchen, denk daran. Nicht jeder würde sich mit zwei Kindern abgeben.«

»Du liebe Zeit«, sagte Mutter hin und her gerissen zwischen Recht und Gnade. »Trotzdem, Frederick.«

»Trotzdem«, räumte Vater ein und erklärte Priscilla, daß sie, wenn sie älter wäre, begreifen würde, warum sie nicht mit Mrs. Abel verkehren könne.

»Warum kann ich es jetzt nicht begreifen?«

»Weil du es nicht kannst. Du wirst deiner Mutter einfach glauben müssen. Deine Mutter weiß es am besten.«

Priscilla war zu groß, um zu weinen, aber sie war nicht zu groß, um einen dicken Kloß im Hals zu spüren, der sich nicht hinunterschlucken ließ. Obwohl der Kloß unsichtbar war, sah Vater ihn doch.

»Du hast noch viel Zeit, um berühmt zu werden«, sagte er, während er ihr über das Haar strich. »Ich prophezeie, daß das Radio eine sehr große Zukunft hat, und du wirst darin sein, wenn du fest dazu entschlossen bist.«

»Ich will jetzt drin sein«, sagte Priscilla, und ihre Stimme klang erstickt, als sie sich um den Kloß in ihrem Hals herum einen Weg bahnte.

»Aber du bist erst elf, und du kannst noch nicht genug.

Du mußt weiter zur Schule gehen und Dinge lernen. Und wenn du eine berühmte Pianistin werden willst, mußt du jeden Tag üben und nicht nur, wenn du dir einen Gefallen davon versprichst. Dann, vielleicht mit einundzwanzig...«

Einundzwanzig. Zehn ganze Jahre und keineswegs nur sechs Tage. Sie konnte es nicht ertragen, sie wollte sterben. Sie drehte sich um, floh nach oben in ihr Zimmer und vergrub das Gesicht in ihrem Kissen.

Dreitausendsechshundertfünfzig Tage, Schaltjahre nicht mitgerechnet.

Vater war äußerst überrascht. »Nanu, was zum Teufel habe ich denn gesagt?«

»Ich weiß nicht«, sagte Mutter und biß sich auf die Unterlippe. »Sie scheint am Boden zerstört zu sein.«

»Du hast gesagt, ich solle fest sein, es war deine Idee.«

»Du hättest sie nicht zum Weinen bringen müssen.«

»Ich? Ich habe sie zum Weinen gebracht?« schrie Vater. »Jesus Q. Murphy, ich geb's auf!«

»Pst, du schreckst ja die ganze...«

Vater meinte, das sei ihm schnurzpiepegal, und wenn er jede lebende Seele bis hinunter zum Elm Boulevard aufschrecken würde, er lasse sich nicht zu Unrecht beschuldigen.

Mutter begann ebenfalls zu weinen, teils, weil Vater so laut brüllte, und teils aus Mitgefühl mit Priscilla.

»Ich bin also ein Scheusal, ich bin ein Scheusal, ja?« sagte Vater. »In Ordnung. In Ordnung, dann werde ich ein Scheusal sein!«

Er ging zum Eichentisch hinüber und schlug mehrere Male mit der Faust drauf. Großpapa antwortete, indem er mit seinen beiden Stöcken auf die Decke hämmerte, um dem verflixten Radau Einhalt zu gebieten. Becky wachte auf und begann zu schreien, weil sie glaubte, daß Gilberto ins Haus zu kommen versuchte. Skipper, in der Annahme, daß jemand gerettet werden müßte, fing an, heiser zu bellen, und rannte die Eingangstreppe rauf und runter auf der Suche nach jemandem, der Hilfe brauchte.

»Ich bin also ein Scheusal, ja, Sir, das bin ich, ein Scheusal«, brummte Vater und schloß sich mit einer Flasche Portwein, die er für einen Notfall aufgehoben hatte, in sein Studierzimmer ein. Eine Stunde später, als der Portwein sein Herz besänftigt hatte, kam er wieder zum Vorschein, um sich bei Mutter dafür zu entschuldigen, daß er ein Scheusal gewesen war. Dann machte er sich nach oben zu Priscilla auf den Weg.

Becky war wieder eingeschlafen, aber Priscilla war wach und fragte sich, aus wie vielen Minuten zehn Jahre bestünden.

»Prissy?«

Priscilla seufzte schwach.

»Bist du wach, Priscilla?«

»Ja.«

Vater knipste die Engelpuppenlampe neben ihrem Bett an. »Gute Nacht, mein kleiner großer Schreihals.«

Priscilla starrte in hochmütigem Schweigen an die Decke.

»Keine feindseligen Gefühle, oder?« sagte Vater. »Nicht einmal eins?«

Es gab mehrere Millionen feindseliger Gefühle, und Priscilla bemühte sich, so viele wie möglich in ihrem Gesicht zu zeigen.

»Jetzt sieh mal, Priscilla«, sagte Vater mit seiner vernünftigsten Stimme. »Die Sache ist die, du solltest nicht mit Mrs. Abel verkehren, weil sie einen schlechten Ruf hat.«

»Sie war nett zu uns.«

»Jeder hat seine guten Charakterzüge.«

»Trotzdem, Mrs. Bannerman hat Isobel erzählt und Isobel hat es mir erzählt, daß Edna auch einen schlechten Ruf hat.«

»Mrs. Bannerman ist eine alte Schwätzerin«, sagte Vater, und Priscilla registrierte diesen Hinweis, um ihn bei der nächstbesten Gelegenheit zu verwenden. »Edna ist ein gutes Mädchen, das einmal, als sie sehr jung war, einen Fehler gemacht hat. Aber Mrs. Abel ist eine – nun, das ist schwer zu erklären. Weißt du, wenn zwei Menschen heiraten und zusammenleben wie Mutter und ich, dann entsagen sie allen anderen. Jetzt stell dir nur mal vor, Mutter würde jedesmal, wenn ich auf Geschäftsreisen gehe, irgendeinen jungen Mann bitten, hierherzukommen und meinen Platz einzunehmen, das wäre doch nicht richtig, oder?«

Priscilla gab zu, daß es nicht richtig wäre, aber insgeheim dachte sie, daß es interessant wäre.

»Das ist in etwa das«, fuhr Vater fort, »was Mrs. Abel tut.«

»Küßt sie die Männer?«

»Ja.«

»Wann?«

Vater wußte nicht genau, wann, aber vermutlich mit kurzen Unterbrechungen den ganzen Tag.

»Und nachts auch?«

Vater sagte: »Ja«, und zog die Bettdecke zurecht. »Begreifst du jetzt?«

»Warum hat sie kein Baby?«

»Nun, es gibt gewisse – also, laß es mich so sagen: Gott hat ihr keine Babies geschenkt. Und damit ist das Thema jetzt abgeschlossen, verstehst du? Sei ein braves Mädchen und schlaf. Gute Nacht.«

»Gute Nacht«, sagte Priscilla.

Zufrieden, daß er das Thema so bestimmt und doch taktvoll behandelt hatte, ging Vater nach unten, um Mutter Bericht zu erstatten.

»Sie sieht schließlich doch ein, daß wir recht haben, Allie. Ich glaube, ich habe genau die richtige Methode gewählt – einfache logische Argumentation.«

»Wie bei der Stradivari«, sagte Mutter.

Vater runzelte die Stirn. »Wie bitte?«

»Ich meinte nur, sie ist wie du, Henry, sie ist sehr logisch.«

»Was hat eine Stradivari damit zu tun?«

»Ich weiß nicht«, sagte Mutter vage. »Ich mußte nur daran denken, ich weiß auch nicht, warum.«

Bevor Priscilla einschlief, beschloß sie ganz logisch, daß, wenn sie heiratete, sie einen schlechten Ruf wie Mrs. Abel haben wollte und daß ihr Haus immer gut mit jungen Männern ausgestattet sein würde, die singen und tanzen und Domino spielen konnten.

Lilybelle in Gefahr

Sonntag, wegen der Sonntagsschule nicht gerade Priscillas liebster Wochentag, war gewöhnlich lebhaft und anstrengend, denn es war der Tag, an dem sich die Sippe versammelte. Alle Verwandten von Mutter und Vater, außer den Alten, den Gebrechlichen und den zu entfernt Wohnenden, trafen sich, um zu essen, zu trinken und Kinder zu vergleichen. Im Sommer nahmen diese Zusammenkünfte die Gestalt von Picknicks an, und alle fanden Vergnügen daran, außer Großpapa, der sagte, er hasse Natur wie die Hölle.

Zu anderen Zeiten des Jahres traf sich die Familie für den Nachmittag und den Abend gelegentlich in Tante Marnies oder Onkel Bruces Haus, aber meistens in dem von Mutter. Da Onkel Bruce Witwer war und Tante Marnie fünfzehn Meilen entfernt auf dem Lande wohnte, war es Mutter, die die Last der Speisung und der Unterhaltung trug. Das sei auch nur gerecht, behauptete Tante Marnie, da Mutter die einzige sei, die ein großes Haus und ein Dienstmädchen habe.

Tante Marnie war Mutters ältere Schwester. Sie hatte, so hieß es, in mancherlei Hinsicht unter ihrem Stand geheiratet. Ihr Mann, Edward, war ein kleiner, verträumter Mann, der in einer Möbelfabrik Bettpfosten und Tischbeine schnitzte. Als Nebenbeschäftigung brannte Onkel Ed Muster in Samtstoffe, und überall in seinem Haus, auf Tischen, Kopfkissen, Stühlen und an Wänden, gab es Proben solcher Samtstoffe, in die Rosen, Weintrauben, griechische Ornamente und Abraham Lincoln eingebrannt waren. Priscilla und Becky besaßen mehrere von Onkel Eds Handarbeiten. Einen blauen Kopfkissenbezug mit Schnörkeln und der Aufschrift ›Schlafe süß, denn Gott ist nah‹, Zwillingskleider mit Rosen auf der Brust und ein Taschentuchkästchen mit einem halben Dutzend Pflaumen (oder großen Kirschen) darauf.

Onkel Ed bereiteten die sonntäglichen Zusammenkünfte mehr Vergnügen als irgend jemandem sonst, denn er liebte es zu reden, und er liebte es zu essen. Er hatte einen enormen Appetit für seine Größe, und seine Freude an Mutters köstlichen Abendessen wurde nur durch die Tatsache getrübt, daß er eine Todesangst vor Hunden hatte, sogar vor ganz kleinen oder sehr alten ohne Zähne.

Skipper hatte diese Besonderheit von Onkel Ed sofort herausgefunden und ergötzte sich daran. Egal, wie viele Leute gleichzeitig das Haus betraten, Skipper richtete seine besondere Aufmerksamkeit sofort auf Onkel Ed, pflanzte seine Pfoten auf dessen Schultern und leckte ihm die Ohren oder irgendeinen anderen Teil seiner Anatomie, den er gerade erreichen konnte. Skipper freute sich die ganze Woche auf diese Auftritte, und schon früh am Sonntagmorgen bezog er, erwartungsvoll mit den Augen rollend, Position an der Haustür.

»Es ist erstaunlich, was der Hund alles weiß«, sagte Mutter zärtlich. »Sieh ihn dir nur an. Er weiß, daß Sonntag ist.«

»Natürlich weiß er das«, erwiderte Vater ziemlich irritiert, weil Edna zuviel Stärke für seinen hohen Sonntagskragen genommen hatte. »Er sieht, wie ich in diesem verdammten Kragen ersticke, und er leidet mit mir wie ein Mann mit dem anderen.«

Das mochte zum Teil stimmen, aber Skipper hatte andere und bessere Gründe anzunehmen, daß Sonntag war. Einmal waren Priscilla und Becky sehr sauber und rochen interessant. Dann trugen sie identische blaue Satinkleider, die nach Rosenwasser stanken und keine wohlriechenden Stellen zum Ablecken boten. Und außerdem weigerten sie sich, mit ihm zu spielen, und behandelten ihn wie einen Aussätzigen, wenn er ihnen nur anbot, Pfötchen zu geben. Sonntag wäre wirklich ein trauriger Tag für Skipper gewesen, hätte er nicht Onkel Ed gehabt, auf den er sich freuen konnte.

Um zwei Uhr wurde seine Wachsamkeit belohnt durch das Geräusch von Onkel Eds altem Graydort in der Auffahrt und Lilybelles spitze Schreie des Entzückens über die unmittelbar bevorstehende Begegnung mit ihrer Erzfeindin und Kusine Priscilla.

»Bring den Hund nach draußen, Paul«, sagte Mutter, während sie in die Eingangshalle eilte. »Du weißt, wie empfindlich Onkel Ed gegenüber Hunden ist.«

»Komm, Skipper«, sagte Paul träge. »Komm, alter Junge. Na los, beweg dich ein bißchen.«

Skipper stand auf und streckte sich gemächlich. Er warf Paul einen verächtlichen Blick zu, dann suchte er sich eine Stelle ungefähr zwei Meter von der Tür entfernt, von wo er Onkel Ed mit größter Leichtigkeit anspringen konnte.

Mutter regte sich bei der Ankunft von Tante Marnie immer übermäßig auf, weil diese dazu neigte, nicht nur Mutters Haushaltsführung zu kritisieren, sondern auch ihre Kinder, ihren Mann und den Hund. Mutter wischte ein letztes Mal mit dem Taschentuch über den Garderobenständer und rief jedem im Haus gleichzeitig Befehle zu.

»Nimm sein Halsband, Paul. Frederick, wo bist du? Sie sind da! Priscilla, Becky, kommt runter. Um Himmels willen, Paul, nimm sein Halsband.«

Paul ergriff Skippers Halsband, was das Springen zwar erschwerte, aber nicht unmöglich machte. Skipper ignorierte Lilybelle und Tante Marnie, die zuerst hereinkamen, und stürzte sich mit freudigem Ungestüm auf Onkel Ed.

Onkel Ed klammerte sich haltsuchend an die Tür.

»Platz«, flüsterte er. »Platz, Junge. Platz.«

»Ich finde es komisch, daß ihr den Hund nicht nach draußen bringt, wo ihr doch wißt, wie Ed Hunden gegenüber empfindet«, beschwerte sich Tante Marnie. »Sag deiner Tante Allie guten Tag, Lilybelle.«

»Guten Tag«, sagte Lilybelle. »Wo ist Priscilla?«

»Platz«, wiederholte Onkel Ed, steif vor Angst. »Sei ein braver Junge. Platz.«

»Er zeigt dir nur, wie gern er dich mag«, sagte Mutter, während sie vergeblich an Skippers Schwanz zog. »Sieh nur, er liebt dich geradezu.«

»Schaff ihn fort«, sagte Onkel Ed. »Ich will nicht, daß er mich liebt.«

Skipper gelang endlich, was er seit mehreren Monaten versucht hatte. Er ignorierte den Zug an seinem Halsband und an seinem Schwanz und leckte Onkel Ed voll über den Mund.

Lilybelle rettete die Situation dadurch, daß sie vor Vergnügen quietschte und Skippers Aufmerksamkeit auf sich zog. Die momentane Beruhigung gestattete es Onkel Ed, sich durch die Eingangstür nach draußen zu zwängen und diese fest hinter sich zu schließen. Dann zerrten Paul und Mutter Skipper durch das Haus zur Hintertür und schubsten ihn hinaus. Paul pfiff zum Zeichen, daß die Luft rein war, Onkel Ed stürzte durch die vordere Tür wieder ins Haus, und das Familientreffen konnte offiziell beginnen.

Lilybelle verschwand, um Priscilla zu suchen, mit der sie noch ein paar Hühnchen zu rupfen und einige Rechnungen zu begleichen hatte.

»Denk dran, keine Streiterei«, rief ihr Tante Marnie nach. »Und sag dein Stück ein paarmal für dich auf, damit du es nicht vergißt.«

»Ich kann es tadellos«, schrie Lilybelle zurück.

Mutter verlor etwas den Mut bei dieser Neuigkeit. Lilybelle nahm Sprechunterricht, und das sonntägliche Familientreffen lieferte ein geeignetes, wenn auch unempfängliches Publikum zum Üben. Weder Befangenheit noch Gedächtnisverlust, keine Hölle und kein Hochwasser konnten Lilybelle am Vortragen hindern.

»Wie kommt sie mit ihrem Unterricht voran?« fragte Mutter mit gespielter Höflichkeit.

»Einfach wunderbar. Das Gedächtnis des Kindes…«

»Hat ein Gedächtnis wie ein Elefant«, warf Onkel Ed stolz ein. »Letzte Woche hat sie ein neues Stück bekommen, das längste bisher, und sie vergißt kein Wort.«

Mutter lächelte etwas besorgt. »Ich erinnere mich, daß *Der Viehdieb* ziemlich lang war, das Stück, das sie letzten Sonntag vortrug.«

»Dieses ist doppelt so lang«, sagte Tante Marnie.

Vater erschien, und er und Onkel Ed gingen ins Wohnzimmer. Onkel Ed war der Meinung, daß das Möbelgeschäft (ebenso wie das Kohlengeschäft) dabei war, vor die Hunde zu gehen, und um sich vor dem bevorstehenden Ruin zu schützen, hatte er sich der Bildhauerei zugewandt. Da er Möbel schnitzte und Muster in Samt brannte, war ihm das Bildhauern zur zweiten Natur geworden. Er hatte bereits drei kleine Cherubim fertiggestellt, zwei mit und einen ohne Flügel, und seine nächste Arbeit sollte eine Büste von Lilybelle sein (die ihn auch zu den Cherubim inspiriert hatte). Rein zufällig hatte Onkel Ed den flügellosen Cherub mitgebracht, und er ging zur Garderobe zurück, um ihn aus seiner Manteltasche zu holen.

Tante Marnie und Mutter befanden sich mitten in einer Konferenz über Rinderbraten, und Großpapa humpelte mit einem Buch unter dem Arm die Treppe hinunter.

Das Buch war ein sehr schlechtes Zeichen, denn es bedeutete, daß Großpapa seine Tür offen gehabt und die Unterhaltung über Lilybelles Sprechunterricht mitgehört hatte. Großpapa war zu seiner Zeit ein großer Vortragskünstler gewesen, mit einer lauten und klaren emotionsgeladenen Stimme, und es war eine seiner schwersten Enttäuschungen, daß Priscilla, seine Lieblingsenkelin, nicht in seine Fußstapfen getreten war. Er hatte stundenlang mit ihr trainiert, aber Priscillas Gedächtnis ließ sie leicht im Stich. Schließlich hatte sie ein Stück gelernt, das viele Wie-

derholungen enthielt und den Titel *Der Sand von Dee*
trug.

Tante Marnie küßte Großpapa und meinte, er sehe viel
besser aus.

»Ich fühle mich gut«, sagte Großpapa. »Wo ist Priscilla?«

»Ich weiß nicht«, antwortete Mutter hastig. »Sie spielt
irgendwo mit Lilybelle. Ich will sie nicht stören.«

Großpapa nahm das Buch, das er unter dem rechten
Arm hatte, und klemmte es unter den linken, um Onkel Ed
die Hand zu schütteln, der den flügellosen Cherub von der
rechten in die linke Hand nehmen mußte, um Großpapa
die Hand zu schütteln. Während dieses Manövers gelang es
Mutter, den Titel des Buches, *Kurze Gedichte,* zu erkennen, und ihre schlimmsten Befürchtungen wurden wahr.
Großpapa hatte *Der Sand von Dee* ausgegraben.

Onkel Ed ließ seinen Cherub sichtbar werden und erklärte den Grund für seine neue Arbeit.

»Dies sind schlechte Zeiten, in denen wir leben,
schlechte Zeiten. Die Welt geht vor die Hunde. Ich prophezeie, daß in ein paar Jahren jeder Geschäftsmann in der
Stadt bedauern wird, je geboren zu sein. Aber der Künst-
ler – das ist eine ganz andere Sache. Er zumindest wird
seine Kunst haben.« Onkel Ed entführte den Cherub ins
Wohnzimmer und stellte ihn auf den Kaminsims.

Mutter fühlte sich sehr deprimiert, wegen der Welt, die
vor die Hunde ging, und wegen *Der Sand von Dee* und
wegen der Tatsache, daß sie keine Kunst hatte.

»Oh, Frederick«, seufzte sie, und Vater verstand sofort
und küßte sie auf die Wange, um sie aufzuheitern.

»Ihr beiden Unzertrennlichen«, sagte Tante Marnie mit einem Anflug von Neid. »Ihr benehmt euch wie zwei Kinder.«

Onkel Ed prophezeite, daß sie sich in ein paar Jahren nicht mehr wie zwei Kinder benehmen würden, nee, nee. Tante Marnie stopfte ihm den Mund und erinnerte ihn daran, daß, ganz gleich, was mit der Welt geschähe, ganz gleich, ob sie Heu und Runkelrüben essen müßten, Lilybelle ihre Chancen haben und mit ihrem Sprechunterricht fortfahren würde.

Großpapa ließ sich auf dem Schaukelstuhl nieder. Seiner Meinung nach waren diese sonntäglichen Zusammenkünfte eine barbarische Sitte. Familien sollten nicht öfter als einmal im Jahr zusammenkommen, vorzugsweise an Weihnachten, wenn ohnehin jeder gute Laune habe. Seine Kinder, Alice, Marnetta und Bruce, seien jeder für sich alle in Ordnung, aber sie hätten eine verhängnisvolle Wirkung aufeinander.

»Platon«, sagte Großpapa plötzlich, »hatte recht.«

Alle warteten in respektvollem Schweigen darauf, daß Großpapa seine Bemerkung erläutern würde, doch er öffnete nur sein Buch und las sich selbst, halblaut, mehrere Gedichte vor.

Großpapa war verbittert darüber, daß keins von seinen Kindern einigermaßen mühelos Lateinisch oder Griechisch lesen konnte. Es hatte einmal den Anschein gehabt, als würde Marnetta eine Gelehrte, aber dann hatte Alice, als sie noch ganz jung war, Frederick geheiratet. Und daraufhin akzeptierte Marnetta, die älter und weniger attraktiv war als Alice, prompt den ersten Mann, der ihr einen Antrag machte, und heiratete ihn über Großpapas Leiche. Heirat hin, Heirat her, Marnetta war der Altjüngferlichkeit nicht entgangen, und jedes Jahr wurde sie bissiger und mißgünstiger.

Obwohl Alice keineswegs langweilig war, hatte sie nie zu erkennen gegeben, daß sie etwas anderes sein wollte als eine zufriedenstellende Frau. Was Bruce, den Jüngsten, betraf, so war dieser von Geburt an ein unheilbarer Optimist gewesen. Er war gemächlich durch die *Ilias* geschlendert, hatte mit Livius herumgetändelt, über Catull geträumt und war schließlich Besitzer einer Bowlingbahn und Bowlingmeister des Bezirks geworden. Großpapa war zu dem Schluß gelangt, daß Kinder, unzivilisiert und verstockt, wie sie waren, automatisch vor den Berufen zurückscheuten, die ihre Eltern für sie aussuchten.

Seine eigenen Kinder hatten ihn schwer enttäuscht, und von seinen Enkeln, Lilybelle, Priscilla, Becky, Paul, und Bruces beiden Jungen, Jim und Willie, besaß einzig Priscilla das, was Großpapa ›den Funken‹ nannte. Bei seinen Versuchen, diesen Funken zu einer Flamme zu entfachen, war Großpapa manchmal gezwungen, sehr bestimmt mit Priscilla zu sein.

Großpapa wandte sich dem *Sand von Dee* zu und murmelte: »*Oh, Mary, geh, ruf heim das Vieh.*« Er wollte verflucht sein, wenn ein so wirrköpfiges, hochnäsiges Ding wie Lilybelle Priscilla überträfe.

Mutter hörte die erste bekannte Zeile und eilte mit einer flüchtigen Entschuldigung hinaus, um Priscilla zu suchen und sie rechtzeitig zu warnen.

Lilybelle und Priscilla tauschten zur Begrüßung ein kühles, taxierendes Lächeln aus. Priscilla war im Vorteil, weil sie Ednas hochhackige Pumps und eine Spur von Lippenstift trug. Außerdem war sie soeben mit der Begutachtung ihres Profils im Spiegel fertiggeworden und fand, daß sie den Vergleich mit Colleen Moore nicht zu scheuen brauchte.

»Hallo«, sagte Lilybelle.

»Hallo.«

»Laß uns Versteck spielen.«

»Nein.«

»Ich sag's deiner Mutter, wenn du nicht mitmachst.«

»Kleines Plapperbaby.«

Lilybelle wollte immer Versteck spielen, weil das das einzige Spiel war, bei dem sie mit Sicherheit gewann. Sie war so alt wie Priscilla, aber sehr klein für ihr Alter, und konnte sich an Stellen verstecken, die sogar für Becky unerreichbar waren.

»Ich möchte auch Versteck spielen«, sagte Becky.

»Dann spielt doch zusammen, ihr beiden Babies«, erwiderte Priscilla und hob einen Fuß, um ihn im Spiegel zu bewundern.

»Es macht keinen Spaß nur zu zweit«, beklagte sich Lilybelle, »und ich gehe sofort zu deiner Mutter runter und sag's ihr. Wenn du Gäste hast, mußt du tun, was die Gäste wollen, und ich finde, du bist das gemeinste Ding, das es je gegeben hat.«

»Bin ich nicht.«

»Bist du doch.«

»Schwätzerin, Klatschbase.«

»Stinktier.«

Dieser erfrischende Austausch von Beinamen reinigte die Atmosphäre ein wenig. Tatsächlich hatte Priscilla schon die ganze Zeit Versteck spielen wollen, teils, weil sie es noch nie mit hohen Absätzen gespielt hatte und gern neue Erfahrungen machte, und teils, weil sie immer die schwache Hoffnung hegte, Lilybelle zu übertreffen.

»Ich fange an«, sagte Lilybelle und begann, in Fünferabständen bis Hundert zu zählen, bevor ihr irgend jemand ihren Anspruch streitig machen konnte.

Priscilla und Becky stürmten zum Dachboden, wo Becky in ein Schubfach der alten grünen Kommode zu klettern versuchte. Es gelang ihr, alles darin unterzubringen, bis auf den Kopf, der gut sichtbar herausragte.

»Steck deinen Kopf rein«, sagte Priscilla unter dem Messingbett hervor.

»Kann ich nicht.«

»Du mußt, man sieht ihn ganz deutlich.«

»Es ist kein Platz für meinen Kopf«, sagte Becky.

»Dann bedeck ihn mit irgend etwas, tarne ihn.«

Obwohl Becky ihren Kopf mit einem von Vaters abgelegten Hemdhosen tarnte, entdeckte Lilybelle sie sofort.

»Eins-zwei-drei für Becky«, sagte Lilybelle, und Becky war an der Reihe.

Becky konnte nicht so gut in Fünferabständen zählen, also zählte sie überhaupt nicht. Sie stand da und starrte nachdenklich in die Luft, bis Stille auf dem Dachboden herrschte und sie wußte, daß alle versteckt waren. Sie fand Priscilla hinter Mutters alte Schneiderpuppe gezwängt.

Mutter hatte die Puppe von Großmama geerbt. Sie

wurde nicht mehr zum Anpassen benutzt, da sie eine Stundenglas-Figur mit einem riesigen Plattformbusen und üppigen Hüften hatte. Doch für Halloween kam sie sehr gelegen. Mit einem schwarzen Gewand, einem Besenstiel und einem Kürbiskopf ausgestattet, wurde sie zu einer glaubwürdigen Hexe. Auch für die Vorstellungen, die Priscilla in der Garage gab, war sie sehr nützlich. Es gab eine besondere Nummer, bei der Priscilla auf einer Kiste hinter der Puppe stand und ihr den eigenen Kopf und die Arme lieh. Dann sang sie mehrere Lieder, mit dazu passenden Gesten und Grimassen, eine Darbietung, die stürmischen Beifall auslöste und bei der Becky vor Lachen immer Seitenstechen oder Schluckauf bekam.

»Laß uns eine Vorstellung geben«, sagte Becky. »Ich würde gern eine Vorstellung geben, wenn du mich fragst.«

Priscilla trat hinter der Puppe hervor und polierte die hochhackigen Pumps mit ein wenig Spucke auf ihrem Taschentuch.

»Das ist mir zu mühselig«, sagte sie. »Ich bin diejenige, die die ganze Arbeit macht, und was habe ich davon? Nichts.«

»Wir könnten richtiges Geld als Eintritt verlangen.«

»Das würde Mutter nicht erlauben.«

»Nur einen Cent, vielleicht läßt sie uns.«

»Ich weiß nicht recht.«

»Ich würde gern mal wieder so lachen, daß mir die Seiten weh tun«, meinte Becky sehnsüchtig. »Ich habe seit sechs Jahren nicht mehr so gelacht, daß mir die Seiten weh tun.«

»Oh, du Lügnerin, das letzte Mal an Weihnachten.«

»Es kommt mir vor wie sechs Jahre.«

»Wenn wir eine Vorstellung geben würden, müßten wir Lilybelle mitspielen lassen, und sie will immer der Mittelpunkt sein.«

»Lilybelle habe ich ganz vergessen«, sagte Becky und ließ einen halbherzigen Blick über den Dachboden schweifen, in der vagen Hoffnung, hervorstehende Gliedmaßen oder ein Stück von Lilybelles Kleid oder Kopf zu entdecken. »Ich wette, sie ist an einem ganz besonderen Ort, und ich finde sie nie.«

»Wir werden sie beide suchen«, bot Priscilla an.

Lilybelle war in keiner der Schubladen, Truhen, Schränke oder Koffer und auch nicht hinter der Tafel oder unter dem Messingbett. Auf dem Dachboden war sie überhaupt nicht, obwohl Becky sich deutlich erinnerte, daß sie sie die Treppe hatte hinaufgehen hören. Oder wenn nicht hinauf, dann hinunter.

»Sie kann sich wirklich gut verstecken«, sagte Priscilla neidisch. »Das muß ich ihr lassen.«

Eine Durchsuchung aller Schlafzimmer im ersten Stock brachte keine Lilybelle zum Vorschein, obwohl sie ihre entfernte, geisterhafte Stimme hörten, die sie zum Suchen aufforderte.

»Ich wette, sie versteckt sich überhaupt nicht«, sagte Becky. »Ich wette, sie hat einfach zu spielen aufgehört und ist nach unten gegangen, um sich mit den Erwachsenen zu unterhalten.«

In diesem Moment tauchte Mutter auf, und Priscilla fragte sie, ob Lilybelle unten sei.

»Nein«, sagte Mutter. »Und wenn du weißt, was gut

für dich ist, läßt du dich unten auch eine Weile nicht blicken.«

Priscilla überschlug in Gedanken kurz ihre jüngsten Missetaten, fand aber keine, die diese harschen Worte verdiente. »Warum nicht?«

»Großpapa will, daß du vorträgst.«

»Oh, Scheibe«, stöhnte Priscilla. »Oh, Scheibe, Scheibe.«

»Es hilft alles nichts. Kannst du dich noch daran erinnern?«

Priscilla schüttelte den Kopf.

»An etwas mußt du dich doch erinnern«, sagte Mutter nervös. »*Oh, Mary, geh, ruf heim das Vieh.*«

»*Oh, Mary, geh, ruf heim das Vieh.*«

»*Über den Sand von Dee*«, soufflierte Mutter.

»*Über den Sand von Dee.*«

»Vergiß nicht, vor *über den Sand von Dee* zweimal *ruf heim das Vieh* zu wiederholen.«

»Ich werd's versuchen.«

»Gut. *Wild blies der Westwind, kalt und naß. Und ganz allein ging sie.*«

»*Wild blies der Westwind, kalt und naß*«, sagte Priscilla. »*Und ganz allein ging sie.*«

»Einen Floh, den fängt sie nie«, ertönte Liliybelles schwacher Spottgesang. »Einen Floh, den fängt sie nie.«

»Jetzt den zweiten Vers. Erinnerst du dich, wie er beginnt?«

»Nein.«

»Wenn einer von uns sich nur an die erste Zeile erinnern oder sie irgendwie zusammenkriegen könnte, wäre der Rest Wiederholung. Ich habe es auf der Zunge, aber verflixt, ich komme nicht drauf. Es muß wieder etwas mit *Vieh* zu tun haben.«

»Einen Floh, den fängt sie nie«, rief Lilybelle. »Einen Floh, den... Mama! Mama!«

»Du lieber Himmel«, sagte Mutter, die ein feines Gespür für Katastrophen hatte. »Sie wird doch nicht etwa... Das kann sie nicht, das würde sie nicht...«

Aber Lilybelle konnte und hatte. In dem Verlangen, ihre Kusinen zu übertrumpfen, hatte Lilybelle unvorsichtigerweise den schmalen Sims des Wäscheschachts als Versteck gewählt.

Der Schacht führte vom Dachboden in den Keller, mit kleinen Türöffnungen in jedem Stockwerk. Auf der Innenseite jeder Tür befand sich ein Vorsprung, vermutlich, um zu verhindern, daß Kinder in den Wäschekorb im Keller fielen.

Mutter stürmte die Stufen hoch bis zum ersten Absatz der Dachbodentreppe und öffnete die Tür des Schachts. Kopf und Hände von Lilybelle, die sich an den Vorsprung klammerte, wurden sichtbar, aber die Füße wiesen unerbittlich in den Keller. Sie schrie zetermordio, nicht ohne Grund, denn der Wäscheschacht war nur für Wäsche gedacht, und das Holz war nie abgeschmirgelt worden.

Mutter schob sich, so weit sie konnte, durch die kleine Türöffnung, ergriff Lilybelles Handgelenke und zog.

»Hilfe, Hilfe, Hilfe!« kreischte Lilybelle. Ihr Gesicht war vor Angst verzerrt, denn obgleich sie dünn war, war sie doch nicht dünn genug für den Wäscheschacht, und der einzige Effekt, den Mutters Ziehen hatte, war, daß sich noch ein paar Splitter mehr in Lilybelles zarte Haut bohrten.

»Oh, mein Gott«, sagte Mutter und ließ Lilybelles Handgelenke los. »Frederick! Paul! Tut etwas! Hilfe!«

Die Akustik des Wäscheschachts war irreführend, und da Mutters Stimme und Lilybelles Schreie vom Keller zu kommen schienen, rannten alle dorthin, und dann mußten sie wieder nach oben rennen, was die Verwirrung noch erheblich steigerte.

Tante Marnie, halb ohnmächtig vor Angst und vom schnellen Treppauf-, Treppablaufen, konnte nichts tun, als zu schreien: »Halt dich fest, Lilybelle! Halt dich fest, mein Engel, halt dich fest! Mutter ist da, halt dich fest!«

Lilybelle blieb kaum etwas anderes übrig, als sich festzuhalten, wenn sie nicht geradewegs in den Keller fallen wollte, eine Alternative, die Großpapa vorschlug.

Großpapa hatte die Situation mit einem Blick erfaßt, und da Lilybelle nicht herausgezogen werden konnte, war sein Vorschlag, sie nach unten fallen zu lassen. Die Enge des Wäscheschachts würde die Wirkung der Schwerkraft mildern, und falls nicht, könnte man den Korb im Keller mit Kissen und Daunendecken aus allen Betten polstern, um Lilybelles Sturz zu bremsen.

Dieser Vorschlag ließ Tante Marnie geradezu in Hysterie ausbrechen. Sie kreischte: »Schwerkraft, Schwerkraft, Schwerkraft«, immer wieder und wieder, und Großpapa mußte seine Stimme erheben, um überhaupt gehört zu werden.

»Man kann sie doch nicht die ganze Nacht da hängen lassen«, sagte er. »Sie wird mich am Schlafen hindern.«

Nach zwei weiteren erfolglosen Versuchen, Lilybelle herauszuziehen, stimmte Vater Großpapas Vorschlag zu, jedoch in modifizierter Form. Auf die Schwerkraft konnte man sich nicht verlassen, deshalb wurde beschlossen, die Wäscheleine hinten im Hof abzuschneiden, sie unter den Armen um Lilybelles Körper zu binden und diese sanft in den Keller hinunterzulassen.

Während Paul die Wäscheleine abschnitt, beruhigte Onkel Ed Lilybelle. Er versprach ihr ein Pfund Schokolade, so viele Essiggurken, wie sie zum Abendbrot essen könne, eine neue Puppe, Buntstifte und Befreiung von der Sonntagsschule für drei Monate. Auf Lilybelles Forderung hin war er gerade dabei, den Einsatz auf sechs Monate zu erhöhen, als Paul mit dem Strick erschien. Vater band ihn, so gut es ging, um Lilybelle, dann hielten er und Paul und Onkel Ed den Strick fest, und der Abstieg begann.

»Gebt Leine«, sagte Großpapa zufrieden.

Becky und Priscilla stürzten in den Keller, um die ersten zu sein, die Lilybelle nach ihrer Reise begrüßten. Mutter und Tante Marnie warteten an der Schachttür im ersten Stock, bis Lilybelles Beine erschienen und schließlich Lilybelles Gesicht.

»Bist du in Ordnung?« fragte Tante Marnie mit einer Stimme, die vor Erschöpfung nur noch ein heiseres Flüstern war. »Bist du in Ordnung, Lilybelle? Sag doch was.«

Lilybelle, nicht mehr den sicheren Tod vor Augen und aufgemuntert durch die Versprechungen ihres Vaters, ging es gut, aber sie war zu besonnen, um es zuzugeben. Sie lächelte nur matt, während ihr Kopf verschwand.

»Mein Liebling, mein tapferer Liebling«, sagte Tante Marnie und sprintete ins Erdgeschoß, wo sie das Wort an Lilybelles baumelnde Beine richtete. »Nur noch ein bißchen mehr, Lilybelle. Sei tapfer, mein mutiges Mädchen.«

Die letzte Etappe von Lilybelles Reise war viel angenehmer, da das Innere des Schachts durch das häufigere Passieren der Wäsche von der Küche zum Keller mehr oder weniger geglättet worden war.

»Sie kommt!« quietschte Becky. »Sie kommt! Ich sehe ihre Beine!«

Lilybelles Empfangskomitee war groß. Es umfaßte nun auch Edna und Delbert, der soeben eingetroffen war. Es sei zweifellos jammerschade, sagte Delbert, daß er nicht eher gekommen sei. Er hätte den Sims mit seinen bloßen Händen herausreißen und Lilybelle im Handumdrehen retten können.

Lilybelle kam mit einem leichten Schock und voller Splitter zum Vorschein. Einige der Splitter wurden mit Ednas Pinzette entfernt. Gegen den Schock bekam Lilybelle heißen Kaffee, mehrere große, mit Dill eingelegte Gurken und zwei Schokoladenplätzchen mit Rosinen.

Die Emotionen gingen hoch. Tante Marnie umarmte und küßte Lilybelle wiederholt, während sie Mutter gleichzeitig Vorwürfe machte, daß es in ihrem Haus solche Fallen wie Wäscheschächte gab, die unschuldige Kinder ins Verderben lockten. Außerdem beschuldigte sie Becky und Priscilla, sie hätten Lilybelle dazu verleitet, sich im Schacht zu verstecken, und Großpapa tadelte sie für seine rohe Gefühllosigkeit, Lilybelle der Schwerkraft anvertraut haben zu wollen.

»Schwerkraft«, sagte Tante Marnie bitter. »Schwerkraft. Hat man Töne!«

»Diesen Tag werde ich nie vergessen«, sagte Onkel Ed und betrachtete Lilybelle mit Ehrfurcht. »Ich werde ihn nie vergessen, den Tag, an dem Lilybelle beinahe ihr Leben verlor.«

Um sicherzugehen, daß er ihn nicht vergaß, steckte er die Wäscheleine als Souvenir in seine Manteltasche. Da am nächsten Tag Waschtag und dies die einzige Wäscheleine war, die Mutter besaß, unternahm sie einen aussichtslosen Versuch, sie zu behalten. Sie versuchte Onkel Ed davon zu überzeugen, daß es viel besser sei, solche schrecklichen Vorfälle zu vergessen. Onkel Ed war anderer Meinung. Er beabsichtigte, den Strick zu einer Spirale zu rollen, diese mit Schellack zu behandeln und sie als Souvenir für Lilybelles Kinder und Enkel aufzubewahren.

Auf diesen feierlichen Gedanken hin tranken alle noch etwas mehr Kaffee, und Lilybelle nahm sich eine weitere Dillgurke, um die Nachwirkungen des Schocks zu überwinden.

Der Rest des Nachmittags verlief ziemlich ereignislos. Onkel Bruce traf mit Jim und Willie ein, die sich sogleich mit Paul in die Garage verzogen. Die drei konstruierten aus einer Hafermehlschachtel nach Plänen von *Elektronik leichtgemacht* ein kleines Radio.

Onkel Bruce hörte sich die schrecklichen Details von Lilybelles knapper Rettung an, erzählte drei Witze, um alle in gute Laune zu versetzen, und schlief dann in sitzender Haltung auf der Chaiselongue ein. Das Geschäft mit der Bowlingbahn verlangte von Onkel Bruce, daß er lange aufblieb, und er konnte überall einschlafen, sogar beim Autofahren. Er beherrschte die Kunst, während seines Schlafs ermutigende Geräusche wie ›Hmmmm?‹ von sich zu geben und so den Eindruck zu erwecken, daß er, obwohl er nicht wach war, zumindest sehr interessiert gewesen wäre.

Onkel Bruce verschlief ruhig und höflich eine Diskussion über Kommunalpolitik (Vater), den letzten Schrei in der Haarmode, die Windstoßfrisur (Tante Marnie), Kunst (Onkel Ed) und Lilybelles herzzerreißende Rezitation von *Annies und Willies Gebet*. Beim Geräusch des Klatschens wachte er kurz auf, klatschte selbst eine halbe Minute lang lauter als jeder andere und schlummerte dann wieder ein.

Während des Klatschens senkte Lilybelle bescheiden den Kopf, wodurch sie eine ideale Gelegenheit erhielt, Priscilla die Zunge herauszustrecken. Priscilla streckte ihr ebenfalls die Zunge heraus. Sie besaß jedoch nicht Lilybelles Raffinesse in diesen Dingen und wurde von Tante Marnie entdeckt, die meinte, Priscilla sei verdorben, primitiv und ein schlechter Umgang für Lilybelle.

»Zugabe«, sagte Mutter, um das Thema zu wechseln.

Als Zugabe wählte Lilybelle ein humoristisches Dialektstück. *Wennste Tobak kauen mußt, mußte den ganzen Saft schlucken*, ermahnte Lilybelle ihren unsichtbaren, vermutlich irischen, vermutlich Tabak kauenden Ehemann.

»Verstehe kein Wort«, sagte Großpapa. »Sprich deutlich, Mädchen. Sprich Englisch.«

»Ich muß es so sagen«, gab Lilybelle zurück. »So steht es im Buch geschrieben, und so muß ich es sagen.«

»Kümmer dich überhaupt nicht darum«, sagte Tante Marnie. »Mach einfach weiter, Liebes.«

Lilybelle hackte noch drei weitere Verse lang auf ihrem Ehemann und dessen sorglosen Spuckgewohnheiten herum. Dann setzte sie sich, um lauten Applaus und viel Gelächter zu ernten.

»Priscilla«, sagte Großpapa.

Priscilla erwog gehetzt, eine plötzliche akute Blinddarmentzündung oder ein Herzleiden oder einen Gichtanfall vorzutäuschen.

»Ich fühle mich nicht besonders gut«, sagte sie mit schwacher Stimme.

Lilybelle lachte vornehm darüber und meinte, wenn Priscilla sich nicht wohl fühle, solle sie sich doch nur einmal vorstellen, wie sie, Lilybelle, sich gefühlt habe mit ihrem Schock und all den Splittern.

Priscilla schleppte sich in die Mitte des Zimmers, verbeugte sich kurz und hetzte durch *Der Sand von Dee*.

»Sie sollte ihre Arme benutzen«, kritisierte Lilybelle nach der ersten Strophe. »Sie benutzt ihre Arme nicht, um dem Text Ausdruck zu verleihen, doch das sollte sie. Wenn sie das Vieh heimruft, sollte sie so machen.« Lilybelle streckte sehnsüchtig die Arme nach dem umherstreunenden Vieh aus. »Und auch in dem Teil mit dem Westwind sollte sie etwas tun.« Sie illustrierte es, indem sie ihren Kopf und das Gesicht mit den Händen beschirmte, um den Westwind abzuwehren.

»Das mache ich nicht«, sagte Priscilla entschieden. »Ich werde das Vieh überhaupt nicht heimrufen, wenn ich meine Arme benutzen muß. Ich finde, sie sieht einfach albern aus.«

»Priscilla hat kein dramatisches Talent«, sagte Tante

Marnie. »Warum es erzwingen? Wenn es da ist, ist es da, und wenn es nicht da ist, ist es nicht da.«

»Es ist nicht da«, sagte Priscilla, und bevor Großpapa anfangen konnte, deswegen zu streiten, sprang sie zum Klavier und spielte den *Efeureigen,* so schnell sie konnte, und laut genug, um die Toten und Onkel Bruce aufzuwecken.

»Sie hat einen beachtlichen Anschlag«, sagte Onkel Bruce mit seinem gewohnten Takt. »Einen beachtlich festen Anschlag.«

Alle stimmten zu, daß Priscilla einen beachtlichen Anschlag hatte, Lilybelle hatte überzeugende dramatische Qualitäten, und Becky würde eines Tages eine Schönheit sein. So war allseits der Ehre Genüge getan, und jeder begab sich mit relativ freundschaftlichen Gefühlen zum Abendessen.

Das Abendessen wurde sehr früh serviert, weil Edna eine Verabredung mit Delbert für das erste Unterhaltungskonzert des Jahres im Pershing Park hatte. Weder Edna noch Delbert fanden besonderes Vergnügen an Unterhaltungskonzerten, aber Mutter bestand darauf, daß sie gingen. Ihre Überlegung war, daß eine Mischung aus Dunkelheit, Frühling, heißem, gebuttertem Popcorn und Sousa Delberts verborgene romantische Instinkte hervorlocken würde. Doch das allerwichtigste an dem Unterhaltungskonzert war, daß Edna auf der Tribüne würde sitzen müssen. Edna hatte eine Todesangst vor Höhe und mußte immer ihre Augen schließen und sich bei jemandem einhängen, wenn sie zu den Tribünenplätzen hochstieg oder wieder hinunter wollte. Das war vortrefflich nach Mutters verstiegener Logik. Edna würde Angst haben und sich an Delbert klammern, damit seine Beschützerinstinkte und, höchstwahrscheinlich, auch andere Dinge wecken und ihn veranlassen, ihr einen Heiratsantrag zu machen.

»Was ist, wenn ich ohnmächtig werde?« fragte Edna. »Was ist, wenn ich mich nicht anklammere, sondern einfach ohnmächtig werde?«

»Du wirst ein wenig Selbstbeherrschung üben müssen«, erwiderte Mutter bestimmt. »Ich kann nicht alles machen. Sind die Kartoffeln fertig?«

»Ich denke schon.«

»Gut, bring einfach alles zusammen herein, und dann kannst du mit Delbert gemütlich in der Küche essen.«

Lilybelle, die sich hinter die Küchentür gezwängt hatte, um diese Unterhaltung zu hören, kam zum Vorschein und bemerkte, sie wolle ebenfalls gemütlich in der Küche essen.

»Nie esse ich gemütlich in der Küche«, jammerte sie. »Nie esse ich gemütlich in …«

»Sei still, geh nach drinnen und setz dich auf deinen Platz«, sagte Mutter, um eine Zurschaustellung von Lilybelles überzeugenden dramatischen Talenten zu vermeiden.

»Ich fühle mich nicht besonders wohl, ich habe keinen Hunger.«

»Wenn du nach drinnen gehst und dich auf deinen Platz setzt, lasse ich dich das Tischgebet sprechen.«

Gewöhnlich sprach Großpapa zu den Mahlzeiten das Tischgebet. Da er annahm, daß der Herr von Schwätzern genauso die Nase voll hatte wie er selbst, machte Großpapa sein Tischgebet sehr kurz: *»Benedictus benedicat.«*

»Sind alle bereit?« fragte Mutter.

Alle waren bereit, und der Rinderbraten, flankiert von im Ofen gerösteten Kartoffeln und Blumenkohl mit Sahnesoße, wurde in die Mitte des Tisches gestellt.

»Lilybelle, sprichst du das Tischgebet?«

Lilybelle nickte kurz und begann eiligst mit der Anrede »Lieber Gott und Vater der Menschheit«.

Lilybelles Theorie des Tischgebets war das genaue Gegenteil von derjenigen Großpapas. Sie hielt viel davon, es so lang und so langweilig wie möglich zu machen, besonder wenn sie keinen Hunger hatte. Sie segnete das Essen, ihre Mutter und ihren Vater, Onkel Bruce, Paul, Willie, Jim, Großpapa, Tante Allie, Onkel Frederick, Edna, Delbert, Becky und ihre Sprechlehrerin Mrs. Bunwood.

»Du hast mich vergessen«, sagte Priscilla.

Lilybelle beachtete diese Mahnung nicht. Sie dankte dem Herrn, ihrem Schöpfer und ihrem Vater, der da ist im Himmel, daß er sie aus dem Wäscheschacht errettet hatte. Sie hoffte, Er würde ihr helfen, ein gutes Mädchen zu sein, und gewissen anderen Mädchen ebenfalls, Anwesende nicht ausgenommen.

»Wie lange macht sie noch so weiter?« fragte Großpapa mit Blick auf den Braten. »Das Fleisch wird kalt.«

Lilybelle hob ihre Stimme. »Ich vergebe allen meinen Feinden, die ich nicht nennen möchte, lieber Vater, und wenn sie mir vergeben wollen, in Ordnung, und wenn sie mir nicht vergeben wollen, auch in Ordnung. Zum Schluß danke ich dir für die Speise, die wir nun empfangen werden. Amen.«

»Amen«, echote Onkel Bruce fröhlich. Er erzählte,

während Vater den Braten aufschnitt, zwei Witze, um einen Ausgleich für die Stimmung zu schaffen, die Lilybelles traurige Kommunion mit dem Allmächtigen erzeugt hatte.

Seine Jungen, Willie und Jim, vierzehn und fünfzehn Jahre alt, aßen schweigend. Nach Wochen der Arbeit war das Radio nun fertig, und der spannende Augenblick stand bevor, da die elektrischen Drähte mit den Bettfedern auf dem Dachboden verbunden werden sollten und Musik durch die Kopfhörer zu vernehmen sein würde – oder auch nicht. Der Apparat ruhte nun auf dem Buffet und sah, wie Priscilla unklugerweise bemerkte, immer noch wie eine Hafermehlschachtel aus.

»Mädchen haben keine Ahnung«, sagte Jim. »Mädchen sind dumm.«

»Na klar«, sagte Willie.

»Ihr sagt es«, stimmte Paul zu.

»Jungen sind Klugscheißer«, sagte Lilybelle und verwandelte ihren persönlichen Kampf mit Priscilla vorübergehend in einen Kampf der Geschlechter. »Jungen sind große wichtigtuerische Klugscheißer. Um keinen Preis möchte ich ein Junge sein.«

»Ha ha, könntest du gar nicht«, sagte Willie.

»Ha ha, wollte ich gar nicht!«

»Ich würde manchmal gern ein Junge sein«, meinte Becky, »und manchmal ein Mädchen.«

Damit war Großpapa einverstanden. »Ein vernünftiges Arrangement. Und jetzt nehme ich an, daß das Thema erschöpft ist und wir in Frieden essen können.«

»Ich will nicht in Frieden essen«, murmelte Lilybelle düster. »Ich will gemütlich in der Küche essen. Nie esse ich gemütlich in der Küche.«

»Komm, Lilybelle«, sagte Tante Marnie. »Sei ein braves Mädchen und iß dein Fleisch.«

»Ich habe keinen Hunger. Ich fühle mich unwohl.«

»Wo fühlst du dich unwohl?«

»Überall.«

Es stimmte, daß Lilybelles Gesicht eine alarmierende Blässe angenommen hatte. Tante Marnie und Mutter fühlten ihr die Stirn, untersuchten ihren Hals (indem sie mit einem Teelöffel gewaltsam die Zunge nach unten drückten), maßen ihren Puls und bohrten ihr in den Magen. Trotz all dieser Hilfeleistungen fuhr Lilybelle fort, sich unwohl zu fühlen.

»Es ist der Schock«, sagte Tante Marnie. »So macht er sich bemerkbar. Man glaubt, man sei in Ordnung, und dann erwischt es einen plötzlich.«

»Genau so fühle ich mich«, meinte Lilybelle schwach.

Tante Marnie setzte sich über Onkel Eds Protest, er habe noch keinen Nachtisch gehabt, und über Mutters Andeutung, Lilybelle habe einfach zu viele Dillgurken gegessen, hinweg, packte ihre Tochter ein und schleppte sie nach Hause.

Ihr plötzlicher Abgang hatte eine eigenartige Wirkung auf Mutter. Lilybelle, *in absentia,* wurde zu einem gemarterten Kind. Mutter fühlte sich schuldig, daß sie die Ursache dieses ganzen Ärgers sei, weil sie solche Dinge wie Wäscheschächte und Dillgurken besaß.

»Setz dich hin und iß zu Ende«, sagte Vater.

»Oh, nein, ich könnte keinen Bissen essen. Es ist alles

meine Schuld, Frederick. Ich hätte gute Lust, jetzt gleich hinaufzugehen und diesen Wäscheschacht zuzunageln. Marnie hatte recht. Es ist eine Falle, eine Falle für unschuldige Kinder.«

»Um Himmels willen«, sagte Vater. »Es ist keine Falle, es ist ein Wäscheschacht!«

»Und die Gurken. Ich wußte es, ich hätte diese Gurken nicht machen sollen. Ich erinnere mich, daß ich damals instinktiv gespürt habe, es würde nichts Gutes dabei herauskommen.«

»Na schön, na schön, na schön«, sagte Vater und ging den Hammer und die Nägel holen.

Er nagelte alle Türen zum Wäscheschacht zu, aber nur ein wenig, damit die Nägel leicht zu entfernen waren, falls Mutter ihre Meinung wieder änderte.

Onkel Bruce verschwand mit den drei Jungen auf dem Dachboden, um Musik durch die Kopfhörer zu hören, und Großpapa blieb mit Priscilla und Becky und dem Erdbeermürbekuchen am Tisch zurück.

»Barbarisch, barbarisch«, brummte Großpapa.

»Manchmal würde ich gern ein Junge sein«, sagte Becky sanft, »und manchmal ein Mädchen.« Diese Bemerkung hatte schon einmal Erfolg bei Großpapa gehabt, und es gab keinen Grund, warum es nicht wieder funktionieren sollte.

Doch Großpapa ignorierte sie. Finster blickte er auf seinen Erdbeermürbekuchen und meinte, daß Familientreffen eine barbarische Sitte seien und daß der Stadtstaat der Griechen und Römer nicht der erste Schritt auf dem Weg zur Zivilisation, sondern das erste Zeichen für den einsetzenden Verfall gewesen sei.

»Es ist wirklich *ad nauseam*«, pflichtete Priscilla bei.

»Du bist eine Frau ganz nach meinem Geschmack«, sagte Großpapa.

Ein Schwatz mit Mr. Vogelsang

Mutters Gewissen war etwas besänftigt durch das Zunageln der Türen zum Wäscheschacht und durch den Entschluß, die letzten beiden Litergläser Dillgurken Mr. Vogelsang zu schenken. Priscilla wurde mit den Gurken nach nebenan geschickt. Sie war erfreut über diese Aufgabe, denn es war lange her, seit sie ein Schwätzchen unter vier Augen mit Mr. Vogelsang gehabt hatte.

Mr. Vogelsang kam selbst an die Tür. Er lächelte zurückhaltend zur Begrüßung, forderte Priscilla mit einem Nicken auf, hereinzukommen und sich zu setzen, und zog dann beim Anblick der Gurken die Augenbrauen hoch.

»Dillgurken«, erklärte Priscilla, wohlvertraut mit Mr. Vogelsangs schweigsamen Fragen. »Die sind von Mutter für Sie. Meine Kusine Lilybelle ist davon krank geworden, deshalb schenken wir sie Ihnen. Es ist der Rest von dem Ganzen, und meine Mutter ist froh, daß sie sie los ist.«

Mr. Vogelsang, der Magenprobleme hatte, musterte die Gurken mit einem gewissen Mißtrauen. Während er sie in die Küche brachte, ließ sich Priscilla in der für eine Unterhaltung bequemsten Position auf der Chaiselongue nieder: die Beine untergeschlagen, ein Kissen im Rücken und ein Arm in strategisch günstiger Nähe zu einer Schale Kandiszucker von der Lehne baumelnd.

»Wo ist Mrs. Vogelsang?« erkundigte sich Priscilla. Mr. Vogelsang deutete mit schräg geneigtem Kopf zur Decke, eine Geste, die Priscilla richtig dahingehend interpretierte, daß seine Frau oben war und ruhte. Das war ihr nur recht, denn Mrs. Vogelsang hatte die irritierende Angewohnheit, selbst die wichtigsten Bemerkungen zu unterbrechen.

»Du meine Güte, Lilybelle war wirklich krank. Tante Marnie sagt, weil sie im Wäscheschacht hängengeblieben ist, aber Mutter meint, wegen der Gurken. Mutter tut es leid, daß sie diese alten Gurken überhaupt gemacht hat, und wenn Lilybelle an Ptomain-Vergiftung stirbt, wird sie sich ihr ganzes Leben lang wie eine Mörderin vorkommen. Aber Vater sagt, wenn Sie die Gurken essen und nicht krank werden, ist das ein Beweis dafür, daß sie kein Ptomain-Gift enthalten.«

Mr. Vogelsang grunzte beifällig zu Vaters schlauer Überlegung.

»Mutter sagt, das Heimtückische an Ptomain-Vergiftung ist, daß man das Gift nicht schmecken kann. In der einen Sekunde ißt man etwas, das wirklich gut schmeckt, und in der nächsten erwischt es einen, wie Lilybelle.« Priscilla unterbrach sich plötzlich stirnrunzelnd. »Scheibe, ich vermute jetzt, daß ich heute abend für sie beten muß. Jesus Q. Murphy.«

Mr. Vogelsang war der einzige Erwachsene in der Stadt, vor dem man fluchen konnte, ohne zurechtgewiesen zu werden. Mr. Vogelsang schien tatsächlich Vergnügen daran zu finden, wenn er sie fluchen hörte, und Priscilla war immer bereit, einem Freund gefällig zu sein.

»Jesus Q. Murphy«, wiederholte sie. »Das macht acht.«

›Acht?‹ fragten Mr. Vogelsangs Augenbrauen.

»Ich muß für acht Leute beten, mich selbst nicht eingeschlossen. Ich persönlich hasse es, für meine Feinde zu beten. Lilybelle ist eine heuchlerische Lügnerin.«

›Jawohl‹, stimmte er schweigend zu und deutete auf die Schale mit Kandiszucker. Es wurde auch Zeit, denn Priscillas Kehle war schon ganz trocken, und sie hatte kaum angefangen. Sie parkte zwei Stück Kandiszucker an den von der Natur für ihre zwölfjährigen Backenzähne reservierten Stellen und fuhr fort:

»Wenn Lilybelle stürbe, würden Sie dann zu ihrer Beerdigung gehen, Mr. Vogelsang?«

Mr. Vogelsang nickte zustimmend. Natürlich würde er das, nicht aus Respekt vor Lilybelles sterblichen Überresten, sondern aus Gewohnheit. Außer bei Attacken von Magenschmerzen oder schlechtem Wetter hatte er in sieben Jahren keine Beerdigung versäumt, denn die Anwesenheit bei Beerdigungen war seine hochspezialisierte Methode, sich an der Kampagne für die Stadtratswahlen zu beteiligen. Mr. Vogelsang war kein gewandter Redner, und er verfügte weder über einen juristischen oder geschäftlichen Hintergrund noch über eine Persönlichkeit wie Vater, die bei den Wählern Anklang fand. Deshalb hatte Mr. Vogelsang sein ungewöhnliches System, sich Popularität und Ansehen zu verschaffen, entwickelt. Dieses System hatte den Vorteil, alle Schichten, Hautfarben und Glaubensrichtungen anzusprechen. Lutherische Begräbnisse, katholische Begräbnisse, griechisch-orthodoxe, unitarische, episkopalische, baptistische, jüdische und Begräbnisse der Anhänger der Christlichen Wissenschaft – Mr.

Vogelsang nahm an allen teil, ohne etwas zu sagen, er machte nur ein trauriges Gesicht und gewann damit die Zuneigung der Verwandten des Verstorbenen. Die Verwandten zeigten Mr. Vogelsang ihre Dankbarkeit für seine würdevolle Teilnahme, indem sie bei der nächsten Wahl für ihn stimmten.

Es sprach sich herum, daß Mr. Vogelsang ein guter Mann bei Beerdigungen war, und er wurde häufig gebeten, Sargträger zu sein. Es wurde als ein Zeichen der Ehre angesehen, wenn Mr. Vogelsang einem das Geleit zur letzten Ruhestätte gab. Er hatte eine ganze Schublade voll der weißen Baumwollhandschuhe gesammelt, die das Bestattungsunternehmen den Sargträgern schenkte. Zum Beweis seiner Wertschätzung und als Belohnung für Insider-Informationen über das Leben eines Ratsherrn-Rivalen hatte Mr. Vogelsang Priscilla ein Paar dieser Handschuhe geschenkt. Sie verliehen den nachgespielten Begräbniszeremonien, die sie in der Garage für alle auf dem Nachhauseweg von der Schule aufgelesenen toten Vögel und Vierbeiner durchführte, einen Anstrich von Echtheit. Ihre Schultasche roch gewöhnlich schlecht, und der Garten hinter dem Haus war ein Durcheinander von provisorischen Grabsteinen aus Pappe und Holz: ›Einem Babyeichhörnchen, Ruhe in Frieden‹. ›Hier ruht eine Raupe, unabsichtlich zertreten von Becky‹. ›Bebe, unser geliebter Kanarienvogel, drei Jahre und zwei Monate alt, eines natürlichen Todes gestorben‹. Viele dieser Leichen mußten mehrmals beerdigt werden, weil Skipper sie ausgegraben hatte.

Mr. Vogelsang war im Laufe der Jahre ein regelrechter Kenner von Begräbnissen und infolgedessen ziemlich kritisch geworden. Eine minderwertige Einbalsamierungsarbeit konnte er aus mehreren Metern Entfernung erkennen, er hatte eine Abneigung gegen die Ostseite des Woodwest Friedhofs, die sich zu dicht an der Gerbereifabrik befand, und er kritisierte die Musik während der Zeremonien mit einem leichten Stirnrunzeln, wenn sie zu lebhaft war, oder mit einer hochgezogenen Augenbraue, wenn sie zu laut war. Er hatte auch einen fast kaltblütigen Zynismus entwickelt, der es ihm erlaubte, von einem Freimaurerbegräbnis geradewegs zu einer katholischen Bestattung zu gehen, ohne mit der Wimper zu zucken oder gar seinen Kragen zu wechseln.

Es war kein Geheimnis, wie Mr. Vogelsang angefangen hatte, auf Beerdigungen zu gehen. Priscilla hatte die tragische Geschichte mehrmals von Mrs. Vogelsang gehört. Mr. Vogelsangs beide Söhne und viele seiner Verwandten und Freunde waren ihm während der Grippeepidemie nach dem Krieg ›genommen‹ worden.

»Starben wie die Fliegen«, sagte Mrs. Vogelsang. »Starben direkt vor unseren Augen wie die Fliegen. Ich sage dir, das genügte, um Benjamin den Verstand verlieren zu lassen. Zuerst die beiden Jungen, John und der kleine Benjie, und dann Tante Marie und Kusine Mabel, oder kam Mabel vor Tante Marie, jedenfalls wurden sie ihm genommen. Es war eine bittere Zeit, das kann ich dir sagen, und niemand da außer Benjamin, um sich um alles zu kümmern. Er ist seitdem nie wieder derselbe gewesen. Wenn man ihn heute sieht, würde man nicht glauben, daß er der lustigste Mensch war, der je geatmet hat. Witze, die Witze, die der Mann erzählen konnte, brachten einen vor Lachen zum

Platzen. Aber es ist des Herrn Wille, und ich beklage mich nicht, auch Benjamin nicht. Benjamin äußert nie ein Wort der Klage.«

Priscilla war bereit, das zu glauben. Sie hatte sich oft gefragt, wie es wohl sein mochte, Mr. Vogelsang zum Vater zu haben. Natürlich würde sie um nichts in der Welt ihren Vater tauschen, doch Mr. Vogelsang hatte etwas sehr Besänftigendes und Vertrauenerweckendes an sich.

»Wissen Sie, was?« sagte Priscilla. »Mein Vater meint, wenn wir unseren gegenwärtigen Lebensstandard beibehalten, werden wir bald keine zwei Centstücke mehr haben, die wir aneinanderreihen können. Er sagt, wir werden die Centstücke umdrehen müssen, so wie Sie.«

Mr. Vogelsang neigte den Kopf bei dieser Huldigung.

»Mutter ist eine schlechte Haushälterin. Wir haben ein Budget, aber Mutter vergißt, Dinge aufzuschreiben. Wissen Sie, wieviel Edna pro Woche bekommt?«

Mr. Vogelsang schüttelte den Kopf.

»Vier Dollar und fünfzig Cent, bei freier Unterkunft und Verpflegung, wie viel das ist! Vater sagt, sie soll sich lieber beeilen und heiraten, oder wir landen noch alle im Armenhaus. Delbert soll ihr heute abend beim Unterhaltungskonzert einen Heiratsantrag machen. Da wird Mutter sicher ein Stein vom Herzen fallen, wegen dem Küssen nach Mitternacht.«

Mr. Vogelsang hustete trocken an diesem Punkt, ein Zeichen von Interesse.

»Küssen, küssen, küssen, das ist alles, was Delbert will«, sagte Priscilla, ziemlich sorglos von ihrer Phantasie Gebrauch machend. »Vater meint, es sei verdammt schwer für

Edna, auf dem rechten Weg zu bleiben. Ich bin gestern ein- oder zweimal davon abgekommen, aber heute habe ich nichts getan, weswegen ich Gott nicht in die Augen sehen könnte.«

Tugendhaft blickte Priscilla Gott, der vorübergehend auf Mr. Vogelsangs mit blauen Perlen verzierter Stehlampe hockte, eine ganze Sekunde lang direkt in die Augen.

»Drehen Sie wirklich Centstücke um, Mr. Vogelsang?«

Mr. Vogelsang nahm zwei Centstücke aus seiner Tasche, drehte sie einmal um und steckte sie wieder weg.

»Das könnte ich auch, das ist leicht«, sagte Priscilla. »Leider habe ich im Moment keine Centstücke. Mein Taschengeld ist erst am Mittwoch fällig, und ich schulde Becky siebzehn Cent. Es ist gräßlich, Geld zu schulden. Becky tut das nie. Mein Vater sagt, Becky ist wie Sie. Was ist ein Geizkragen, Mr. Vogelsang?«

Mr. Vogelsang holte die beiden Centstücke wieder hervor und drehte sie um, wobei er diesmal ein ganz gemeines Gesicht machte. Priscilla lachte herzhaft, weil Mr. Vogelsang nicht gemein aussehen konnte, nicht einmal, wenn er es versuchte. Er hatte ein eigenartiges, aber wirklich nettes Gesicht, so ein nettes Gesicht, daß Priscilla beschloß, ihn mit einer vertraulichen Information über das Kohlengeschäft zu belohnen. Das Geschäft ging schlecht, wegen des milden Winters und weil die Leute ihre Rechnungen nicht bezahlten. Mr. Barton hatte eine solch hohe Rechnung offen, daß Vater sagte, er würde ihm keinen Brocken Kohle geben, und wenn er sich totfröre. Erst Mutter brachte ihn dazu.

»Mutter ist der Boß in unserem Haus. Wer ist der Boß in Ihrem Haus?«

Mr. Vogelsang wies zur Decke.

»Oh«, sagte Priscilla nachdenklich. »Warum sind Sie nicht fest? Mein Vater wird manchmal fest und brüllt. Vielleicht hören Sie ihn manchmal?«

Mr. Vogelsang nickte ganz, ganz schwach, was bedeutete, daß er Vater tatsächlich hin und wieder hörte, aber zu sehr Gentleman war, um zu lauschen.

»Mutter sagt, wenn wir mal ein anderes Haus haben, muß es schalldicht sein, weil Vater und Großpapa so viel schreien und ich so laut bin. Becky ist genauso laut wie ich, aber ich bin natürlich immer diejenige, die dafür verantwortlich gemacht wird. Manche Leute werden für alles verantwortlich gemacht und manche nicht. Ich zum Beispiel für alles.« Priscilla hielt einen Augenblick inne bei dieser bitteren Tatsache. »Ganz gleich, was passiert, ob etwas kaputtgeht oder zerrissen wird oder fehlt oder wenn es irgendwo schlecht riecht oder so, die erste, an die sie denken, bin ich. Man könnte meinen, ich sei eine Verbrecherin, so wie ich in diesem Haus behandelt werde. Eines Tages wird ihnen das noch leid tun. Eines Tages werden sie aufwachen, und ich bin weg. Abwesenheit steigert die Zuneigung.«

›Wie wahr, wie wahr‹, sagte Mr. Vogelsang schweigend.

»Außer bei Lilybelle«, fügte Priscilla hinzu. »Meine Zuneigung für Lilybelle würde nicht größer, wenn ich sie eine Milliarde Jahre nicht sehen würde. Haben Sie jemals darüber nachgedacht, wie lang eine Milliarde Jahre sind? Ich schon, besonders nachts. Ich denke an ›ewig‹. Ich sage, für immer und ewig und ewig und ewig und ewig und ewig und ewig, und ich bekomme ein Gefühl dafür. Meine Güte, es ist eine lange Zeit, selbst wenn man im Himmel ist. Glauben Sie, ich komme in den Himmel, wenn ich sterbe?«

›Oh, gewiß. Oh, meine Güte, ja!‹

»Ich glaube auch. Ich mache mir keine Sorgen. Mann, wenn ich manche Leute wäre, würde ich mir Sorgen machen. Mrs. Abel zum Beispiel. Mrs. Abel ist auf dem Weg zur Hölle, so sicher, wie Gott kleine grüne Äpfel geschaffen hat.«

Wenn etwas sicher war, dann das, stimmte Mr. Vogelsang insgeheim zu.

»Da wir vorhin vom rechten Weg sprachen, Mrs. Abel bleibt nicht darauf, und deshalb schickt Gott ihr keine Babies, mit oder ohne Küssen. Ich wette, Edna und Delbert werden eine Menge Babies haben, bestimmt drei oder vier im Jahr. Ich könnte sie manchmal besuchen und mich um sie kümmern, denn ich bin ja Pfadfinderin. Wir sollen jeden Tag eine gute Tat tun. Gewöhnlich bringe ich alle meine guten Taten zu Beginn des Monats hinter mich, dann brauche ich nicht mehr daran zu denken. Becky ist ein ›Wichtel‹. Waren Sie jemals Pfadfinder?«

Im Nu hatte Mr. Vogelsang seine Krawatte ausgezogen und einen Henkersknoten gebunden.

»Donnerwetter«, sagte Priscilla, und als Antwort auf Mr. Vogelsangs Darbietung legte sie die Krawatte um ihren eigenen Hals und imitierte überzeugend eine Mörderin, die am Galgen stirbt. Ihre Arme hingen schlaff herab, die Zunge trat hervor, und der Kopf war zu einer Seite geknickt wie bei den hängenden Gestalten in manchen von Pauls verbotenen Heftchen.

»*Uchum, uchum*«, ächzte die Mörderin, um Luft ringend, ohne daß sie welche bekam. *Schnapp*, der Henker schnitt das Seil durch, und *plumps* fiel die Mörderin mausetot zu Boden.

Mr. Vogelsang klatschte kräftig. Freudetrunken machte Priscilla zwei Brücken und imitierte eine sich an den Vorsprung des Wäscheschachts klammernde Lilybelle. Dann gab Mr. Vogelsang mit einem taktvollen Blick auf die Uhr zu verstehen, daß es Zeit für Priscilla sei, nach Hause zu gehen.

»Tja, ich glaube, ich gehe jetzt lieber«, sagte sie widerstrebend. »Es ist beinahe sechs Uhr. Wir haben früh gegessen wegen Ednas Verabredung.« Mit zögernden Schritten näherte sie sich der Tür. »Dann gehe ich jetzt wohl. Weil wir so früh gegessen haben, bin ich schon wieder hungrig.«

Mr. Vogelsang drängte sie, noch zwei Kandiszucker zu nehmen, lächelte, band seine Krawatte wieder um und öffnete sehr galant die Haustür für sie.

»Nun, ich gehe jetzt besser«, sagte Priscilla. »Danke für den Kandiszucker, und ich hoffe, daß Sie von den Dillgurken nicht krank werden und sterben.«

Mit diesem freundlichen Gedanken brach Priscilla auf. Sie war in gehobener Stimmung nach ihrer Unterhaltung mit Mr. Vogelsang und hüpfte glücklich durch den Garten, ein sozialer Erfolg, eine gute Erzählerin, Schauspielerin, Akrobatin und eine Frau von Welt.

»Wo zum Teufel bist du die ganze Zeit gewesen?« wollte Vater wissen.

»Nur drüben bei Mr. Vogelsang, wir haben uns unterhalten.«

Vater warf ihr einen Blick zu, der sie bis ins Mark erschauern ließ. »Worüber?«

»Och, nichts Besonderes. Über dies und das.«

»Was zum Beispiel?«

»Das würde dich doch nicht interessieren«, sagte Priscilla und begab sich auf den Dachboden, wo sie, von Mr. Vogelsang inspiriert, ihr Gedicht über den Tod beendete. Sie hatte Schwierigkeiten, sich auf ihre Arbeit zu konzentrieren, weil Onkel Bruce und die drei Jungen laut diskutierten und die Hafermehlschachtel schüttelten, um ihr Musik zu entlocken. Aber Priscilla hatte nicht nur ihre vielen Konzentrationstests, sondern auch ebenso viele Tests für Willenskraft, Selbstbeherrschung, Charakterstärke, Geistesgegenwart und wahre Liebe bestanden, so daß sie um Viertel vor sieben mit dem Gedicht fertig war und es in ihr Tagebuch abschreiben konnte. Und außerdem war es Zeit, Großtante Louise zur Kirche zu fahren.

Tante Louises zweites Gehör

Großtante Louise war Großpapas Schwester, obwohl sie vierzehn Jahre älter als Großpapa war und praktisch einer anderen Generation angehörte. Ungeachtet ihrer Verwandten, ihres schlechten Beins, ihres Alters und einer gewissen Schwerhörigkeit lebte Tante Louise allein in einem gelben Backsteinhaus am Ende der Woodlawn Avenue.

Priscilla mochte Tante Louise nicht, weil diese die Angewohnheit hatte, den nächstbesten Arm oder das nächste erreichbare Knie zu kneifen, wenn sie eine Ansicht, die sie zufällig äußerte, unterstreichen wollte. Zum Ausgleich für das Kneifen besaß Tante Louise jedoch eine echte Attraktion: ein Hörrohr. Das Hörrohr hatte eine gewisse Ähnlichkeit mit Pauls altem Pfadfinderhorn, doch es diente einem nützlicheren Zweck. Vermittels des Hörrohrs verfügte Tante Louise über die göttliche Macht, die Wände ihrer privaten Welt niedriger oder höher zu machen. Wenn sie es vorzog, ihre Umgebung zu ignorieren, legte sie sich das Hörrohr auf die Knie und saß mit geschlossenen Augen da. Befand sie eine Unterhaltung jedoch für hörenswert, hob sie das Rohr hoch, schob das eine Ende in ihr Ohr und wies den Redenden an, deutlich, leise und so kurz wie möglich in das andere Ende zu sprechen.

Niemand wußte genau, wie schwerhörig Tante Louise war. Großpapa behauptete, sie sei überhaupt nicht schwerhörig und benutze das Rohr lediglich, um sich Langweiler vom Leib zu halten. Es bestand kein Zweifel, daß Tante Louise ihr Hörrohr mit Raffinesse handhabe, vor allem in der Kirche. Wenn die Predigt zu lang und zu langweilig wurde, legte sie es mit Nachdruck auf die Kirchenbank oder ließ es einfach zu Boden fallen. Da das Hörrohr sehr groß und aus Metall war, schuf dies eine angenehme Ablenkung. Tante Louise war schlau genug, die Vorstellung nicht mehr als ein halbes Dutzend Male während des Gottesdienstes zu wiederholen, weshalb nicht endgültig zu beweisen war, daß sie es mit Absicht tat, und nur ein paar Zyniker wie Großpapa und Vater und der Pastor selbst hatten gleichwohl diesen Verdacht.

Trotz der Tatsache, daß sie ihr Hörrohr der Vorsehung sozusagen ins Gesicht schleuderte, hatte Tante Louise das zweite Gesicht erworben. Jeder hielt es für ein unverdientes Wunder, außer Mutter. Mutter sagte, Tante Louise sei eine liebe, alte Seele, einsam und vernachlässigt, und das wenigste, was der Herr tun könne, sei, ihr das zweite Gesicht zu geben, und das wenigste, was Vater tun könne, sei, sie jeden Sonntagabend zur Kirche zu fahren. Becky und Priscilla freuten sich die ganze Woche auf diese Fahrten, weil Tante Louise ihnen erlaubte, mit dem Hörrohr zu spielen, vorausgesetzt, sie versprachen, es nicht vollzuspucken. Tante Louise konnte ein vollgespucktes Hörrohr nicht ausstehen.

Tante Louise war bereit und wartete auf ihrer vorderen Veranda, als das Auto vorfuhr. Sie hatte ihr Gesangbuch bei sich, einen Schirm, das Hörrohr, einen extra Schal und ihre Brille für den Fall, daß Gott sich als jemand herausstellte, der ein Geschenk zurückverlangte, was Tante Louise nicht im geringsten verwundert hätte. Sie trug ein schwarzes Seidentuch, zwei wollene Umhängetücher, eine schwarze Haube und ein Bibercape, das ihr bis auf die Stiefelschäfte reichte. Es war ein guter Tag für ihr Bein gewesen, und sie schritt energisch zum Auto, ließ sich auf dem Rücksitz nieder und reichte Becky automatisch das Hörrohr. Becky steckte sich das Rohr ins Ohr, und Priscilla kicherte hinein.

»Kinder sind albern«, bemerkte Tante Louise gleichgültig. »Hatte selbst sechs, alle albern. Noch heute.«

»Hört auf, Mädchen«, sagte Mutter. »Seid jetzt still. Ihr wißt, wie Tante…«

»Dachte immer, sie würden vernünftig, wurde aber enttäuscht«, fuhr Tante Louise fort.

»Ein wunderschöner Abend, nicht wahr?« sagte Mutter, um einer weiteren Debatte über Tante Louises Kinder, einem ziemlich hoffnungslosen Thema, zuvorzukommen. »Es ist ein milder Frühling.«

»Bin eigentlich mein ganzes Leben lang immer wieder enttäuscht worden. Nehm ich 'n Schirm mit, regnet's nicht. Nehm ich keinen mit, regnet's.«

»Ich glaube nicht, daß es regnen wird. Was meinst du, Frederick?«

»Nein«, antwortete Vater.

»Regnete gestern«, sagte Tante Louise mit triumphierender Miene. »Hatte meinen Schirm nicht. Ging nicht raus. Aber wär ich gegangen, hätt ich meinen Schirm nicht gehabt.«

»Wie bitte?« meinte Vater etwas verwirrt.

»Nee, nee«, sagte Tante Louise.

Mutter versetzte Vater einen heftigen Rippenstoß. »Oh, ja, ja«, rief Vater, der den Wink verstand. »Himmeldonnerwetter, du hast recht.«

Nachdem sie ihre Meinung erfolgreich an den Mann gebracht hatte, ließ Tante Louise sich in den Sitz zurücksinken, um die Fahrt zu genießen.

Tante Louise hatte zwei Besitztümer, die Priscilla begehrte. Das weniger begehrte war das Bibercape, ein Kleidungsstück, das dem Besuch-Spiel einen Anschein von Luxus und Raffinesse verleihen würde. Königlich in das Cape gehüllt und die blonde Perücke der Engelpuppenlampe auf dem Kopf, hätte Priscilla leicht ein Opernstar aus Paris sein können (der sich nach dem tragischen Verlust seiner goldenen Stimme in die Woodlawn Avenue zurückgezogen hatte). Mit diesem Bild ihrer selbst vor Augen, hatte Priscilla bei zwei Gelegenheiten versucht, sich das Bibercape auszuleihen, aber Tante Louise hatte sich geweigert, das Hörrohr ins Ohr zu stecken, und die Bitten waren umsonst.

Das Bibercape, wenngleich sehr begehrenswert, war doch nicht annähernd so außergewöhnlich und einzigartig wie das Hörrohr. Jeder, der das Geld hatte, konnte hingehen und sich ein Bibercape kaufen, aber das Hörrohr war ein Erbstück. Niemand in der ganzen Stadt besaß etwas Ähnliches. Es war ziemlich wahrscheinlich, daß Tante Louise, die über achtzig war, bald von ihrem Schöpfer an einen Ort berufen würde, an dem Hörrohre überflüssig waren. Doch unterdessen verflogen Priscillas goldene

Stunden, und sie besaß keinen einzigen Gegenstand, der es mit Isobel Bannermans lebendigem Babyalligator aus Florida oder mit Lilybelles echten Seidenchiffonsocken aufnehmen konnte.

Priscilla zweifelte nicht daran, daß sie Tante Louise, wäre diese nicht schwerhörig gewesen, durch ihre bloße Sprachgewalt hätte überreden können, ihr das Hörrohr zu leihen, um es in die Schule mitzunehmen. Doch wenn Tante Louise nicht schwerhörig wäre, bräuchte sie natürlich überhaupt kein Hörrohr. Und wenn Gott, um diesen Gedanken noch einen Schritt weiterzuführen, es für angebracht hielt, Tante Louise das zweite Gesicht zu gewähren, gab es keinen Grund, warum Er ihr nicht auch das zweite Gehör gewähren sollte, besonders, wenn man Seinem Gedächtnis mit Gebeten nachhalf.

Priscilla trug Becky diesen Gedanken durch das Hörrohr vor.

Becky war skeptisch. Sie stellte oft die Macht des Gebets auf die Probe, indem sie um kleine Dinge wie Zehn- und Fünfundzwanzigcentstücke und Freikarten fürs Kino bat. Da diese Bitten gewöhnlich keine Erfüllung fanden, war es äußerst zweifelhaft, ob ein großer Wunsch, wie Tante Louises zweites Gehör, bewilligt würde.

»Er würde mich nie erhören«, sagte Becky traurig. »Das tut Er nie.«

»Das kommt, weil du nicht richtig betest«, stellte Priscilla fest. »Du kannst dabei nicht warm und gemütlich im Bett liegen. Du mußt dich auf den nackten Boden auf deine nackten Knie werfen und inständig bitten.«

Becky war gekränkt ob dieser Ungerechtigkeit. Erstens

besaß ihr Zimmer keinen nackten Fußboden, er war mit einem Teppich bedeckt. Und zweitens hatte sie in allen möglichen unbequemen Positionen gebetet, einmal sogar auf dem Kopf stehend für ein Partykleid aus rotem Satin, das sich einen Monat später als blau und aus Crêpe de Chine entpuppt hatte.

»Ich bitte so inständig«, murmelte sie. »Ich bitte und bitte.«

»Na schön, wenn wir beide bitten, und das richtig in der Kirche, müßte eigentlich etwas geschehen.«

Sie kamen überein, daß Becky hundertmal, mit kurzen Unterbrechungen, während des Gottesdienstes bitten sollte. Um absolut sicherzugehen, daß nicht gemogelt wurde, sollte sie mitzählen und bei jeder Bitte eine Seite im Gesangbuch umblättern. Da in der Methodistenkirche niemand auf den Knien betete, war die für ein erfolgreiches Beten notwendige Unbequemlichkeit ein Problem.

»Die Sitze sind unbequem genug, schätze ich«, sagte Becky, die in solchen Dingen Realistin war. »Sie sind unbequem für meinen Popo.«

Unbequemes Sitzen, wenn auch ein oder zwei Stufen unter unbequemem Knien, war immerhin ein Schritt in die richtige Richtung. Gott würde schon selbst erraten können, daß Priscilla für Tante Louises zweites Gehör freudig auf rostigen Nägeln knien würde.

»Gute Frau«, sagte Tante Louise plötzlich. »Gute Frau.«

Mutter drehte sich mit einem selbstbewußten Lächeln zu ihr um, da sie natürlich annahm, daß Tante Louise ihr ein Kompliment machte. Nach mehreren Minuten konfusen Hin-und-Her-Rufens stellte sich heraus, daß Tante

Louise überhaupt nicht Mutter meinte, sondern sich nur daran erinnerte, daß sie selbst dem verstorbenen Mr. Mac-Gregor eine gute Frau gewesen sei, der manchmal ein Gentleman, manchmal ein Scheusal und manchmal mittelmäßig gewesen war.

»Gentleman, manchmal«, wiederholte Tante Louise. »Scheusal, manchmal. Mittelmäßig, manchmal.«

Vater hatte immer Schwierigkeiten, Tante Louises abgekürzte Reden zu verstehen, deshalb übersetzte Mutter hastig für ihn. »Sie meint, er war gewöhnlich.«

»Wer?« fragte Vater.

»Mr. MacGregor.«

»Oh.«

»Ihr Mann.«

»Aha.«

»Überhaupt nicht gewöhnlich«, unterbrach Tante Louise. »Mittelmäßig, manchmal.«

»Das meinte ich ja«, sagte Mutter. »*Gelegentlich* war er gewöhnlich.«

»Nicht dasselbe.«

»Nein, natürlich nicht. Ich meinte nur… Mädchen, um Himmels willen, gebt Tante Louise dieses Hörrohr zurück. Ich will es erklären.«

Tante Louise nahm das Hörrohr und steckte es sich ins Ohr. Mutter lehnte sich weit über den Vordersitz und erklärte ins Hörrohr, daß sie gemeint habe, Mr. MacGregor sei *manchmal mittelmäßig* gewesen.

Inzwischen hatte Tante Louise jedoch alles Interesse an Mr. MacGregor verloren, da sie entdeckt hatte, daß ihr Hörrohr voller Spucke war. Sie kniff Priscilla blitzschnell in den linken Ellbogen und ermahnte sie, nicht zu spucken, denn eine Dame sollte niemals spucken.

»Außer bei TB«, fügte sie fairerweise hinzu.

»Was?« fragte Vater mit einem gereizten Knurren, das immer ankündigte, daß er die Geduld verlor. »Was hat sie gesagt?«

Mutter übersetzte wieder. »Damen sollten niemals spucken, es sei denn, sie hätten Tuberkulose.«

»Oh, Gott«, sagte Vater und öffnete die Auspuffklappe am Motor, um alle zu übertönen.

Tante Louise beugte sich mit offenem Mund vor, um wie ein begieriger Jagdhund den frischen Wind zu erhaschen. Sie liebte Autos, besonders offene Tourenwagen wie Vaters Oldsmobile. Als Mr. MacGregor noch lebte, hatte er einen elektrischen Brougham besessen. Der Brougham war einem würdigen und gesetzten Mann wie Mr. MacGregor angemessen gewesen, aber nicht seiner Frau. Er fuhr nicht schnell genug und machte nicht genug Lärm. Tatsächlich hatte er nicht mehr Vorzüge als ein Pferd oder eine Kutsche, abgesehen von seiner Sauberkeit. Tante Louise war jetzt zu alt zum Träumen, aber sie hatte trotzdem einen Traum. Nämlich, in einem Tourenwagen mit offener Auspuffklappe die Main Street hinauf und hinunter zu rasen, die Fußgänger aufzuscheuchen und aus Leibeskräften fröhlich zu brüllen. Tante Louises Leben war zu ruhig und zu ordentlich gewesen, und was sie sich nun wünschte, bevor sie starb, war viel Lärm und Durcheinander.

›Heija! Hurra, hurra!‹ jubelte Tante Louise innerlich. ›Hoppla! Aus dem Weg!‹

Um alle Bedingungen des Traums zu erfüllen, müßte

einer der Fußgänger der verstorbene Mr. MacGregor sein.
Tante Louise wollte ihn nicht überfahren, aber sie würde
ihren Kopf aus dem Auto strecken und ihm eine lange
Nase machen, in lustiger, freundlicher Weise, nicht böse
gemeint. Ein Luftgewehr wäre auch nicht schlecht, dachte
sie. Nur ein kleines Luftgewehr, nicht böse gemeint. ›Peng,
peng. Haha, habe ihn am Bein erwischt, peng.‹

Tante Louise lenkte Priscillas Aufmerksamkeit auf sich,
indem sie ihr mit dem Hörrohr aufs Knie klopfte und heiser flüsterte: »Hast du 'n Luftgewehr?«

Priscilla, mitten in ihrer siebten Bitte an den Allmächtigen unterbrochen, war von der Frage ziemlich überrascht.

»Ein was?«

»Ein Luftgewehr.«

»Nein.«

»Ich auch nicht«, sagte Tante Louise. »Ich auch nicht.«

»Ich auch nicht«, gestand Becky.

»Was hat sie gesagt?« schrie Vater.

»Nichts, mein Lieber«, sagte Mutter mit verzweifelter
Fröhlichkeit. »Gar nichts. Es ging nur um ein Gewehr.«

»Gewehr?« wiederholte Vater. »Was will sie mit einem
Gewehr?«

»Ich weiß nicht.«

»Ich habe kein Gewehr!«

»Das weiß ich, mein Lieber, ich…«

»Ich auch nicht«, sagte Becky sanft.

Als sie bei der Methodistenkirche ankamen, spielte bereits die Orgel. Priscilla, die ein plötzliches Unbehagen
verspürte, umklammerte Beckys Hand, während sie durch
den Gang schritten. Dies würde einer der großen Augen

blicke ihres Lebens werden, der Gebetstest. Andere Tests hatte sie spielend bestanden, aber der Gebetstest bedeutete eine Einmischung in Gottes Willen (ebenso wie in Tante Louises Gehör), und Priscilla hatte naturgemäß ein wenig Angst. So gut wie alles konnte geschehen. Vielleicht erhielt Tante Louise nach sechzig oder fünfundsechzig Bitten ihr Hörvermögen wieder und stand auf und schrie: »Ich kann hören! Ich kann hören!« Das brächte Vater in Verlegenheit, der eine Erklärung verlangen würde, was wiederum Priscilla in Verlegenheit brächte. Schlimmstenfalls wäre Gott zornig und würde sich nicht nur weigern, Tante Louise das zweite Gehör zu geben, sondern ihr auch noch das zweite Gesicht wegnehmen.

In dieser heiligen Umgebung erschien der Plan mit Tante Louises Gehör viel zu ehrgeizig. Während des ersten Liedes flüsterte Priscilla Becky zu: »Vielleicht sollten wir mit etwas Leichterem anfangen und uns langsam steigern. Vielleicht sollten wir das Gebet allmählich testen.«

Becky, die bereits fünf Seiten des Gesangbuchs hinter sich gebracht hatte, zögerte natürlich, zurückzublättern und wieder ganz von vorn anzufangen.

Priscilla insistierte. »Wir sollten fair sein. Ich meine, wir sollten uns etwas aussuchen, was irgendwie möglich ist, zum Beispiel Vater zum Gähnen zu bringen.«

Das schien ein so hübsch aussichtsreicher Gebetsgegenstand zu sein, daß Becky sofort anfing. Sie mußte jedoch eine der Regeln brechen und mit offenen Augen beten, damit sie Vaters unbewußten Willenskampf mit dem Allmächtigen beobachten konnte. Für den Fall, daß Beckys Aufmerksamkeit abschweifte, wie es manchmal geschah, beobachtete Priscilla ebenfalls. Das hatte die unerwartete Folge, daß Vater aufmerksam wurde.

»Was, zum Teufel, gibt's da zu starren, Allie?« fragte Vater.

»Sing, Frederick, sing«, sagte Mutter.

Vater sang die letzte Strophe, aber er war nicht mit dem Herzen dabei. Immer wieder warf er den beiden Mädchen durchdringende Blicke zu, und als das Lied zu Ende war, fragte er Mutter ziemlich ärgerlich: »Ist irgend etwas mit meinem Gesicht los?«

»Ich glaube nicht«, erwiderte Mutter.

Vater hob seine Hand an den Mund und gähnte ein kleines, diskretes Gähnen. Es war kein überwältigender Sieg, aber es war ein Zeichen.

»Oh, du meine Güte«, flüsterte Becky. Beckys Glaube brauchte ein wenig Stärkung nach all den Zehn- und Fünfundzwanzigcentstücken und Freikarten, die sich nie sehen ließen. Doch als Vater ein zweites Mal gähnte, begann sie sofort mit Tante Louise.

Tante Louise, die mit einsatzbereitem Hörrohr ihren Hals zur Kanzel hin reckte, war sich ihrer Fürsprecher nicht bewußt. Hin und wieder bekam sie ein Wort des Pastors mit. Langweilig. Der Pastor war ein langweiliger Mann, und die Methodistenkirche war eine langweilige Kirche. Unwillkürlich ließ Tante Louise das Hörrohr fallen. Sie war eine alte, alte Dame, und manchmal entglitt etwas ihrer Hand.

Priscilla, halb damit rechnend, daß dies der Augenblick war, in dem Tante Louise »Ich kann hören!« ausrufen würde, zuckte nervös zusammen. Tante Louise tat nichts dergleichen. Sie saß einfach nur lächelnd da, während Vater das Hörrohr unter der Kirchenbank hervorholte.

»Hör auf, die Seiten von dem Gesangbuch umzublättern«, flüsterte Mutter Becky zu.

»Das muß ich aber«, sagte Becky.

»Du mußt es nicht jetzt tun.«

»Doch, ich muß es genau jetzt tun.«

Mutters Argwohn war geweckt. »Was führt ihr beide im Schilde?«

»Beten«, antwortete Becky. »Wir beten und beten.«

»Wofür?«

»Zuerst haben wir gebetet, daß Vater gähnt, und jetzt beten wir für das Hörrohr.«

»Tun wir nicht«, unterbrach Priscilla. »Nicht wirklich. Wir beten für Tante Louises zweites Gehör, um sie damit zu veranlassen, daß sie uns das Hörrohr schenkt.«

Mutter reagierte barsch. »Das ist ein Sakrileg, und außerdem gibt es so etwas wie ein zweites Gehör nicht.«

»Vielleicht doch«, meinte Priscilla und spürte, daß ihr Glaube sich auflöste wie Zucker in Limonade. »Nur dieses eine Mal.«

»Jedenfalls würde sie euch das Hörrohr nicht geben. Sie trägt noch die ganze Zeit ihre Brille mit sich herum, obwohl sie das zweite Gesicht hat.«

Langsam wandte Priscilla den Kopf, und da, genau auf Tante Louises Schoß, lag ihre Brille, zweites Gesicht hin, zweites Gesicht her.

»Oh, Scheibe«, sagte Priscilla und sprach das letzte Gebet des Abends. »Lieber Gott, vergiß die ganze Sache einfach. Amen.«

So viele Volt

Tante Louise zur Kirche mitzunehmen war sehr anstrengend für Mutter, und als sie nach Hause kam und auf dem Dachboden noch Licht brennen sah, war sie ziemlich erbost. Mutter war der Meinung, daß jemand, der ein Radio zu bauen versuchte, mit Dingen spielte, die zu geheimnisvoll waren, als daß man mit ihnen spielen sollte. Elektrizität machte Mutter jedenfalls nervös. Sie hatte die Vorstellung, daß die elektrischen Geräte im Haus irgendwelche Strahlen aus der Atmosphäre anzögen, und jedesmal, wenn sie auch nur ihre Brennschere anschloß, erwartete sie halb, daß das Schlafzimmer in die Luft fliegen würde.

Sobald sie das Haus betrat, ging sie geradewegs zur Tür des Wäscheschachts, um den Jungen und Onkel Bruce zuzubrüllen, sie sollten sofort herunterkommen. Daß die Tür des Schachts zugenagelt war, regte Mutter noch mehr auf. Sie schickte Priscilla, mit einer eindrucksvollen Drohung bewaffnet, auf den Dachboden.

Die Ereignisse auf dem Dachboden waren an einen Höhepunkt gelangt. Diesmal hatte Onkel Bruce sein gütiges Taktgefühl zu weit getrieben. Damit die Jungen sich besser fühlten, hatte er unklugerweise behauptet, er habe Musik aus der Hafermehlschachtel kommen hören.

Der Kopfhörer wurde Onkel Bruce vom Kopf gerissen und hastig von einem Jungen zum nächsten gereicht. Niemand hörte etwas außer einem schwachen Knistern.

»Du machst Witze«, sagte Willie.

»Ich habe Musik gehört«, behauptete Onkel Bruce weiter. »Keine laute Musik und nicht sehr klar, aber Musik. Genauer gesagt, ein paar Takte aus der Ouvertüre zu *Wilhelm Tell.*«

Onkel Bruce pfiff ein paar Takte aus der Ouvertüre zu *Wilhelm Tell,* um es zu beweisen. Die Jungen betrachteten ihn mit einer Mischung aus Neid und Unglauben.

»Du machst Witze«, sagte Willie.

»Wenn du Musik hören kannst«, sagte Paul, »warum hören wir sie dann nicht?«

»Vielleicht sind meine Ohren besser darauf eingestellt«, antwortete Onkel Bruce. »Ich habe eine Menge Hafermehl in meinem Leben gegessen.«

»Seht ihr, ich hab's ja gewußt«, sagte Willie. »Er macht Witze. Warum gibst du es nicht zu? Na los, gib's zu.«

»Ich geb's zu«, sagte Onkel Bruce fröhlich.

»Seht ihr, ich hab's ja gewußt. Er denkt, man kann über alles Witze machen.«

Es gab auf dem Dachboden viel Unmut, der sich gleichermaßen gegen die Hafermehlschachtel wie gegen Onkel Bruce richtete.

»Zu behaupten, daß man etwas hören kann, was man gar nicht hört, ist dasselbe wie Lügen«, murrte Jim.

»Es ist Lügen«, gab Onkel Bruce zu.

»Also, ich kann nur sagen, daß du uns ein sehr schlechtes Beispiel gibst. Mann, es würde mich nicht wundern, wenn aus uns die größten Lügner der Welt würden. Und das wäre allein deine Schuld.«

»Hoffen wir das Beste«, sagte Onkel Bruce feierlich.

Priscilla erschien oben an der Treppe und verkündete, Mutter wolle, wenn nicht alle sofort herunterkämen, sämtliche Sicherungen aus dem Sicherungskasten entfernen, was die Anwesenden auf dem dunklen Dachboden von der Außenwelt abschneiden und sie selbst höchstwahrscheinlich durch Volt hinrichten würde.

»Das waren ihre genauen Worte«, fügte Priscilla hinzu.

»Das kann ich mir vorstellen«, meinte Onkel Bruce, der an Mutters umständliche Argumentation gewöhnt war. »Kommt, Jungs. Und bringt die – äh, Musikbox mit.«

»Manche Leute finden manche Dinge schrecklich komisch«, sagte Willie und hob liebevoll die Hafermehlschachtel hoch, während Paul die Drähte von den Bettfedern löste. »Manche sehen in dem Lebenswerk anderer Leute nichts als einen Gegenstand für ihre Scherze.«

Jim wurde noch ausführlicher. »Früher habe ich immer mit meinem Vater geprahlt und gesagt, daß er das Lebenswerk anderer Leute respektiere, aber jetzt nicht mehr. Von nun an werde ich einfach den Mund halten.«

»Worüber willst du den Mund halten?« fragte Priscilla. Das war eine ungeschickte Äußerung, denn sie hatte zur Folge, daß Priscilla die Feindseligkeit auf sich selber lenkte. Sie wurde darauf hingewiesen, daß sie nur ein Mädchen sei, sie solle sich um ihre eigenen Angelegenheiten kümmern, sie sei erst elf, sie sollte schon im Bett sein, und sie solle lernen, den Mund zu halten, und ihre dumme Nase nicht in wichtige Dinge stecken, die sie nichts angingen.

»Komm, Priscilla, die Jungen haben schlechte Laune«, sagte Onkel Bruce und ging die Treppe nach unten voraus, ein paar Takte aus der Ouvertüre zu *Wilhelm Tell* pfeifend.

Priscilla hatte oft beobachtet, daß schlechte Laune ansteckend war. Sie hatte sich rasch auf dem ganzen Dachboden verbreitet, und unten hatte Vater sich bereits bei Mutter angesteckt. Er befahl Paul, das verdammte Ding in die Garage zu bringen, wo es hingehöre, und er befahl den Mädchen, sofort ins Bett zu gehen.

»Sofort, hört ihr?« sagte Vater. »Ohne lange Debatten oder Erklärungen und ohne irgendwelche Wassergetränke oder Erdnußbutterbrote. Selbst wenn ihr beide vor Hunger und Durst am Sterben seid, geht auf alle Fälle ins Bett. Gute Nacht.«

Becky hatte nichts dagegen, ins Bett zu gehen. Das viele Beten und Zählen der Seiten im Gesangbuch hatte ihre Energien erschöpft, und außerdem besaß sie einen bescheidenen Vorrat an Erdnußkrokant, verborgen in ihrer Bademanteltasche. Das Erdnußkrokant war nicht mehr frisch und mit einem rosa Flaum vom Bademantel bedeckt, aber es war ganz leicht, so zu tun, als ob dieser Flaum, wie der Flaum von Pfirsichen, natürlich und daher eßbar wäre.

Becky ging nach oben zu ihrem Erdnußkrokant, aber Priscilla trödelte. Ihr leerer Magen war ihr erst bewußt geworden, als Vater ihn erwähnte, doch nun schien es, als sei die Leere so groß, daß nur ein paar Scheiben Brot mit Butter und braunem Zucker obendrauf sie füllen könnten.

»Wenn ich nun wirklich vor Hunger stürbe, würde es dir leid tun«, murmelte sie düster. »Der Richter würde eine Untersuchung einleiten.«

»Wie, zum Teufel, kommst du auf solche Ideen?« fragte Vater.

»Bücher«, antwortete Priscilla. Pauls verbotene Heftchen konnte man getrost Bücher nennen, aber das Thema war riskant. Vater war der Meinung, daß seine Kinder nur geistvolle und anregende Geschichten wie *Lagerfeuer* oder *Heidi* oder Bücher von Horatio Alger lesen sollten, und die unter Pauls Matratze verborgenen Werwölfe und Leopardenmenschen und zerstückelten Leichen hätte er entschieden mißbilligt. Paul studierte diese Heftchen sehr genau, da er vorhatte, Detektiv zu werden, und dazu Elektroingenieur, wenn er älter war, doch Priscilla hatte ein unpersönlicheres Interesse an ihnen. Leopardenmenschen führten ein aufregenderes Leben als Vater oder Mr. Vogelsang oder Onkel Ed, deshalb war es natürlich, daß es ihr Spaß machte, über sie zu lesen. Heidi war in Ordnung, gut und nett und so weiter, aber eher ein wenig langweilig, wie Lilybelle.

»Welche Art Bücher?« fragte Vater mißtrauisch.

»Bücherei.«

»Ich finde es merkwürdig, daß eine Bücherei wie die unsrige, die einen Ruf zu verteidigen hat, Kindern Bücher aushändigt, in denen Leichenbeschauer und polizeiliche Ermittlungen vorkommen. Was denkst du, Allie?«

Mutter preßte ihre Finger an die Schläfen. »Ich kann nicht denken, ich habe Kopfschmerzen. Das kommt von der Elektrizität überall in der Luft, sie verursacht mir immer Kopfschmerzen.«

»Ich habe auch Kopfschmerzen«, sagte Priscilla munter.

Vater betrachtete sie mitleidlos. »Tatsächlich? Dann geh

auf jeden Fall ins Bett. Das Bett ist der beste Ort für jemanden mit Kopfschmerzen.«

»Gut, ich gehe. Ich dachte nur, ob du vielleicht mein Gedicht über den Tod hören willst, ich habe es fertig, und es ist sehr gut.«

Vater sagte, das einzige, was er im Augenblick hören wolle, seien die Posaunen des Jüngsten Gerichts, und wenn Priscilla wüßte, was gut für sie sei, würde sie wie ein Hase in die Richtung ihres Schlafzimmers laufen.

»Oh, Gott«, murmelte Priscilla. »Nie erhalte ich in diesem Haus Zugeständnisse.«

Ganz langsam ging sie die Treppe hinauf, am Geländer hängend, schwach vor Hunger und todunglücklich darüber, wie sie behandelt wurde – wie Cinderella. Später, wenn sie groß und eine berühmte Schauspielerin, Sängerin, Pianistin wäre, würde sie ihren Namen vielleicht in Cinderella P. J. Wilson ändern, und jeder wäre erstaunt, wie sie trotz aller Benachteiligung von den Tiefen zu den Höhen aufgestiegen war.

Cinderella bewältigte die drei letzten Stufen auf den Knien kriechend und schwache Seufzer ausstoßend. Großpapa war natürlich an schwachen Seufzern interessiert und kam aus seinem Zimmer, um nachzusehen.

»Nun?« sagte er.

Priscilla erklärte kurz, sie könne vor Schwäche nicht mehr gehen, da sie am Rande des Verhungerns sei. »So, wie ich in diesem Haus manchmal behandelt werde, frage ich mich, ob meine Eltern wirklich meine Eltern sind. Vielleicht bin ich ein Stiefkind und einfach in einem Korb auf der Türschwelle ausgesetzt worden. Oder vielleicht hat der

Doktor die Babies verwechselt, und ich bin in Wirklichkeit gar nicht ich selbst, sondern jemand anders.«

»Ganz genau weiß ich es natürlich nicht«, sagte Großpapa. »Aber ich bin ziemlich sicher, daß du du bist.«

»Wie kannst du sicher sein?«

»Nun, du sprichst wie du, und du handelst wie du, und du siehst aus wie du, und alle Anzeichen deuten auf die Tatsache hin, daß du du bist.«

»Trotzdem wäre es irgendwie schön zu entdecken, daß ich in Wirklichkeit königlicher Abstammung bin.«

»Das wäre es zweifellos«, gab Großpapa zu.

Durch einen seltsamen Zufall besaß Großpapa noch zwei Pfefferminzpastetchen, die er aufgehoben hatte, um sie der ersten hungrigen Person von möglicherweise königlicher Abstammung, der er begegnete, zu schenken.

»Danke, Großpapa«, sagte Priscilla.

»Immer sachte mit den jungen Pferden«, mahnte Großpapa. »Wenn du nicht sicher bist, daß du du bist, kannst du auch nicht sicher sein, daß ich dein Großpapa bin. Bis du das endgültig herausgefunden hast, solltest du mich vielleicht Mr. Eaton nennen.«

»Gute Nacht, Mr. Eaton«, kicherte Priscilla.

»Gute Nacht, Miss X.«

Priscilla ging in ihr Zimmer und setzte sich auf die Bettkante, wo sie ihre Pfefferminzplätzchen aß und überlegte, wer sie wohl sei.

Becky war noch wach. Der versteckte Vorrat an Erdnußkrokant war größer gewesen, als sie gedacht hatte, und Becky gehörte nicht zu denen, die sich bei ihrem Vergnügen beeilen.

»Hallo«, sagte Becky. »Ich schlafe nicht.«

»Das weiß ich, Dummchen. Deine Augen sind offen.«

»Mrs. Vogelsang hat beim Schlafen ein Auge offen.«

»Wer hat dir das gesagt?«

»Mrs. Vogelsang hat Mutter erzählt, daß sie beim Schlafen immer ein Auge offen hat.«

»Das hat sie nicht. Das kann sie nicht. Ich habe es oft versucht, und es geht nicht.«

Becky versuchte es auch. Sie schloß ein Auge und hielt das andere mit dem Zeigefinger offen.

»Du siehst eklig aus«, sagte Priscilla mit einem vornehmen Schaudern, wie es sich für jemanden schickte, dessen Vater ein Herzog und dessen Mutter eine Prinzessin war. Der Name der Prinzessin war Lalage Lotus, und sie hatte ein paar Tropfen chinesisches Blut in den Adern, daher die Notwendigkeit, ihre Romanze mit dem englischen Herzog zu verheimlichen und das Baby auf der Türschwelle des Doktors zurückzulassen.

Priscilla ging zum Spiegel und untersuchte ihre Augen auf einen möglichen schrägen Schnitt hin, fand aber keinen. Insgeheim war sie darüber ein wenig erleichtert.

Nachdem sie elf Jahre sie selbst gewesen war, schüchterte das gewaltige Unternehmen, jemand anderes zu werden, sie irgendwie ein. Die Prinzessin und der Herzog glitten still in Vergessenheit, und Becky schlief ein, beide Augen geschlossen.

Obwohl es Viertel vor neun war und Priscilla anfing, sich müde zu fühlen, hatte sie noch eine weitere Methode, den unterbittlichen Augenblick des Schlafs hinauszuzögern.

Schlaf bedeutete für Priscilla völlige Abwesenheit von Aktivität und somit völlige Zeitverschwendung. Hinzu kam, daß, je früher sie schliefe, um so früher Montag wäre und sie wieder zur Schule gehen müßte. Die goldenen Stunden des Wochenendes wären alle vorbei, und sie würde sich durch fünf eintönige Tage schleppen müssen, bevor das nächste Wochenende kam.

Die einzige Möglichkeit, diesen gräßlichen Gedanken zu ertragen, bestand darin, die fünf eintönigen Tage ganz zu vergessen und sich auf das vergangene und das noch kommende Wochenende zu konzentrieren. Das tat sie mit Hilfe ihres Tagebuchs.

Sie zog das Tagebuch unter einem Stapel blauer Gymnastikhosen hervor. Das Deckblatt trug die Inschrift: *Für Priscilla alles Gute zum Geburtstag von Großpapa, Juni 1925.*

> Große Männer zeigen uns,
> Daß man in des Lebens Streit
> Eindrücke kann hinterlassen
> Fußschrittgleich im Sand der Zeit.

Darunter hatte Priscilla eine eigene Eintragung hinzugefügt:

> Wehe dem Räuber Wehe dem Strolch Wehe der Person Die dieses Buch Liest. Damit Bist Du Gemeint! Finger Weg!! Privatbesitz!!

Sie nahm den Bleistift, befeuchtete ihn mit ihrer Zungenspitze und schrieb:

> Sonntag, 7. April: Dinge, die ich heute und gestern erlebt habe:
> 30 Stück Lakritzmischung von Becky erhalten.
> Bestrafung (unfair): durfte nicht ins Kino gehen, weil ich aus Skippers Napf gegessen hatte. Stellte aus Rache alle Uhren zurück, überlegte es mir dann jedoch anders und stellte sie wieder vor.
> Zwei Gedichte geschrieben, beide gut.
> Einen Brief an Mr. Lang geschrieben.

Priscilla hielt inne, um die letzte Eintragung noch einmal zu lesen, und wunderte sich, wie die Zeit verflog und mit ihr die Gedanken. Es kam ihr wenigstens wie ein Jahr vor, seit sie den Brief an Mr. Lang geschrieben hatte, und ihre Gründe, ihm zu schreiben, waren jetzt verschwommen und fern. Priscilla lächelte nachsichtig. Was für ein Kind sie gewesen war, erst gestern noch! Die Zeit flog wirklich dahin und ließ einen in einem Tag oder so erwachsen werden. Obwohl sie sich damals geärgert hatte, war es jetzt beruhigend zu wissen, daß Vater selbst den Brief überprüft und daß sie mit ihrem eigenen Namen unterschrieben hatte und damit im Rahmen des Gesetzes geblieben war. Was das Postskriptum betraf, nun ja, das konnte jedem passieren. Es war lediglich eine kindische Laune, etwas, über das sie jetzt erhaben war.

Priscilla wandte sich wieder ihren Erlebnissen vom Wochenende zu.

Eine halbe Stunde lang Ednas Silberpumps eingelaufen. Edna ist jetzt im Unterhaltungskonzert, um sich den Antrag machen zu lassen.

Habe außerdem ein Zehncentstück von Delbert gewonnen, es aber wegen Gewissenskonflikt wieder zurückgegeben. Ich spiele fair, selbst wenn mir nicht danach ist.

Mein neues Wort: Flittchen. Ich weiß noch nicht, was es bedeutet, werde es aber herausfinden.

Mrs. Abel besucht, die einen schlechten Ruf hat, aber guten Orangenkuchen macht (mit Orangenglasur). Sie bot mir eine goldene Gelegenheit, Freitag abend um sieben Uhr meine Karriere zu beginnen, aber Vater lehnte ab, wegen der jungen Männer, die Mrs. Abel küßt (zu jeder Tageszeit!!!)

Priscilla kaute an ihrem Bleistiftende. Es stimmte zwar, daß Vater bezüglich der Karriere ein Machtwort gesprochen hatte, aber es stimmte auch, daß es bis Freitag abend noch fünf Tage, einhundertzwanzig Stunden, waren. In Anbetracht des flüchtigen Charakters der Zeit – und wieviel konnte in hundertzwanzig Stunden passieren! – spürte Priscilla, wie ihre Stimmung sich hob. Angenommen zum Beispiel, daß alle jungen Männer, die Mrs. Abel küßte, sich als ihre Vettern entpuppten. Jim oder Willie oder Lilybelle zu küssen, entsprach nicht Priscillas Vorstellung von Vergnügen, aber es war ja möglich, daß Mrs. Abel ganz anders war und es ihr Spaß machte, ihre Vettern zu küssen. Es würde gewiß nicht schaden, sie taktvoll zu fragen, ob all die jungen Männer Vettern von ihr wären. Wenn sich heraus-

205

stellte, daß sie es waren, würde Priscilla nicht nur ihre eigene Karriere retten, sondern auch Mrs. Abel von ihrem schlechten Ruf befreien, denn Blut ist dicker als Wasser, und Vettern zu küssen ist in Ordnung.

Ich habe außerdem meinen Freund Mr. Vogelsang besucht, der mir vier Kandiszucker, aber kein Centstück schenkte.

War ferner Zeuge, wie Lilybelle den Wäscheschacht hinunterfiel: ha! ha! ha!

Habe Becky gezeigt, wie man richtig betet, so daß sie jetzt weiß, wie man es macht. Wir haben nicht erreicht, wofür wir beteten, infolge von Unterbrechungen.

Mein neues Gedicht (das ich auswendig aufschreibe, deshalb bin ich mir bei manchen Zeilen nicht hundertprozentig sicher):

An den Tod
von Priscilla Jane Wilson

Oh, was ist Tod, als nur ein Ende eitlen Strebens
Und Freiheit von dem Sturmgebraus des trüben
ird'schen Lebens?
Werden wir Gott sehn, mild und erhaben?
Oder wird Satan an unserm Blut sich laben?
Zu wissen, was kommt nach des Lebens Not!
Oh, was ist Tod?

Ende

Dies ist mein bisher bestes Gedicht, abgesehen von der letzten Zeile, für die ich nicht genügend Zeit hatte, deshalb ist sie nicht so lang wie die anderen.

Pauls Radio aus der Hafermehlschachtel ist fertig, aber es funktioniert nicht, und er ist wütend. Jungen werden sehr leicht wütend, Mädchen auch. Vater ebenso.

Pläne für das nächste Wochenende: Lilybelle anstacheln, noch einmal den Wäscheschacht runterzurutschen.

Nachdem sie so ihre Abdrücke im Sand der Zeit hinterlassen hatte, legte Priscilla das Tagebuch unter ihr Kopfkissen und knipste das Licht aus. Ihre Augenlider waren ganz schwer und fielen immer wieder zu. Während sie einschlief, fragte sie sich, ob Mrs. Vogelsangs eines Auge, wenn es nachts offenblieb, etwas sah oder nicht.

Nachts um halb elf wachte sie auf. Sie lag auf dem Fußboden, das Licht brannte, und Mutter und Vater standen neben dem Bett.

»Armer Liebling, du bist aus dem Bett gefallen«, sagte Mutter. »Hattest du einen Traum?«

Vater hob Priscilla hoch, legte sie wieder ins Bett und deckte sie zu.

»Armes Kind«, sagte Mutter und streichelte Priscillas Haar. »Sie ist durcheinander wegen Lilybelles Unfall. Sie hat Lilybelle so gern.«

Vater zog die Augenbrauen hoch.

»Und es liegt auch an der Elektrizität«, fügte Mutter hinzu. »Diese vielen Volt in der Luft sind für keinen von uns gut. Irgendwie glaube ich, daß Dinge wie Elektrizität der Vorsehung gehören, und wir sollten nicht damit herumspielen.«

Mutter knipste die Engelpuppenlampe aus, ganz vorsichtig, um nicht elektrisch hingerichtet zu werden.

Rosinen in der Grütze

Am Montag morgen war Edna in fröhlicher Stimmung. Als Priscilla und Becky nach unten kamen, trafen sie eine Edna an, die vor sich hin sang und unbekümmert Rosinen in den Topf mit Grütze warf.

»Rosinen in der Grütze heute morgen«, rief Edna mit singender Stimme. »Ro-si-nen in der Grü-tze!«

Die Mädchen setzten sich in verblüfftem Schweigen an den Tisch. Ednas morgendliche Stimmung war so gleichbleibend schlecht, daß jeder in der Familie sich angewöhnt hatte, ihr aus dem Weg zu gehen, bis sie ihre zwei oder drei Tassen starken Kaffee getrunken hatte. Meistens briet Edna den Speck mit einem grimmigen und furchteinflößenden Gesichtsausdruck, oder sie kochte die Eier mit einem eisigen Blick auf die Eieruhr. Die Eieruhr gehörte Edna pesönlich, und sie erlaubte den Mädchen nie, sie anzurühren, zu Beckys großem Kummer.

»Was ist los, hat es euch die Sprache verschlagen?« fragte Edna munter. »Oder mögt ihr vielleicht keine Rosinen? Sehr gut. Tra la, ich suche sie alle heraus und esse sie selbst.«

»Ich mag Rosinen«, sagte Becky.

»Sehr gut. Dann esse ich nur die von Priscilla.« Edna ließ eine Rosine in ihrem Mund verschwinden und leckte sich die Lippen.

»Ich mag auch Rosinen, und das weißt du«, sagte Priscilla kalt. »Meiner Meinung nach benimmst du dich einfach albern.«

»Hör sich einer die Herzogin an«, sagte Edna und gab jedem eine Schale mit Grütze und eine Apfelsine in Schnitzen. »Hier, meine Damen, meine Hoheiten.«

Becky kicherte, aber Priscilla starrte düster in Ednas Gesicht, um dieses ungewöhnliche Verhalten zu ergründen. Die einzige Erklärung, die sie sich denken konnte, war, daß Delbert Edna den Antrag gemacht und diese ›ja‹ gesagt hatte, und sie würden glücklich leben bis an ihr Ende, mit Harry und vielen anderen Babies (nachdem Delbert Edna körperlich aufgebaut hatte). Es war durchaus möglich, daß Edna sich in der Kirche trauen ließ, und sie, Priscilla, würde Brautjungfer sein, wahrscheinlich die jüngste Brautjungfer aller Zeiten. Priscilla sah sich in einem leuchtend roten Samtkleid die Bankreihen entlanggehen, das Haar zu einem Bubikopf geschnitten wie Isobel Bannerman und mit vielen Rosen in der Hand. Sie sah auch Delbert und Edna in dem Bild, aber nur ganz verschwommen, als Hintergrund für den roten Samt und den Bubikopf.

»Wer will heute morgen auf die Eier aufpassen?« fragte Edna. »Wer zuerst ›Jack Robinson‹ sagt …«

»Oh, ich«, schrie Becky. »Laß mich!«

»Du hast vergessen, es zu sagen.«

»Jack Robinson, Jack Robinson!«

Becky nahm liebevoll die Eieruhr vom Geschirrschrank und stellte sie auf den Tisch. Die winzigen roten Sandkörner faszinierten sie, sie rannen so gleichmäßig aus dem oberen Glas in das untere.

Als Mutter nach unten kam und Becky mit Ednas Eieruhr sah und Edna *Lausche der Spottdrossel* singen hörte, wußte sie sofort, daß etwas los war.

»Nun«, sagte Mutter mit einem aufgeregten Tonfall in der Stimme. »Wie war das Unterhaltungskonzert?«

Ein Ausdruck der Vorsicht trat in Ednas Gesicht. »Es war in Ordnung. Es war ein bißchen kalt, aber die Musik war in Ordnung.« Und nach einer Pause fügte sie hinzu: »Soviel ich gehört habe.«

»Was bedeutet das, soviel du gehört hast?«

»Nun, ich bin gegangen.«

Mutter lächelte. »Oh, ich verstehe. Du und Delbert, ihr seid früh gegangen, ihr Unzertrennlichen. Hat er…? Gleich auf der Tribüne, wie ich sagte?«

Edna machte ein etwas unbehagliches Gesicht. »Nun, nein. Tatsächlich sind wir nie bis zur Tribüne gekommen. Tatsächlich hat er mir die bewußte Frage überhaupt nicht gestellt. Er hatte gar keine Chance, weil ich gegangen bin.«

»Du bist ohne Delbert gegangen? Oh, Edna! Nachdem ich mir solche Mühe gegeben habe! Was ist passiert?«

»Ich möchte lieber nicht darüber sprechen, kleine Kinder spitzen stets die Ohren.«

Priscilla versuchte so auszusehen, als gelte ihre ganze Aufmerksamkeit dem Essen, doch der Versuch blieb erfolglos.

»Komm hier heraus«, sagte Mutter zu Edna, und die beiden verlegten den Konferenzort in die Eingangshalle und schlossen die Tür. Dadurch wurde das Zuhören zwar schwieriger, aber nicht unmöglich. Priscilla warf Becky einen furchterregenden Blick zu, um absolutes Schweigen sicherzustellen, und neigte ihren Kopf so weit wie möglich zur Tür, ohne sich vom Tisch zu entfernen. Zur Tür zu gehen und bewußt zuzuhören, wäre Lauschen und nicht fair gewesen. Aber wenn sie blieb, wo sie war, und trotzdem etwas hörte, war es gewiß nicht ihre Schuld.

Edna klang ganz ruhig. »Es war nicht zu ändern, daß ich wegging. Ich warf einen Blick auf diese Tribüne, und schon wurde mir so schwindlig, daß ich kaum noch aufrecht stehen konnte. Ich sag zu Delbert: ›Delbert, ich schaffe es nicht. Ich kann kaum aufrecht stehen, mir ist so schwindlig.‹ ›Klar schaffst du es‹, sagt Delbert. ›Nimm einfach meinen Arm und halt dich fest.‹ ›Ich kann es nicht‹, sag ich, ›und ich werde es auch nicht, nicht für Geld und gute Worte.‹ ›Ach, komm schon‹, sagt Delbert und packt meinen Arm und beginnt, mich mit roher Gewalt zu schieben, so daß ich einen kleinen Schrei ausstoße.«

Priscilla nickte verständnisvoll. Dieses Bild von Delbert als ein großes gefühlloses Wesen, das widerstrebende Frauen Tribünen hinaufzerrte oder an Decken stemmte, entsprach genau ihrer eigenen Vorstellung.

»Die Eier sind fertig«, verkündete Becky, aber niemand beachtete sie, also drehte sie die Sanduhr um und begann wieder von vorn.

»Du hättest nicht schreien müssen«, meinte Mutter.

»Es kam einfach so heraus. Und dann? Was passierte? Es kam dieser Mann daher.«

»Mann?«

»Dieser Mann kommt daher und sagt zu Delbert: ›Vielleicht möchte sie nicht oben auf der Tribüne sitzen.‹ Ich war so überrascht, daß ich einfach platt war. Delbert war es noch mehr. ›Ich freß 'nen Besen‹, sagt Delbert. ›Ist das etwa Ihre Angelegenheit?‹ ›Ich mach es zu meiner Angelegenheit‹, sagt dieser Mann. ›Wenn die kleine Dame nicht auf die Tribüne will, muß sie nicht auf die Tribüne, wenn Sie kapieren, was ich meine.‹ Mit ›kleiner Dame‹ meinte er mich, verstehen Sie?«

»Ich verstehe«, sagte Mutter mit einer Spur von Ungeduld. »Und dann?«

»Also, darauf sagt Delbert: ›Wer sacht das?‹ ›Ich sach das‹, sagt der Mann. ›Ich sach das, sie muß nicht auf die Tribüne, wenn sie nicht will.‹ Dann drehte er sich zu mir um, unendlich höflich, und sagt: ›Wollen Sie auf die Tribüne oder nicht?‹ Du meine Güte, ich wußte kaum, was ich sagen sollte. Doch da ich weiß, daß Sie nicht mögen, wenn jemand lügt, sprach ich die Wahrheit offen aus. Ich sage: ›Nein.‹«

»Oh, um Himmels willen«, sagte Mutter. »Eine winzige Lüge schadet niemandem, wenn es für eine gute Sache ist, wie zum Beispiel um zu verhindern, daß jemand verletzt wird. Du weißt, wie groß Delbert ist.«

»Nun«, meinte Edna einsichtig, »bevor ich ›nein‹ sagte, schaute ich mir diesen Herrn genau an, um zu sehen, ob er so groß wie Delbert war. Als ich sah, daß er das war, sagte ich eben ›nein‹.«

Priscilla, auf der anderen Seite der Tür, fand die Vorstellung erregend, daß zwei kräftige Männer wegen der wunderlichen Laune einer Dame miteinander kämpften.

»Die Eier sind schon zweimal fertig«, sagte Becky.

Priscilla brachte sie mit einer Handbewegung zum Schweigen, so daß Becky die Sanduhr zum dritten Mal umdrehte. Niemand konnte behaupten, daß sie ihre Arbeit nicht gut machte. Sie war gebeten worden, auf die Eier aufzupassen, und auf die Eier würde sie aufpassen, den ganzen Tag lang, wenn nötig.

»Wie dem auch sei«, sagte Edna, »es gab keine Rauferei. Dieser Herr streckt einfach seine Hand aus und stößt Delbert zur Seite, ungefähr so.«

»Hat Delbert sich nicht verteidigt?« fragte Mutter ungläubig. »Bei all den Muskeln würde man meinen, daß er sich wenigstens …«

»Vielleicht hätte er das, nur, als er zurücktaumelte, stieß er mit einer Frau zusammen, und während die Frau Delbert anschrie, bot dieser Mann, von dem wir sprachen, mir seinen Arm an, und ich nahm ihn, und fort gingen wir.«

»Oh, Edna! Ein fremder Mann!«

»Na ja, ganz fremd war er nicht mehr, da wir ja schon ein paar Worte gewechselt hatten. Und außerdem, was hätte ich sonst tun können? Er hatte mich doch gerettet, oder? Das wenigste, was ich tun konnte, war, seinen Arm zu nehmen. Jedenfalls wollte ich nicht den ganzen Abend da stehen und mich mit Delbert streiten.«

Nach einer langen Pause sagte Mutter: »Du bist gestern abend erst um Viertel nach elf heimgekommen.«

»Tja, da wir nun Freunde waren, haben wir bei Burdick's einen Happen gegessen. Schokoladensodas. Sein Name ist Roy, H. Roy Hamilton, das H. steht für Hermann, allerdings benutzt er diesen Vornamen nicht.«

Es war unmöglich für Mutter, ebenso wie für Priscilla, den verträumten Klang in Ednas Stimme zu überhören, als sie den Namen des Mannes aussprach.

»Er arbeitet in Dodies Kaufhaus«, fuhr Edna träumerisch fort. »Und er spricht wie ein Gentleman. Das muß er, sagt er, wegen der erstklassigen Kundschaft, die er hat.«

»Du hast ein launisches Wesen«, sagte Mutter ernst. »Ich habe mein Bestes getan, aber die Tatsache bleibt bestehen, du hast ein launisches, launisches Wesen.«

»Ich weiß«, erwiderte Edna. »Ich bin launisch.«

»Und der arme Delbert, was ist mit ihm? Ich nehme an, du hast keinen Gedanken an ihn verschwendet. Du brichst sein Herz und gehst mit einem fremden Mann fort, um Schokoladensodas zu essen. Du hättest es verdient, daß du an jedem Bissen erstickt wärst.«

»Nun, bin ich nicht. Und ich habe auch keinen Gedanken an Delbert verschwendet. Er hätte nicht versuchen sollen, mich auf die Tribüne zu drängen.«

»Er tat es zu deinem eigenen Besten, nur damit du deine Angst überwindest, so, wie manche Menschen andere ins Wasser werfen, damit sie schwimmen lernen.«

»Vielleicht ertrinken sie«, gab Edna zu bedenken. »Ich halte jedenfalls nichts von Leuten, die andere ins Wasser werfen. Nehmen Sie mich zum Beispiel, ich kann nicht schwimmen, und wenn mich jemand ins Wasser würfe, würde ich zetermordio schreien.«

Mutter, die ebenfalls nicht schwimmen konnte, sah sich genötigt, Ednas Logik anzuerkennen. »Nun, es ist dein Leben«, sagte sie schließlich. »Aber trotzdem würde ich es mir zweimal überlegen, bevor ich eine so gute Partie wie Delbert in den Wind schlüge.«

Trotz Ednas Gleichgültigkeit Delbert gegenüber weigerte sich Mutter, die Hoffnung aufzugeben. Sie begann im

Geiste eine Liste von Lebensmitteln zusammenzustellen, die sie telefonisch bestellen wollte. Alle Artikel waren äußerst schwer, Säcke mit Zucker und Kartoffeln und eine Kiste Äpfel, so daß Delbert sie selbst würde auspacken müssen, wenn er mit der Lieferung kam. Das würde ihm die Chance geben, einige Zeit mit Edna zu verbringen und alle Mißverständnisse aufzuklären.

Zufrieden mit ihrer Subtilität, kehrte Mutter in die Küche zurück.

»Schmeckt euch das Frühstück, Mädchen?« sagte Mutter mit einem strahlenden Lächeln, um den Eindruck zu vermitteln, daß die Unterhaltung in der Eingangshalle sie überhaupt nicht interessiert hatte.

Priscilla nickte zerstreut. Ednas romantische Begegnung hatte sie zutiefst aufgewühlt, und sie war ganz begierig, H. Roy Hamilton zu sehen und ihm ihren Segen zu geben. Wenn sie um vier Uhr aus der Schule käme und den ganzen Weg liefe, könnte sie Dodies Kaufhaus einen kurzen Besuch abstatten, ohne daß jemand davon erführe. Es wäre ein ziemlich langer Lauf, vielleicht zwei Meilen und nicht ganz leicht, aber sie könnte zwei Fliegen mit einer Klappe schlagen, indem sie den Lauf sowohl zu einem neuen Ausdauertest als auch zu einer persönlichen Aufgabe machte.

»Die Eier sind fertig«, sagte Becky stolz. »Sie sind fünfmal fertig.«

»Ach, herrjemine«, sagte Edna und riß den Topf vom Herd.

Es war ein großer Augenblick für Becky, als eines der Eier gepellt wurde und sich als so gut gekocht erwies, wie ein Ei nur gekocht sein konnte.

Vater jedoch mochte keine hartgekochten Eier zum Frühstück und zögerte nicht, das zu sagen, sobald er sich an den Tisch setzte.

»Sie sind gut für dich«, sagte Mutter schmeichelnd. »Ich habe neulich abend in der Zeitung gelesen, daß hartgekochte Eier am leichtesten zu verdauen sind.«

»Ich hatte nie Schwierigkeiten, irgend etwas zu verdauen«, entgegnete Vater.

»Das könnte aber bald einmal passieren. Du bist nicht mehr so jung wie früher. Es ist nicht klug, ein Risiko einzugehen.«

Vater stimmte nicht zu. Er war von der Atmosphäre in der Küche verwirrt und befangen. Priscilla schwieg, und Mutter und Edna tauschten vielsagende Blicke aus. Vater hatte keine Ahnung, was diese Blicke zu bedeuten hatten, und er erkannte, daß es zwecklos wäre, sich zu erkundigen. Über die Unergründlichkeit der Frauen nachsinnend, aß Vater sein Frühstück und ging. Die Eier lagen ihm ganz leicht im Magen, und er fragte sich, wie er sein Verdauungssystem in all diesen Jahren hatte mißbrauchen und weichgekochte Eier zum Frühstück essen können. Er nahm sich innerlich vor, jeden Morgen auf hartgekochten Eiern zu bestehen.

In der Zwischenzeit hatte Edna den Zustand ihres Herzens erforscht.

»Es ist so, Mrs. Wilson«, sagte Edna. »Es ist wie mit der Grütze. Delbert ist für mich einfach gewöhnliche Grütze, aber Roy ist Grütze mit Rosinen darin, verstehen Sie?«

Mutter antwortete kurz angebunden, daß sie selbst sich nichts aus Rosinen mache und auch nie machen würde.

Der Todesbote

Der Montag fing gut an. Priscilla glaubte, daß jeder Tag, der damit begann, daß ein Mitglied der Familie (was Edna praktisch war) sich eines alten Liebhabers entledigte und sich einen neuen zulegte, zwangsläufig interessant werden mußte. Am liebsten wäre Priscilla zu Hause geblieben, um sich einen ausführlichen Bericht von Ednas Abend mit H. Roy Hamilton anzuhören, einschließlich der Küsse, falls es welche gegeben hatte. Da das unmöglich war, hielt sie es für keine schlechte Idee, den Geist der Erregung weiterzugeben, indem sie Skipper erlaubte, aus dem Garten hinter dem Haus zu entwischen und ihr in die Schule zu folgen. Dazu brauchte sie nur zu vergessen, das Gartentor zu schließen. Den Rest würde Skipper besorgen. Er liebte es, Leuten zu folgen, und er liebte es, von Orten zu entwischen. Auch erinnerte er sich noch lebhaft an seinen Besuch in der Schule vom vergangenen Herbst.

Der Besuch war in jeder Hinsicht ein Erfolg gewesen. Skipper, der kein ängstlicher Hund war, galoppierte mit Höchstgeschwindigkeit im Schulhof herum. Nie zuvor hatte er sich so vielen, herrlich schmutzigen Gesichtern zum Probieren gegenübergesehen, daher war es nur natürlich, daß er sie alle versuchen wollte und daß manche ihrer Besitzer etwas dagegen hatten.

Der Hausmeister, der Skippers Begeisterung als Tollwut mißdeutete, rief die Polizei an, und Skipper verbrachte mehrere Stunden, Eistüten und Erdnüsse fressend, auf der Polizeistation.

Die ganze Familie ging hin, um ihn zu retten. Sie trafen einen Skipper an, der zwar leicht benommen war, aber gerade die vierte Eistüte auffraß. Seine Augen hatten einen verschwommenen Blick, und sein Schwanz wedelte so kraftlos, daß Mutter darin den Beweis sah, daß er vergiftet worden war. Sie verlangte, den Polizeichef zu sehen. Nach einer lebhaften Diskussion stellte sich heraus, daß ein Hilfssheriff namens Higgins einmal einen Foxterrier besessen hatte, der tollwütig gewesen war. Neben anderen Eigentümlichkeiten hatte der Foxterrier eine Abneigung gegen Wasser gezeigt, deshalb hatte Higgins beschlossen, Skipper zu testen, indem er ihn mit Eis und gesalzenen Erdnüssen so durstig wie möglich machte und ihm dann Wasser anbot. Skipper bestand den Test glänzend, erst fraß er das ganze Eis und die Erdnüsse, und dann trank er das ganze Wasser.

»Sie haben ihm wahrscheinlich für den Rest seines Lebens den Magen verdorben«, sagte Mutter. »Einem Hund Eis zu geben. Sie sollten sich schämen!«

»Er mochte es«, sagte Higgins abwehrend.

»Ich kann nur sagen, es ist kein Wunder, daß Ihr Foxterrier an Tollwut gestorben ist, wenn Sie ihm immer nur Eis zu fressen gegeben haben.«

»Ich habe ihm nicht immer nur Eis zu fressen gegeben«, erwiderte Higgins, aber Mutter war nicht in der Stimmung, auf seine Argumente einzugehen. Sie marschierte aus der Polizeistation, und Skipper folgte ihr, so schnell er es in seinem aufgedunsenen Zustand konnte.

Nach diesem Erlebnis war es nur natürlich, daß Skipper gern in die Schule zurückgekehrt wäre, um Gesichter zu schmecken, eine vergnügliche Fahrt im Polizeiauto zu machen und viel Aufmerksamkeit und exotisches Fressen zu bekommen. Skipper nahm schnell neue Gewohnheiten an, und er hatte innerhalb eines kurzen Nachmittags ein heftiges Verlangen nach Eis entwickelt. Jedesmal, wenn die Mädchen zur Schule gingen, heulte er furchtbar, hob die Schnauze in die Luft und rollte mit den Augen.

Das Geräusch hatte eine sehr beunruhigende Wirkung auf Mrs. Vogelsang nebenan. Ein heulender Hund war für Mrs. Vogelsang nur eins, ein Todesbote, und sie eilte zu Mutter hinüber, um sich zu erkundigen, wer gestorben sei.

»Niemand«, sagte Mutter. »Wenigstens glaube ich das. Ich habe nicht gehört, daß jemand gestorben wäre.«

Da jedoch die Spur eines Zweifels bestand, rief Mutter, auf Mrs. Vogelsangs Drängen, Vater an, um zu hören, ob er von einem Todesfall gehört habe. Vater sagte, er sei beschäftigt, und außerdem würden ständig Leute sterben.

Mrs. Vogelsang gab sich mit dieser Erklärung nicht zufrieden. »Es kann nicht einfach irgend jemand sein, der stirbt, weil es Ihr Hund ist, der heult. Sie sollten lieber Mrs. MacGregor anrufen und fragen, ob sie in Ordnung ist.«

Mutter wandte ein, daß es Großtante Louise gestern abend noch gutgegangen sei und daß es ihr wahrscheinlich auch heute noch gutgehe.

»Er heult, weil sein Herz gebrochen ist«, sagte Mutter. »Er möchte mit den Mädchen zur Schule gehen.«

»Aber so hat er noch nie geheult«, erwiderte Mrs. Vogelsang düster. »Nicht auf diese besondere Weise.«

»Nun, ich glaube, es ist auch das Eis. Er will in die Schule, um Eis zu bekommen.«

Mrs. Vogelsang ging nach Hause und berichtete Mr. Vogelsang, daß Mrs. Wilson ein lebendes Beispiel für das sei, was sie selbst stets gesagt habe: Ein weiches Herz und ein weicher Kopf sind immer ein Paar.

Skipper, als Gewohnheitstier, heulte systematisch zehn Minuten am Vormittag und zehn Minuten am Nachmittag. Trotz dieser Regelmäßigkeit und Mutters wiederholten Beschwichtigungen gewöhnte sich Mrs. Vogelsang nie an dieses Geräusch. Sie verbrachte viel Zeit am Telefon, um sich nach Tante Agnes zu erkundigen, die sehr alt war und mit einem Fuß im Grabe stand, nach ihren Kusinen, den Beamishes, die beide immer sehr kränklich gewesen waren, und nach ihren Freunden, die vielleicht eine Erkältung hatten, aus der eine Lungenentzündung werden konnte, oder eine Schnittverletzung, die möglicherweise eine Blutvergiftung nach sich zog, oder Verdauungsstörungen, Vorboten von Magengeschwüren. Für Mrs. Vogelsang klingelte die Totenglocke zweimal am Tag, und es machte sie nervös. Wenn sie in den Garten hinter ihrem Haus ging, um den Müll auszuleeren oder Wäsche aufzuhängen, vermied sie den Blick des Todesboten, der durch den Zaun freundlich zu ihr herüberspähte, und beendete ihre Arbeit, so schnell sie konnte.

»An dem Hund ist etwas sonderbar«, sagte sie zu Mr. Vogelsang. »Es ist die Art, wie er mich ansieht, als ob er wüßte, mit Sicherheit wüßte, daß etwas Schreckliches passieren wird. Ich sage dir, es jagt mir einen Schauer über den Rücken. Du glaubst doch nicht etwa, daß er Mabel Sack meint, oder? Mabel hat immer diese Probleme mit ihrem Kopf gehabt.«

Mr. Vogelsang gab mit einem Nicken zu verstehen, daß Skipper durchaus Mabel meinen könnte. Mrs. Vogelsang rief Mabels Mutter an, die sagte, daß es Mabel ausgezeichnet gehe, sie habe seit zwei Wochen keinen Anfall mehr gehabt, und der Arzt glaube, daß Mabel jetzt, mit siebenundvierzig, vielleicht darüber hinweg sei.

Während Skipper mit seinem Heulen allmählich Mrs. Vogelsangs Nervenkostüm ruinierte, hatte er auf Priscilla eine entgegengesetzte Wirkung. Sie betrachtete sein Heulen eher als schmeichelhaften Beweis seiner Zuneigung zu ihr und machte ihn zum Gegenstand einer Reihe von Gedichten:

> Bei andern Leuten mein Hund bellt,
> Geh ich, ins Heulen er verfällt!

Mutter hatte Einwände gegen dieses Gedicht, weil die erste Zeile offensichtlich nicht stimmte, aber Priscilla wies darauf hin, daß es nur wenige Wörter gebe, die sich auf ›verfällt‹ reimten, wie zum Beispiel ›Geld‹, was nicht poetisch sei. Doch Priscilla war für Kritik empfänglich, und so änderte sie das Gedicht folgendermaßen:

> Ist's Schulzeit, heult mein Hund verzagt,
> Ein jeder drüber sich beklagt.
> Doch ich kann ihn sehr gut versteh'n,

Zur Schule will er mit mir geh'n.
Er ist mein bester Freund im Ort,
Nie geb ich meinen Skipper fort.

Skipper konnte mit Dichtung nichts anfangen, aber wenn
Priscilla ihn in die Enge trieb, um ihm ihre Gedichte laut
vorzulesen, hob er bei jeder Erwähnung seines Namens
den Kopf. Priscilla deutete diese Haltung als Zeichen
seiner dichterischen Wertschätzung, und es gelang ihr sogar, den Rest der Familie davon zu überzeugen.

So entstand der Mythos, daß Skipper nicht nur Todes-
fälle Monate vor ihrem Eintreten ankündigen könne, sondern auch ein gewisses literarisches Talent besitze. Diese
beiden Eigenschaften, plus seine Größe und seine Fähig-
keit, Unfälle zu überleben, verschafften ihm ein ungewöhnliches Ansehen in der Woodlawn Avenue. Die Leute
behandelten ihn mit Respekt, und sogar wenn er eines von
Mrs. Axelbys Hühnchen tötete, machte Mrs. Axelby selbst
geltend, daß Skipper es nicht absichtlich getan, sondern nur
zu spielen versucht habe.

Skipper erhielt einen fairen Prozeß im Schlafzimmer der
Mädchen, mit Becky als Jury. Offen des vorsätzlichen
Hühnchenmordes bezichtigt, wedelte Skipper nur mit
dem Schwanz und machte ein unschuldiges Gesicht. Priscilla, in ihrer Eigenschaft als Untersuchungsrichterin, legte
zum Beweis drei weiße Federn vor, die sie aus ihrem Kissen herausgezogen hatte. Als Anwältin der Verteidigung
wies sie diese Federn jedoch zurück und behauptete, sie
seien lediglich Indizienbeweise. Die Jury war verwirrt und
beschloß, nicht mehr spielen zu wollen, so daß Priscilla den

Richterstuhl besetzte und Skipper für nicht schuldig befand.

Diesem Prozeßergebnis und Mrs. Axelbys und Mutters Ansichten zum Trotz wurde ein Zaun um den hinteren Garten gezogen. In dessen Begrenzungen saß Skipper, schloß aus dem Geräusch der Waschmaschine, daß Montag war, und bereitete sich darauf vor zu heulen, sobald die Haustür aufging und die beiden Mädchen herauskamen.

Er mußte ziemlich lange warten, denn Priscilla stand vor einem Problem, dem sie sich mehrmals täglich ausgesetzt sah, nämlich Becky loszuwerden. Priscilla mußte auf dem Weg zur Schule ein wichtiges und geheimes Telefongespräch führen. Da geheime Anrufe nicht sehr lange geheim blieben, wenn Becky dabei war, sah sich Priscilla genötigt, einige Zeit damit zu verbringen, sie abzuschütteln. Becky, die spürte, daß etwas in der Luft lag, war Priscilla seit dem Frühstück beharrlich auf den Fersen geblieben.

Argumente nützten nichts. »Warum muß ich immer mit ihr zur Schule gehen?« fragte Priscilla Mutter. »Es ist abscheulich, wenn immer ein kleines Kind hinter einem herzottelt.«

»Warum willst du sie nicht mitnehmen?« fragte Mutter mit einer Spur von Mißtrauen. »Es macht dir doch sonst nichts aus.«

Es war unmöglich, Mutter von den Nachforschungen nach Mrs. Abels Vettern zu erzählen, und so versuchte Priscilla es erst gar nicht.

»Alles, was ich will, ist ein bißchen Freiheit«, sagte sie. »Einfach ein bißchen schlichte, gewöhnliche Freiheit, zur Abwechslung.«

»Ich finde, das ist keine sehr nette Einstellung deiner kleinen Schwester gegenüber, und du gehst mit ihr zur Schule, wie üblich.«

Da der verbale Appell fehlgeschlagen war, konnte nur Handeln helfen. Um Becky abzuschütteln, begann Priscilla von Zimmer zu Zimmer, die Treppe hinauf- und wieder hinunterzustürmen. Das war natürlich verwirrend für Becky, aber sie stürmte immer brav hinterher, von Zimmer zu Zimmer, treppauf, treppab, so schnell ihre kurzen Beine sie trugen. Der letzte Sprint die Treppe hinauf erwies sich als ihr Verderben. Da sie die Badezimmertür verschlossen fand, schluckte sie den Köder und nahm an, daß Priscilla sich eingeschlossen hatte.

Becky vermutete, daß Priscilla, mittels Magie oder göttlicher Hilfe, in den Besitz einer Summe Geldes gelangt sei, die sie auf dem Weg zur Schule bei Bowman's ausgeben wolle, vielleicht für Zitronendrops, einen Artikel, den man während des Unterrichts lutschen konnte, ohne daß der Lehrer es merkte. In Gedanken bei den etwaigen Zitronendrops, ließ sich Becky in der Eingangshalle nieder und wartete. Es gab viele Dinge, über die sie nachdenken konnte, und sie dachte über alle auf einmal nach, auf eine angenehm verschwommene Art, während Priscilla unbemerkt die Treppe hinunterschlich.

Priscilla öffnete und schloß die Haustür mit der stillen Heimlichkeit eines Indianerführers, der sich einen Weg durch den Wald bahnt. Sie übte oft, ein Indianerführer zu sein. Da es keinen Wald gab, es sei denn, man ließ den Holzplatz des alten Mr. Shantz am Ende der Straße gelten, übte Priscilla statt dessen im Haus, streifte auf Socken durch die Räume und mied geschickt die knarrenden Stufen und vorstehenden Teppichecken. Manchmal hatte sie die Genugtuung, Edna zum Erschauern zu bringen oder sie sogar furchtbar zu erschrecken. Jeder im Haus versuchte, Priscilla von ihrem Ehrgeiz, ein Indianerführer zu sein, abzubringen. Paul drängte sie, Detektiv zu werden, wie er selbst es vorhatte, und Mutter sagte, man brauche viele, viele Jahre, um ein Indianerführer zu werden, selbst dann, wenn man schon ein Indianer sei. Trotz dieser Entmutigungsversuche fuhr Priscilla fort zu üben. Sie hatte ihre Kunst so weit perfektioniert, daß sie ungesehen und ungehört vom Keller bis zum Dachboden emporsteigen konnte, und der einzige Beweis für ihr Tun war der Kohlenstaub auf den Socken.

Für Skipper jedoch waren Indianerführer ein Kinderspiel. Er ließ ein Heulen ertönen, das Mrs. Vogelsang veranlaßte, den Deckel der Kaffeekanne fallen zu lassen, und Becky, die Badezimmertür zu öffnen und festzustellen, daß sie ausgetrickst worden war. Becky rannte die Treppe hinunter und zur Haustür hinaus, gerade noch rechtzeitig, um Priscilla mit höchster Geschwindigkeit die Woodlawn Avenue entlanglaufen zu sehen. Becky war sehr traurig über den Verlust der eventuellen Zitronendrops, heiterte sich jedoch damit auf, daß sie aus dem geheimen Versteck in der Spitze ihrer besten Markenledersandale ein Fünfcentstück fischte und es in die Spitze der Alltags-Oxfords, die sie trug, schob. Obgleich das Geldstück sich unbequem anfühlte, war es auch nicht unangenehmer als die Stofflockenwickler, auf denen sie in der Nacht vor Parties schlief. Sie konnte die Höcker auf ihrem Kopf um der

Locken willen ertragen und den Hügel in ihrem Schuh um künftiger Leckerbissen willen.

Priscilla hatte ihre Freiheit erlangt, und sie ging kein Risiko ein, sie wieder zu verlieren. Sie erreichte Mrs. Abels Haus auf einem Umweg über Mr. Bartons Zufahrt und durch Shoemakers rückwärtigen Garten.

Der junge Mr. Shoemaker war draußen und kurbelte seinen Essex an. Er war Präsident der Elks, und er schrieb seine Popularität der Tatsache zu, daß er jeden mit äußerster Höflichkeit und Leutseligkeit behandelte, sogar seine Frau und ihre Verwandten und alle Kinder in der Woodlawn Avenue, egal, wie schmutzig sie waren.

»Sieh da, sieh da, Priscilla«, sagte der junge Mr. Shoemaker, während er die Kurbel ablegte und seinen Hut zog. »Meine Güte, du bist ja neuerdings eine richtige junge Dame.«

»Ich bin groß für mein Alter«, erwiderte Priscilla. »Und außerdem übergewichtig.«

»Ganz und gar nicht, ganz und gar nicht. Ich freue mich immer, wenn ich ein kräftiges junges Mädchen sehe. Und wie geht es deinem lieben Vater heute morgen?«

Niemandem war es je gelungen, Mr. Shoemakers unerbittlicher Höflichkeit zu entrinnen. Priscilla blieb standhaft; entschlossen, sich in puncto Manieren nicht übertreffen zu lassen.

»Es geht ihm gut, vielen Dank, Mr. Shoemaker. Ich hoffe, Ihrem Vater ebenfalls.«

»Das tut es, das tut es. Er wird ein bißchen alt, aber schließlich werden wir das alle. Wie geht es deiner Mutter?«

»Es geht ihr auch gut, herzlichen Dank.«

»Das freut mich«, sagte Mr. Shoemaker teilnahmsvoll. »Und deiner lieben kleinen Schwester?«

Da ihre liebe kleine Schwester schon in Hörweite sein konnte, antwortete Priscilla hastig flüsternd: »Ihr geht es auch gut, vielen Dank. Mir geht es auch gut, und ebenso Paul und Edna und Großpapa. Es geht uns allen gut, herzlichen Dank, Mr. Shoemaker.«

»Nichts zu danken, keine Ursache«, sagte Mr. Shoemaker gütig, setzte sich den Hut auf den Kopf und begann, seinen Essex anzukurbeln.

Nachdem sie Mr. Shoemakers Höflichkeit Paroli geboten hatte, umging Priscilla Mr. Shantz' Werkzeugschuppen, in dem es angeblich spukte, und gelangte zu Mrs. Abels Haustür.

Mrs. Abels Vorhänge waren ganz zugezogen, und zwei Flaschen Milch standen auf der obersten Verandastufe. Priscilla zögerte bei diesem Hinweis darauf, daß Mrs. Abel noch im Bett lag. Es war möglich, daß es Mrs. Abel nicht gefiel, aufgeweckt zu werden, um über ihre Vettern zu reden, aber andererseits: Wie dankbar würde sie sein, wenn Priscilla allein und eigenhändig ihren Ruf rettete!

Mrs. Abel war schwer aufzuwecken. Weder Skippers Heulen noch Mr. Shoemakers Versuche, seinen Essex anzukurbeln, noch Priscillas Klingeln zeigten irgendeine Wirkung. Priscilla griff zu härteren Maßnahmen und begann, mit dem bronzenen Löwenkopf des Türklopfers an die Tür zu hämmern. Schließlich bewegte sich der Vorhang oben an der Tür ein wenig, und eins von Mrs. Abels Augen blickte heraus.

Priscilla lächelte freundlich und wartete, während Mrs. Abel die Tür aufschloß und sie ein paar Zentimeter öffnete.

»Was um alles in der Welt...«, sagte Mrs. Abel gereizt. »Was willst du?«

Das war nicht die Art von Empfang, auf die Priscilla vorbereitet war, und ihre Selbstsicherheit verließ sie ein wenig.

»Ich war gerade auf dem Weg zur Schule, und da ich zufällig hier vorbeikam, dachte ich, ich könnte vielleicht kurz hereinschauen – und nachsehen, wie es allen so geht.«

»Es ist eine Wahnsinnszeit, um hereinzuschauen, und allen geht es furchtbar«, sagte Mrs. Abel aufrichtig. »Großer Gott, es ist noch nicht einmal Morgen. Schlaft ihr Kinder eigentlich nie?«

»Wir müssen zehn Stunden schlafen, das ist eine Regel«, antwortete Priscilla. Sie hatte einen großen, harten Kloß im Hals, der nicht direkt aus Verlegenheit oder aus Enttäuschung bestand, sondern eine unverdauliche Mischung aus beiden war. »Jede Nacht müssen wir das. Wegen der Gesundheit.«

»Wie hier in der Gegend überhaupt jemand schlafen kann, bei all den kreischenden Kindern und diesem verdammten heulenden Hund, begreife ich nicht.«

Priscilla raffte sich zu einer schwachen Verteidigung Skippers auf. »Es ist mein Hund, und er heult nur, weil er unglücklich ist.«

»Um Himmels willen, dann geh nach Hause und mach ihn glücklich. Gib ihm Drogen, betäube ihn, gib ihm einen Knochen.«

»Mutter meint, daß er in Wirklichkeit Eis will.«

»Dann gib ihm Eis, um Himmels willen!« schrie Mrs. Abel. Sie langte nach ihrem Geldbeutel auf dem Tisch in der Eingangshalle. »Hier sind zehn Cent. Geh und kauf Eis für euch beide. Geh jetzt weg und laß mich in Ruhe.«

»Ich wollte Sie nicht stören«, sagte Priscilla matt. »Ich wollte Sie nur nach Ihren Vettern fragen.«

Mrs. Abel drückte ihr hastig ein Zehncentstück in die Hand. »Ich habe keine Vettern«, sagte sie und schloß mit Bestimmtheit die Tür.

Priscilla stieg die Verandastufen hinab und starrte auf das Geldstück. Sie hatte das seltsame Gefühl, daß sie Mrs. Abels Geld nicht hätte annehmen dürfen oder daß sie es, nachdem sie es angenommen hatte, auf den Bürgersteig werfen sollte, damit es von irgendeinem sehr armen und bedürftigen Kind gefunden werden könnte.

Diesem seltsamen Gefühl jedoch wirkten zwei Argumente entgegen. Zum einen wurde alles Geld von der Regierung gemacht, wie Vater sagte, und deshalb hatte Priscilla, als sie Mrs. Abels Geld annahm, eigentlich nur Regierungsgeld angenommen, auf einem Umweg zwar, aber doch ganz legitim. Und zum andern könnte es sein, daß das Zehncentstück gar nicht von einem armen, bedürftigen Kind gefunden würde, sondern von jemandem wie Becky, die immer das Glück hatte, Geld zu finden, oder von Mr. Vogelsang, der bereits mehrere hundert Zehncentstücke auf der Bank hatte. Unter dem Gewicht dieser beiden Argumente wurde das seltsame Gefühl für immer erstickt.

Priscilla knotete das Regierungsgeld in einen Zipfel ihres Taschentuchs und machte sich wieder auf den Weg zur

Schule. Mittags wollte sie sich vier Zwei-für-fünf-Cent-Eistüten kaufen. Zwei davon würde sie selbst essen, was nur angemessen war, das dritte würde sie Becky geben und das vierte Skipper, vorausgesetzt, Mutter paßte nicht auf.

Skipper war dankbar für das Eisgeschenk, wie es sich gehörte, aber zugleich auch verwirrt, da es nicht von einem Pulk wohlschmeckender Gesichter, einer Autofahrt, Erdnüssen, Männern in Uniform und einem umfassenden Gefühl der Sättigung begleitet war. Sehr zu jedermanns Überraschung, und zu Mrs. Vogelsangs und Mrs. Abels Erleichterung, stellte er das Heulen gänzlich ein, nur bei Ambulanz- und Feuersirenen, Autohupen und Vollmond nicht.

Die Kunst ist lang

Mitten am Montagvormittag kam die Sonne heraus. Großpapa glaubte, daß die Sonne seinem Rheuma wohltat, selbst wenn sie durch Fenster und Fliegengitter und die naturfarbenen Seidenvorhänge im Eßzimmer gefiltert wurde, und er beschloß, sein Mittagessen unten zusammen mit der Familie einzunehmen.

Meistens zog Großpapa es vor, in seinem Zimmer zu essen und sich auf den Geschmack und die Beschaffenheit der Speisen zu konzentrieren, wenn sie gut waren, und seine Gedanken von Geschmack und Beschaffenheit abschweifen zu lassen, wenn sie schlecht waren. Essen war eine ernsthafte, keine soziale Angelegenheit. Großpapa behauptete, daß geistlose Unterhaltung seine Verdauungssäfte austrocknete, und niemand war in der Lage, das Gegenteil zu beweisen. Was Großpapa beim Essen am meisten verachtete, war unschickliches Verhalten. Und da unschickliches Verhalten Priscillas Stärke war, führten sie und Großpapa häufig lebhafte Streitgespräche bei Tisch, in deren Verlauf Großpapas Verdauungssäfte austrockneten und einen trockenen, bitteren Geschmack in seinem Mund zurückließen.

Während Großpapas Sarkasmus Mutter vernichten und Becky in Tränen ausbrechen lassen konnte, hatte er bei

Priscilla keine Wirkung. Sie wußte, wie sie mit Großpapa umgehen mußte. Für Gefühle hatte er keine Verwendung. Mit Überredungsversuchen oder Bitten auf einer emotionalen Ebene war bei ihm nichts zu erreichen, aber Argumenten war er sehr zugänglich. Alles, was nach kühler Logik klang, ob es das war oder nicht, versetzte Großpapa in eine empfängliche Stimmung.

Priscilla benutzte also kühle Logik. Sie setzte sich neben Großpapa an den runden Walnußtisch im Eßzimmer und flüsterte ihm so kühl wie möglich zu: »Ich brauche einen Gefallen, Großpapa.«

»*Benedictus benedicat*«, sagte Großpapa zum Herrn. »Was für eine Art von Gefallen?«

»Amen. Es ist eigentlich nicht direkt ein Gefallen. Es ist einfach gesunder, kühler Menschenverstand.«

»Ha.«

»Es ist wegen der Schule. Ich muß heute nachmittag die Schule schwänzen, um etwas zu tun. Ich würde dir lieber nicht erzählen, was es ist, aber wenn es sein muß, muß es sein.«

»Es muß sein«, sagte Großpapa.

»Wir haben heute nachmittag Kunstunterricht, und ich soll die Malarbeiten für das ganze Jahr abgeben, fünfzehn insgesamt, aber ich habe erst sieben fertig, und ich werde wahrscheinlich von der Schule verwiesen.«

»Was hat das mit gesundem Menschenverstand zu tun?«

»Ich hatte vor, die Bilder zu malen, doch dann habe ich sie vergessen«, sagte Priscilla. »Ich vergesse immer Dinge, nun weißt du also, wie es ist. Im Vertrauen gesagt, ich mag Kunst sowieso nicht, und ich kann nicht mein ganzes Leben damit verbringen, immer nur an Bilder, Bilder und Bilder zu denken.« Sie fügte hinzu, etwas ins Emotionale abgleitend: »Du willst doch nicht, daß ich von der Schule verwiesen werde, oder, Großpapa?«

»In Anbetracht des gegenwärtigen heruntergekommenen Niveaus der Schulerziehung bin ich mir nicht sicher, ob das nicht sogar gut wäre.«

»Vielleicht würden sie mich auch gar nicht rauswerfen, sondern nur in die siebte Klasse zurückstufen. Du würdest dich schrecklich schämen. Du könntest dich nie wieder erhobenen Hauptes in der Öffentlichkeit blicken lassen.«

»Ich würde es versuchen«, sagte Großpapa und hielt den Kopf sehr hoch, zur Übung wie auch als Beispiel. »Was erwartest du, das ich wegen der Kunstklasse tun soll?«

»Ich muß zu Hause bleiben, damit ich die anderen acht Bilder malen kann, weil es am Freitag Zeugnisse gibt, und wenn ich keine fünfzehn Bilder abgebe, bekomme ich null Punkte in Kunst und werde Klassenletzte sein.«

»Erkläre das deiner Mutter. Sie wird es verstehen.«

»Es wäre besser, wenn du es ihr erklärtest«, sagte Priscilla. »Du kannst es kühler und logischer erklären.«

»Ich glaube, das könnte ich«, stimmte Großpapa zu.

Mutter war nicht in der Stimmung für irgendeine Art von Logik. Sie war besorgt wegen Ednas drohender Abweichung vom geraden Weg und weil Delbert die Lebensmittel einfach an der hinteren Veranda abgeladen hatte, anstatt sie ins Haus zu bringen. Die Kiste Äpfel, die als subtiles Mittel gedacht war, Edna und Delbert wieder zusammenzubringen, mußte von Mutter selbst in die Küche geschleppt werden.

»Natürlich geht Priscilla zur Schule«, sagte Mutter zu Großpapa. »Ihr fehlt nichts, warum sollte sie also nicht gehen?«

»Ich hatte den Eindruck, sie sei ein bißchen blaß«, meinte Großpapa.

Wenn Mutter sich nicht schon wegen Edna in einem nervösen Zustand befunden hätte, wäre diese Methode wahrscheinlich nicht so unmittelbar erfolgreich gewesen.

»Ich glaube nicht, daß sie blaß aussieht«, sagte Mutter besorgt. »Sie hatte immer eine helle Haut. Komm ans Fenster, Priscilla, damit ich dich anschauen kann.«

Priscilla stellte sich gehorsam ans Fenster, und ihr Gesicht wurde der Reihe nach von Mutter, Edna, Großpapa, Paul, Becky und Vater untersucht. Die übereinstimmende Meinung, beeinflußt von Großpapa, lautete, daß Priscilla ein bißchen blasser aussehe als gewöhnlich.

»Wahrscheinlich ist es überhaupt nichts«, meinte Großpapa. »Aber sicherheitshalber, denke ich, sollte sie zu Hause bleiben und etwas Ruhiges tun, wie zum Beispiel malen oder zeichnen.«

»Sie malt oder zeichnet nicht gern«, sagte Mutter mit einem argwöhnischen Blick auf Großpapa. »Sie hat nie das geringste Interesse dafür gezeigt.«

»Vielleicht nicht«, erwiderte Großpapa kühl. »Aber die bildenden Künste sind alle miteinander verwandt, und Priscilla besitzt eine enorm kreative Persönlichkeit. Wer weiß, möglicherweise haben wir eine kleine Rosa Bonheur vor uns.«

Die kleine Rosa Bonheur warf ihm einen bewundernden Blick zu, den Großpapa nicht zu bemerken vorgab. Obwohl Großpapa wußte, daß er sich gegen die Disziplin, die Wahrheit und Gott selbst versündigt hatte, bereute er es nicht einen Augenblick. Er war sich ziemlich sicher, daß Gott, hätte er alle Umstände gekannt, denselben Standpunkt eingenommen hätte – daß jedes Kind, das so wagemutig und beherzt war, die Bilder von einem halben Jahr an einem einzigen Nachmittag zu malen, ein wenig moralische Unterstützung verdiente.

Großpapa besaß, was er selbst eine künstlerische Einstellung nannte. In der modernen Welt, wo jeder skrupellose Dummkopf im Geschäftsleben Erfolg haben konnte und Colleges an ungebildete Trottel Diplome austeilten, galt Großpapas ganze Achtung den bildenden Künsten. Er selbst hatte nie etwas Künstlerisches geschaffen außer hoch stilisierten und beleidigenden Briefen an die Tageszeitungen und mehreren Epigrammen in Latein. Dennoch war er der Meinung, daß seine Einstellung richtig war und daß sie, an Priscilla weitergegeben, Wurzeln schlagen und Früchte tragen könnte. Obwohl Großpapa dies Priscilla gegenüber nie zum Ausdruck gebracht hatte, wußte sie, daß Großpapa viel von ihr erwartete, und dieses Wissen spornte sie an und entmutigte sie abwechselnd.

Becky hatte zwei Kicheranfälle während des Mittagessens, aber Großpapa erwähnte nicht einmal das Austrocknen seiner Verdauungssäfte. Sein Stirnrunzeln über Beckys Verhalten erfolgte rein automatisch, denn in Gedanken war er bei Priscilla und den Künsten. Nachdem er Mutter und damit sich selbst suggeriert hatte, daß Priscilla sich in eine kleine Rosa Bonheur verwandeln könnte, wartete er ungeduldig auf das Ende der Mahlzeit, um Priscilla den Be-

weis seiner These antreten zu lassen. Da die bildenden
Künste alle miteinander verwandt waren, war es absoluter
Unsinn anzunehmen, daß Priscilla, die so mühelos mit
Musik und Worten umging, nicht auch mit einem Pinsel
umgehen könnte. Priscilla hatte immer nur niedrige Punkt-
zahlen in Kunst erreicht, aber Großpapa schrieb dies der
Tatsache zu, daß die Kunstlehrerin eine unsensible Banau-
sin war, die eine kreative Persönlichkeit nicht erkannte,
selbst wenn sie sie direkt vor ihrer Nase hatte.

Priscilla bemerkte das allmähliche Aufleuchten in
Großpapas Blick, und sie fühlte sich ein wenig deprimiert.
Großpapa hatte wieder Erwartungen.

Priscilla hätte an einem Nachmittag ohne Schwierigkeiten
acht Gedichte hinhauen können, aber sie freute sich nicht
darauf, die acht Bilder zu malen. Wörter waren bequem
zu bearbeiten, sie konnten ausradiert oder verändert werden, doch ein Pinselstrich war endgültig. Jede notwendige
Änderung mußte, um unsichtbar zu sein, in einer dunkle-
ren Farbe erfolgen, mit dem Ergebnis, daß fast alle Bilder
Priscillas ziemlich schwarz wurden. Sie standen in einem
verblüffenden Kontrast zu Isobel Bannermans wolkigen
Pastellen. Isobel, die Kunst ebenfalls nicht mochte, benutzte eine andere Technik zum Vertuschen von Fehlern.
Fehler, die man mit dem blassesten Gelb oder Rosa machte,
waren fast nicht zu sehen, deshalb verdünnte Isobel vorsichtig alle ihre Farben. Manche ihrer Bilder waren mit
bloßem Auge kaum zu sehen – nach Meinung der Kunstlehrerin ein Beweis für Isobels Sensibilität und Empfind-
samkeit.

Als Isobel davon erfuhr, wurde sie extrem sensibel und empfindsam. Anstatt gefühllos über Priscillas mißliche Lage zu lachen, litt sie große Qualen, und sie ging sogar ihre eigenen Arbeiten durch, um Priscilla mit den Titeln der acht fehlenden Bilder zu versorgen. Es war sehr schwierig für Isobel, bei manchen ihrer eigenen Arbeiten das Thema zu erkennen, aber schließlich gelang es ihr, eine Liste aufzustellen, die sie Priscilla in der Geographieklasse zukommen ließ:

Aubergine auf einem Tisch
Sonnenaufgang oder Sonnenuntergang, bin nicht sicher
Großer Baum mit Großen Blättern
Weihnachtsmotiv
Halloweenmotiv
Ostermotiv mit Ostereiern plus Häschen
Zwei Pfirsiche oder vielleicht Birnen, die mir zu dick geraten sind, aber ich bin sicher, daß es Pfirsiche sind!
Vase mit Tulpen oder Narzissen, frag lieber Mary, weil ich von ihr abgemalt habe, als ich wegen Mandelentzündung fehlte.

Das war eine gewaltige Liste, aber Priscilla war optimistisch, wenn es um ihre eigenen Fähigkeiten ging. Sie kalkulierte, daß zwanzig Minuten für jedes Bild genug wären, um die Kunstlehrerin zufriedenzustellen. Großpapas Beifall zu finden, würde schwieriger sein.

Großpapa aß eine Weile schweigend und ging in Gedanken ausführlich beide Seiten der Familie nach propheti-

schen Anzeichen für den Genius durch, der sich am Nachmittag entfalten sollte. Er erinnerte sich, daß zwei seiner
Kusinen auf Porzellan malten und seine Schwester Louise
ausgezeichnet gestickt und geklöppelt hatte. Ein weniger
weit zurückliegender erblicher Einfluß kam von Priscillas
eigener Mutter. Vor zwei Jahren hatte Mutter einen kurzen
Ausflug in die Kunst unternommen und Abendkurse in
Korbflechten an der Highschool besucht. Das war eine
sehr anstrengende Zeit für Großpapa, denn er war es gewesen, der Mutter eingeredet hatte, daß sie nicht damit zufrieden sein dürfe, nur Ehefrau und Mutter zu sein, und
daß sie sich ein Hobby zulegen müsse. Mutter wußte nicht,
welches Hobby sie sich zulegen sollte, doch dann las sie in
einer Zeitschrift, daß Korblampen und Flechtkörbe sehr
modern und leicht herzustellen waren.

Großpapa, der gehofft hatte, Mutter würde sich der
Dichtung oder der Ölmalerei oder wenigstens dem Brief-
markensammeln zuwenden, war ein wenig enttäuscht über
die Entscheidung für das Korbflechten. Er machte darauf
aufmerksam, daß jeder geistlose Schwachkopf Körbe flechten könne. Mutter entgegnete, sie habe nie behauptet,
etwas anderes als ein Schwachkopf zu sein, und entweder
würde ihr Hobby Korbflechten oder gar nichts sein.
Außerdem habe die Sache einen praktischen Aspekt, sagte
Mutter. Wenn der Tag kommen sollte, da Vater ein hilf-
loser Krüppel wäre und das Kohlengeschäft nur noch ein
paar kärgliche Cents einbrächte, könnte Mutter mit dem
Verkauf ihrer Korbwaren von Tür zu Tür die ganze Familie ernähren.

In der ganzen Woodlawn Avenue verbreitete sich das

Gerücht, daß Mutter wieder zur Schule gehen würde, und sie ging wieder zur Schule, zwei Abende pro Woche. Am Ende der zweiten Woche brachte sie einen Haarnadel- (oder Sicherheitsnadel-)behälter mit nach Hause, den sie ganz und gar mit ihren eigenen Händen gemacht hatte, von einer kaum nennenswerten Hilfe des Lehrers abgesehen.

»Er soll noch einen Deckel bekommen«, sagte Mutter. »Aber ich dachte, ich könnte den Behälter schon mal mitbringen und den Deckel nächste Woche machen.«

»Ich finde ihn auch ohne Deckel gut«, meinte Vater loyal.

»Ja, er sieht gut aus, nicht wahr, Frederick? Und angenommen, ich mache einen Deckel, und er paßt nicht?«

Der Deckel wurde nie gemacht. Mutter schenkte den Haarnadelbehälter Großpapa mit der Begründung, es könne genausogut ein Kragenknopf- oder Büroklammerbehälter sein. Großpapa benutzte ihn für Briefmarken.

Solange das Flechten auf den Unterrichtsraum beschränkt war, kollidierte es nicht mit dem häuslichen Leben. Doch während der dritten Woche bekam Mutter Hausaufgaben auf. Sie schleppte riesige Bündel Weidengerten nach Hause und steckte sie zum Einweichen in Kübel und Bottiche, verstreut über die ganze Küche.

»Ich werde eine Lampe machen«, sagte Mutter.

Die Weidengerten stellten eine große Versuchung für Skipper dar, der ihren Geruch liebte, und für die Mädchen, die sich ab und zu ein paar von den Ruten ausliehen, um damit den Sklavenhalter Simon Legree und die arme Little Eva aus *Onkel Toms Hütte* zu spielen. Aber für Edna waren die Kübel ein Ärgernis. Sie stolperte ständig über sie, zerkratzte sich die Schienbeine und bekam einen nassen Rocksaum. Außerdem war Edna dafür verantwortlich, daß Skipper kein Wasser aus den Kübeln trank. Mutter hatte irgendwie die Vorstellung, daß dieses Wasser, weil Holz darin einweichte, Gärstoffe enthielte, die Skipper vergiften könnten. Und da Edna die meiste Zeit in der Küche war, meinte Mutter, es sei ihre Aufgabe, Skipper vor dem Tod durch Vergiften zu beschützen.

Diese Aufgabe war schwieriger, als es zunächst den Anschein hatte. Nach Ausprobieren mehrerer direkter Methoden, die alle versagten, hatte Edna ein wohldurchdachtes und nervenaufreibendes System entwickelt, wie sie Skipper von den Kübeln fernhalten konnte. Wenn sie unaufhörlich mit ihm redete, während er in der Küche war, gelang es ihr, ihn davon zu überzeugen, daß sie ihn die ganze Zeit beobachtete.

»Glaub nicht, daß ich dich nicht sehe«, sagte Edna, nervös den Pudding rührend. »Ich kann dich sehen, o ja! Ich bin über dich im Bilde, mein Lieber, und ob! Steck nur deine Nase in den Gärstoff, und du wirst sehen, was passiert. Du wirst toter sein als mausetot. Ich sag dir, du solltest dich schämen, du hast nicht mehr Verstand als die Mädchen. Und glaub nicht, daß ich dich aus den Augen lasse. Ich habe Augen hinten im Kopf, jawoll, mein Bester.«

Skipper gefielen diese Monologe. Er mochte es, wenn man mit ihm sprach. Edna wurde ihm immer lieber, und er wich kaum von ihrer Seite. Stundenlang lag er in der Küche, kaute nachdenklich auf einem Bündel Weidengerten herum und lauschte Ednas freundlicher, besänftigender Stimme.

Vater begann sich zu beklagen, daß es mit Ednas Kochen bergab ging. Die Koteletts waren immer zu hart, die Eintöpfe zu trocken, die Pfannkuchen zu schwer und die Puddings zu klumpig.

»Ich kann nichts dafür, Mr. Wilson«, sagte Edna. »Ich kann nicht auf das aufpassen, was ich tue, wenn ich die ganze Zeit reden muß.«

Vater machte keinen Hehl daraus, daß er den Sinn dieser rätselhaften Bemerkung nicht verstand.

»Aber ich muß«, sagte Edna mit einem Anflug von Hysterie. »Sobald ich aufhöre zu reden, steht er auf und geht zum Gärstoff und fängt an zu trinken.«

»Wer steht auf?« fragte Vater. »Von wem, zum Teufel, sprichst du?«

Edna war schon zu sehr mit den Nerven fertig, um irgend etwas zu erklären. »Ich halte das nicht mehr aus!« rief sie. »Mein Hals ist so geschwollen, daß ich kaum noch schlucken kann, und mein Kopf macht mir Schwierigkeiten, und ich bin ein nervliches Wrack. Ich sage Ihnen, Mr. Wilson, dies ist ein Irrenhaus! Es ist eindeutig ein Irrenhaus, wenn ein Mädchen die ganze Zeit zu einem Hund reden muß und die Leute die ganze Zeit Lampen machen, und das ist meine ehrliche Meinung, Mr. Wilson, machen Sie, was Sie wollen!«

Edna zog sich in ihr Zimmer zurück, um sich ordentlich auszuweinen.

Mutter war von diesem plötzlichen Ausbruch zutiefst verletzt. »Du lieber Himmel, was ist verrückt daran, Lampen zu machen, möchte ich gern wissen. Wenn niemand Lampen machen würde, gäbe es keine Lampen. Ich habe sie ganz bestimmt nicht gebeten, mit dem Hund zu reden. Ich habe nur gesagt, sie soll aufpassen, daß Skipper keine Gärstoffe trinkt.«

»Wenn es irgendwo Gärstoffe im Hause gäbe«, sagte Vater grimmig, »versichere ich dir, ich würde sie jetzt selbst trinken.«

Das Ende der Angelegenheit war, daß Mutter ihre Kübel mit den Weidengerten auf den Dachboden trug. Dort arbeitete sie ein paar Tage allein, aber mit dem Herzen war sie nicht bei der Sache. Mutter war ein geselliges Wesen. Es machte ihr nichts aus, Lampen zu flechten, solange sie dabei mit jemandem reden konnte, doch sobald sie allein war, erlahmte ihr Schaffensdrang. Mutters Ausflüge auf den Dachboden wurden immer seltener und hörten schließlich ganz auf.

Alles in allem war es ein sehr enttäuschendes Erlebnis für Großpapa gewesen, und die Erinnerung daran machte ihn bitter.

»Das Problem mit dieser Familie ist«, sagte Großpapa plötzlich über seinem gedeckten Apfelkuchen, »daß sie nicht genug Mumm hat, nicht genug Mumm und Zähigkeit.«

Priscilla bezog diese Äußerung schuldbewußt auf sich selbst und die nicht gemalten Bilder. »Ich konnte nichts dafür wegen der du-weißt-schon-was, Großpapa«, sagte sie. »Du vergißt manchmal etwas, und ich vergesse manchmal etwas. Das ist doch normal.«

»Ich vergesse auch manchmal etwas«, sagte Becky. »Was ist ein du-weißt-schon-was?«

»Das geht dich einen feuchten Kehricht an, sei still.«

»Ich wette, ich weiß, was es ist. Es ist eine K-u-n-s-t, Kunst.«

Mutter, die Vaters Beschreibung des neuen städtischen Müllwagens lauschte und wachsam nach einem interessanteren Thema Ausschau hielt, spitzte die Ohren. »Was soll das Geflüster, Priscilla?«

»Das ist meine Privatsache«, erwiderte Priscilla und warf Becky einen Blick tiefsten Abscheus zu.

»Kleine elfjährige Mädchen sollten bei Tisch nicht flüstern«, sagte Mutter, »und sie sollten keine Geheimnisse haben, die sie ihren Müttern nicht erzählen können.«

»Nun, dieses kleine elfjährige Mädchen hat eins«, meinte Großpapa trocken. »Ist noch Apfelkuchen da? Ich glaube, ich habe nie einen gelungeneren Apfelkuchen gegessen.«

»Mrs. Wilson hat ihn selbst gemacht«, sagte Edna, die gern Dinge erklärte. »Aus diesen Äpfeln, die Delbert, anstatt ins Haus zu bringen, auf der hinteren Veranda abgeladen hat, so kleinlich ist er. Manche Leute haben eine kleinliche Natur.«

»Kleine elfjährige Mädchen«, fing Mutter wieder an, aber Vater war schneller. Er finde es komisch, sagte er, daß seine eigene Familie sich so wenig für den neuen Müllwagen interessiere, obwohl sie doch alle wüßten, daß er der Vorsitzende des Müllausschusses im Stadtrat sei. Der Müllausschuß habe einen fürchterlichen Kampf gegen den Finanzausschuß führen müssen, um den Lastwagen, der der ganzen Stadt höchste Sauberkeit und Hygiene bringen würde, durchzusetzen. Selbst angesichts dieser wichtigen Tatsache schenke keiner dem neuen Lastwagen die geringste Bedeutung, nicht einmal seine eigene Frau.

»Ich habe genau aufgepaßt, Frederick«, sagte Mutter. »Es ist ein – ein Chevrolet.«

»Es ist kein Chevrolet.«

»Pst, Frederick, das Fenster ist offen, und du willst doch nicht, daß Mr. Vogelsang dich hört.«

»Es ist doch nicht so wichtig, was für eine Art von Lastwagen es ist«, warf Priscilla taktvoll ein. »Nur auf die Sauberkeit und Hygiene kommt es an.«

Vater nickte ihr beifällig zu. »Ich bin froh, daß sich wenigstens einer in diesem Haus ein bißchen für städtische Angelegenheiten interessiert.«

Ermutigt schilderte Vater die raffinierte Art und Weise, wie sich die Rückseite des Lastwagens neigte, um den Abfall in die Verbrennungsanlage zu kippen. Mutter bemühte sich, aufmerksam auszusehen, aber ihre Gedanken schweiften ab. Sie hatte das Gefühl, besiegt worden zu sein, obwohl sie nicht verstand, warum oder von wem.

Nachdem das Geschirr gespült war, ging sie nach oben, um in Großpapas Zimmer Staub zu wischen und Priscillas Blässe zu kontrollieren. Sie fand Priscilla auf dem Boden sitzend, damit beschäftigt, einen Weihnachtsbaum zu zeichnen. Großpapa war an seinem Schreibtisch und legte letzte Hand an eine Aubergine.

»Großpapa«, verkündete Priscilla stolz, »kann malen.«

»Komm und sieh dir das an, Allie«, sagte Großpapa. »Donnerwetter, wenn man meinen Rheumatismus berücksichtigt und die Tatsache, daß ich seit zwanzig Jahren keinen Pinsel angerührt habe, ist das nicht schlecht, gar nicht schlecht. Donnerwetter, Allie«, wiederholte Großpapa, »ich glaube, ich habe mein Metier gefunden.«

Das Leben ist auch lang

Die Stunden der übrigen Wochentage waren nicht golden wie die samstäglichen Stunden, aber einige davon zeigten einen hohen Glanz, und manchmal, während der Woche, fand Priscilla das Leben erträglich.

Am Dienstag morgen gab sie die fünfzehn Bilder ab. Großpapas Aubergine, Narzissen, Birnbaum und großer Baum mit großen Blättern wurden sehr gelobt. Nach Meinung von Miss Elvers, der Kunstlehrerin, zeigten sie eine beachtliche Reife für ein elfjähriges Mädchen. Miss Elvers schrieb eine besondere Bemerkung auf das Zeugnisblatt:

> Priscilla entwickelt endlich die vornehmere Seite ihrer Natur, wie an ihren großen Fortschritten in Kunst deutlich wird.

Voller Stolz las Mutter der Familie beim Abendessen diese Bemerkung laut vor, während Priscillas Gewissen heftig pochte. Die Schwingungen wurden schließlich so unerträglich, daß sie in Großpapas Zimmer hinaufging, um sich trösten zu lassen.

»Meine Brust pocht nicht«, sagte Großpapa.

»Oh, in welche Netze verstricken wir uns, wenn wir andere täuschen. Das hast du selbst gesagt.«

»Ein paar kleine Netze hier und da«, meinte Großpapa, »schaden niemandem. Was die vornehmere Seite deiner Natur betrifft, so muß die Frau ein unsensibler Dummkopf sein, daß sie das nicht schon vor Jahren erkannt hat. ›Entwickelt endlich‹, du lieber Himmel!«

»Aber es waren deine Bilder, es muß deine Natur sein, Großpapa.«

»Dann, zum Donnerwetter, müßte es meine Brust sein, die pocht. Mal hören, ob sie's tut.« Großpapa neigte den Kopf nach unten, und tatsächlich, seine Brust pochte, *bum-bum-bum.* »Donnerwetter, hör dir das an.«

Priscilla kicherte. »Du pochst mit deinem Stock.«

Großpapa pochte sehr laut. »Oh, in welche Netze verstricken wir uns«, sagte er ernst.

Großpapa hatte die Gewissensbisse gemildert, und am Donnerstag morgen waren sie, unter dem Einfluß der Liebe, ganz verschwunden. Priscilla erhielt von Ivan, dem neuen Jungen in ihrer Klasse, ein kurzes, aber leidenschaftliches Briefchen des Inhalts, daß er sie von fern anbete. Priscilla war so dankbar, daß sie beschloß, Ivan ebenfalls von fern anzubeten, und sie fing sogleich damit an.

Während des Unterrichts träumte sie, aber in den Pausen wurde sie sehr lebhaft. Niemand sonst hüpfte so schnell Seil oder lief so graziös oder lachte so laut oder schaukelte so hoch. Mutig lächelte sie allen Jungen zu, außer Ivan. Ab und zu biß sie sich fest auf die Lippen, um Lippenstift vorzutäuschen, und sie strich Spucke auf ihre Wimpern, um sie länger erscheinen zu lassen. Ivan betrachtete diese Symptome mit verwirrtem Entzücken und folgte ihr in diskretem Abstand von der Schule nach Hause.

Auf direktem Weg nach Hause zu gehen, als ob sie eine einfache, gewöhnliche Sorte Mädchen wäre, war unter diesen Umständen undenkbar. Sie stachelte Isobel Bannerman an, mit ihr, verborgen hinter einem Zwei-mal-vier-Zoll-Stapel auf Mr. Shantz' Holzplatz, ein Stück Zunderholz zu rauchen. Der scharfe Qualm brannte ihnen in der Nase und ließ ihre Augen tränen, und sie kamen beide krank, aber weltgewandt nach Hause.

Zum Glück war Mutter zu verstört, um so unwesentliche Dinge wie blutunterlaufene Augen zu bemerken. Die Abendzeitung war soeben ausgeliefert worden, und Mutter und Edna hatten in der Spalte ›Personalnotizen‹ eine Bekanntmachung entdeckt, die Woodlawn Avenue bis in die Grundfesten erschütterte:

Meine Frau hat Tisch und Bett verlassen, und ich bin nicht mehr für ihre Schulden verantwortlich.

Albert James Abel.

»Du liebe Güte«, sagte Edna. »Was für eine Art, es auszudrücken, es klingt fast unanständig, so gedruckt.«

Vater beurteilte den Abel-Skandal realistisch. »Er wird Woodlawn Avenue nicht guttun«, teilte er Mutter mit. »Ich wäre nicht überrascht, wenn die Grundstückspreise daraufhin fielen.«

Mutter sorgte sich nicht um die Grundstückspreise, sondern um Mrs. Abel. Mutter gab sich die Schuld an der ganzen Affäre. »Ich bin sicher, ich hätte es verhindern können, Frederick.«

»Ich sehe nicht, wie«, wandte Vater ein. »Du hast doch nie auch nur ein Wort mit der Frau gewechselt.«

»Ich weiß, aber ich hätte Becky und Priscilla erlauben sollen, sie hin und wieder zu besuchen, und vielleicht hätte der Kontakt mit ihren unschuldigen kleinen Gemütern sie zum Guten beeinflußt.«

Priscillas unschuldiges kleines Gemüt hatte keine Ahnung, was ›Tisch und Bett verlassen‹ bedeutete, aber sie war fest entschlossen, es herauszufinden, vorzugsweise durch Edna.

Edna klärte gleich drei Dinge auf einmal. »Tisch und Bett, nun, das ist so, als wenn du verheiratet wärst, und dein Mann gäbe dir zu essen und ein Bett zum Schlafen, und plötzlich gehst du auf und davon. Ein Flittchen ist eine Hündin, aber laß dich nicht von deiner Mama erwischen, wenn du es sagst, sag einfach Hündin, wenn du Hündin meinst. Babies kommen von Gott und vom Doktor, das ist alles, was du wissen mußt, Miss Großohr.«

Am Donnerstag morgen verschied schließlich Mrs. Vogelsangs Kusine Minna, die schon seit Jahren im Sterben lag. Skipper heulte nicht ein einziges Mal, und Mrs. Vogelsang verlor ihr ganzes Vertrauen in ihn als Todesboten, bis sie den wahren Grund herausfand. Skipper hatte eine offene Sicherheitsnadel verschluckt, und nach zwei Tagen Diät mit weichem Brot, ungesüßten Keksen und Rizinusöl war er zu schwach, um noch einen Ton von sich zu geben. Schließlich entdeckte Mutter die Sicherheitsnadel dort, wo sie sie hingelegt hatte, in einer Ecke des Geschirrschranks, und Skipper erhielt zur Entschädigung zwei Pfund Hackfleisch. Als er sich zu erholen begann, war Mrs. Vogelsangs

Kusine bereits im Mausoleum bestattet, und zum Heulen war es jedenfalls zu spät.

Skipper wurde wieder kräftiger, doch das Erlebnis hinterließ seine Spuren bei ihm. Sogar ein Überraschungsbesuch von Onkel Ed weckte kaum sein Interesse, und er unternahm nur ein paar halbherzige Versuche, Onkel Ed anzuspringen und sein Gesicht zu lecken.

Onkel Ed brachte Lilybelle und Tante Marnie mit, und der Zweck seines Besuchs bestand darin, Vater und Mutter eine wichtige Ankündigung zu machen. Onkel Ed beabsichtigte, wie er sagte, in der Parade der Kommunisten am Ersten Mai mitzumarschieren. Er hatte soeben von einem neuen Bekannten, der Holzschnitte machte, erfahren, daß in Rußland ein Mann, der so gut Samt brennen und Engelsfiguren modellieren könne wie er, mit der ihm gebührenden Achtung und Ehrerbietung behandelt würde.

Mutter wußte, daß Russen Tee mögen, aber sie war überrascht zu erfahren, daß sie auch gebrannten Samt und Cherubim mochten. Sie merkte sich diese Information für späteren Gebrauch. Obwohl Mutter sich nichts aus Informationen der allgemeineren Art machte, hatte sie eine Vorliebe für interessante kleine Leckerbissen, die sie bei geselligen Zusammenkünften vorbringen konnte, wenn sie das Gefühl hatte, daß etwas Intelligentes von ihr erwartet wurde. »Gebrannter Samt und Cherubim«, murmelte sie vor sich hin.

»Ich sehe das so«, sagte Onkel Ed trotz eines warnenden Blicks von Tante Marnie. »Jeder verfluchte Dummkopf kann lernen, eine Schreibmaschine zu bedienen oder auch eine Fabrik oder ein Kohlengeschäft zu betreiben, aber nur die wenigen Auserwählten können wirklich schöpferisch tätig sein. Doch was passiert mit den Kreativen in diesem Land? Sie hungern, während die verfluchten Dummköpfe in Saus und Braus leben. In dieser Woche habe ich bereits acht Lilybelle-Köpfe gemacht, aber kauft sie jemand? Ums Verrecken nicht, nicht in diesem Land. Doch dieser Freund von mir meint, in Rußland würden sie wie warme Semmeln weggehen, dort könnte ich sie nicht schnell genug herstellen.«

»Rußland, Rußland«, sagte Tante Marnie mit einer gewissen Bitterkeit.

»Ich meine, jedes Land das gut zu Künstlern ist, ist gut genug für mich«, erklärte Onkel Ed, während er sich mit der Faust aufs Knie schlug. »In der Mai-Parade mitmarschieren? Da könnt ihr Gift drauf nehmen, daß ich das tun werde, und ich werde stolz darauf sein! Und ich werde auch eine rote Fahne tragen, die größte, die es gibt!«

Die Fahne war zuviel für Tante Marnie. Obwohl sie die Idee, daß Onkel Ed in der Parade mitmarschieren wollte, nicht gut gefunden hatte, war sie doch nicht ernstlich beunruhigt gewesen. Onkel Ed war so klein, daß man wohl annehmen konnte, er würde kaum auffallen, selbst in einer kleinen Parade. Onkel Ed mit einer großen Fahne war jedoch eine ganz andere Sache. Tante Marnie ging nach oben, um Großpapa ihr Herz auszuschütten.

»Ach, Blödsinn, Marnie«, sagte Großpapa. »Bis der Erste Mai kommt, wird Ed ein Porträt von Calvin Coolidge persönlich in Samt brennen.«

Lilybelle war entzückt über die Aussicht, daß ihr Vater eine große Fahne bei einer Parade tragen würde. Sie vertraute Priscilla an, daß sie ebenfalls die Absicht habe, in der Parade mitzumarschieren. Sie wolle ihr bestes changierendes Seidenkleid anziehen und einen Korb mit Blumen tragen, die sie in die bewundernde Menge werfen würde.

»Wo willst du die Blumen herbekommen?« fragte Priscilla neiderfüllt. »Es gibt keine Blumen, es ist noch nicht einmal Sommer.«

»Papa wird sie kaufen«, sagte Lilybelle und warf sorglos ein paar eingebildete Blumen in Priscillas Richtung. »Er wird die größte Fahne in der ganzen Welt kaufen und für mich Blumen, die ich in die Luft werfen kann.«

»Oh, Scheibe«, sagte Priscilla.

Um zu beweisen, daß sie Lilybelle immer noch überlegen war, erklärte Priscilla ihr stolz die Bedeutung des Wortes Flittchen. Als Gegenleistung brachte Lilybelle Priscilla bei, wie man ›verdammt‹ auf französisch sagte, und sie trennten sich in ziemlich gutem Einvernehmen.

Vater war empört, daß sein eigener Schwager am 1. Mai mitmarschieren und die Familie entehren wollte, aber Mutter sah die Sache von der heiteren Seite. Sie vermutete, Onkel Ed habe nicht genügend körperliche Bewegung, und das Gehen würde ihm guttun.

Becky, die Maiparaden, Maiköniginnen und Maibäume ein wenig durcheinanderbrachte, informierte ihre Klassenkameradinnen stolz, daß ihr Onkel Ed Maikönigin sein würde, und für den Rest des Monats sonnte sie sich in fremdem Ruhm.

Am Freitag nachmittag begleiteten Mutter und Priscilla Großtante Louise, die die letzte Ruhestätte von Mrs. Vogelsangs Kusine Minna sehen und ihren vierteljährlichen

Strauß Nelken auf die Gruft ihres verstorbenen Mannes, Mr. MacGregor, legen wollte, zum Mausoleum.

Mutter fand diese Ausflüge schrecklich, aber sowohl Tante Louise als auch Priscilla genossen sie sehr. Tante Louise besuchte gern tote alte Freunde. Sie wanderte gemächlich durch die Grabreihen, bewaffnet mit Hörrohr und Schals und Brillenetui und Nelken, und kritisierte die Inschriften und ihr Abweichen von der Wahrheit.

»›Maggie Uttley, Johns geliebte Frau.‹ Ho ho. Haben sich bekämpft wie Katz und Hund. Geliebt, bah. Einen gemeineren Mann gab es nicht. Hier liegt Minna, frisch begraben. Schäbige kleine Ecke. Hätten sich was Besseres leisten können. Knickrig, waren sie immer, die ganze Familie war knickrig. Hör dir das an, Allie. ›Und Schwärme von Engeln singen dich zur Ruh.‹ Wahrscheinlich Emerson. Hab nie viel von Emerson gehalten. Alles ganz schön in einem Buch, aber auf einem Grab sieht es blöd aus. Achtundsechzig, heißt es, war Minna. Glaub ich nicht. Sah wie neunzig aus, wenn überhaupt. Und das«, fügte Tante Louise, triumphierend die Nelken schwingend, hinzu, »war letztes Jahr.«

Mit jedem Schritt durch die Grabreihen schien Tante Louise jünger und lebendiger zu werden, während Mutter sich hinter ihr herschleppte und von Minute zu Minute älter und melancholischer aussah.

»›Ein Gesegneter ist von uns gegangen, eine Stimme, die wir liebten, verstummt.‹ Didrickson, William. Leberleiden. Ein harter Trinker. Machte eine Entziehungskur nach der anderen, keine half. Ein guter Freund deines Vaters, Allie. Rotgesichtiger Mann.«

Auch Priscilla las alle Grabinschriften, aber aus rein professionellen Gründen. Sie hatte immer viele Vögel und andere Tiere hinten im Garten zu beerdigen, und sie bevorzugte so authentische Inschriften wie möglich. Außerdem lieferten sie ihr ungewöhnliche Namen für die Figuren in ihren Geschichten.

»Uttley«, wiederholte sie flüsternd. »Maggie Uttley. Hulda Uttley. Häßliche Hulda Uttley.«

»Schau her, Allie«, sagte Tante Louise. »Hier ist ein versiegeltes Grabmal, ohne Inschrift. Merkwürdig.«

Tante Louise war unbedingt dafür, den Friedhofswärter zu rufen und ihn nach dem Grab zu fragen, nur für den Fall, daß dort jemand lag, den sie kannte, aber Mutter überzeugte sie, daß es Zeit zum Gehen war.

Tante Louise legte ihre Nelken neben den verstorbenen Mr. MacGregor und kehrte in hervorragender Laune zum Auto zurück.

»Die ganze Bande tot außer mir«, sagte Tante Louise, während sie sich munter auf dem Rücksitz des Autos niederließ.

Mutter war für den Rest des Tages traurig gestimmt, und auch die Tatsache, daß Delbert Edna in einem Beutel Orangen ein Briefchen schickte, munterte sie nicht auf.

Liebe Edna,
du hast mich wie einen Hund behandelt, kein Mann läßt
sich diese Art von Behandlung gefallen, ich will von dir
wissen, ob das alles war, aber ich will es sicher wissen,
denn es gibt viele Fische im Meer, sag mir einfach Be-
scheid, dein ergebener Delbert.

Edna zeigte Mutter den Brief, und sie erörterten ihn kurz.

»Du mußt zugeben, daß er recht hat«, sagte Mutter. »Du hast ihn schlecht behandelt, und es gibt viele Fische im Meer. Und wie dem auch sei, der andere junge Mann hat ja nicht einmal mehr angerufen, oder?«

Edna schüttelte den Kopf. Sie war bereit, H. Roy Hamilton zu vergessen. Fünf Tage lang hatte sie mit ihrer Romanze allein gelebt, und das war wirklich genug für ein unsentimentales Wesen wie sie. Sie schrieb Delbert eine Antwort mit Vaters hartem roten Parker-Stift auf Mutters bestem grauen Briefpapier:

Lieber Delbert,
ich muß sagen, es war richtig kindisch von dir, die Lebensmittel auf die hintere Veranda zu stellen, anstatt sie ins Haus zu bringen. Was deine Behandlung betrifft, nun, meine Behandlung war auch nicht so gut, wenn man an die Tribüne denkt. Und ob das alles war? Es war gewiß noch nicht alles, soweit es mich betrifft, noch längst nicht alles.
Deine Freundin Edna.

Mutter fuhr zum Lebensmittelladen, um den Brief selbst abzugeben, während Edna hastig ihr Haar mit der Brennschere lockte und eine Mandelkleie-Maske auf das Gesicht auftrug.

Als besondere Gunst schenkte sie Becky und Priscilla die Reste der Mandelpaste. Becky wusch sie sofort wieder ab, weil sie auf ihrem Gesicht brannte und ihre Augen tränen ließ, aber Priscilla weigerte sich aufzugeben. Sie saß auf dem Rand der Badewanne, als ob ihr ganzer Körper und nicht nur das Gesicht in einem Gipsverband aus Mandelkleie steckte. Die Haut wurde von Minute zu Minute unelastischer. Ihre Lippen waren zu sehr gestrafft, um Worte zu formen, aber sie schickte ein schweigendes Gebet zum Allmächtigen hoch: »Bitte, Gott, mach mich schön.«

Die Resultate der Behandlung waren erstaunlich. Priscilla tauchte aus dem Badezimmer auf, wundgescheuert und krebsrot.

»Du meine Güte«, sagte Becky freimütig. »Ich glaube nicht, daß du schöner aussiehst.«

»Ach, halt die Klappe«, erwiderte Priscilla, böse in den Spiegel starrend. Das Gesicht, das zurückstarrte, war ihr eigenes, wie sonst auch, bis auf die Farbe. Dieselben Augen, dieselbe Nase und dieselben festen, unromantischen Zöpfe. Einen kurzen und schrecklichen Augenblick lang dachte sie: ›Ich werde immer ich sein. Für immer und ewig und ewig werde ich nur mein gewöhnliches Ich sein.‹

Wieder einmal war ihr die Schönheit versagt geblieben. Tatsache war, und sie sah ihr offen ins Auge, daß ihr alles versagt blieb. All ihre hohen Hoffnungen und wunderbaren Pläne wurden zu Staub. Schönheit, Liebe, eine Karriere im Radio, die Chance, Blumen in Paraden zu verstreuen, ein Hörrohr, massenhaft Geld und ein Paar hochhackiger, silberfarbener Pumps wie die von Edna – all das war in einer einzigen Woche zu Staub geworden.

»Rosen zu Staub«, sprach sie leise und traurig in den Spiegel.